LOCUS

LOCUS

LOCUS

mark

這個系列標記的是一些人、一些事件與活動。

Mark 088

台灣娘子上涼山

作者：張平宜

責任編輯：湯皓全

美術編輯：何萍萍

校對：呂佳眞

法律顧問：全理法律事務所董安丹律師

出版者：大塊文化出版股份有限公司

台北市105南京東路四段25號11樓

www.locuspublishing.com

讀者服務專線：0800-006689

TEL：(02) 87123898　FAX：(02) 87123897

郵撥帳號：18955675

戶名：大塊文化出版股份有限公司

版權所有　翻印必究

總經銷：大和書報圖書股份有限公司

地址：台北縣五股工業區五工五路2號

TEL：(02) 89902588（代表號）　FAX：(02) 22901658

製版：瑞豐實業股份有限公司

初版一刷：2011年1月

定價：新台幣350元

Printed in Taiwan

台灣娘子上涼山

張平宜 著

林國彰 攝影

麻風特務一號

　　聽過「長江一號」的神秘，看過「長江七號」的搞笑，但你一定不知道有個「麻風特務一號」的瘋狂吧。

　　我在報社跑新聞十二年了，製作專題無數，任何稀奇古怪的事都聽說過，什麼搞怪人物也都交手過，太多的人生浮沉，太多的悲歡離合，歷練的心早已不易輕起波浪。當第二個小孩才滿三個月時，因緣際會的關係，我有機會到中國大陸偏遠地區的麻風村進行調查採訪，當我向報社提出想法時，一向十分支持我「冒險犯難」的長官難得說了一句：「如此冷僻的新聞有人關心嗎？」是啊！二十一世紀威脅人類最大的公衛敵人是愛滋病，麻風病算什麼？已經乏人聞問，離人們的記憶也有些遙遠了。

　　但當時台灣唯一公立麻風療養院——樂生療養院，因為搬遷存廢的問題，國內輿論正開始發酵，醞釀風暴；加上骨子裡記者好奇的天性，我還是行囊一揹，把長官的叮嚀丟在腦後，跟著國外慈善團體，硬闖麻風村。

　　從九一年陸續接觸兩岸議題，跑中國大陸大小城市對我來

穿上彝族察爾瓦，闖蕩大涼山。

說，不曾造成難題，也從未讓我卻步，然而第一次，十二天探訪四川、雲南邊緣六個麻風村，深入到中國偏遠底層社會的農村，可把我整慘了，窮山惡水，路程遙遠艱困不說，有連續幾天根本無法洗澡，天不怕地不怕，就怕不能洗澡的我，一直忍著身體的不乾不淨，直到昆明機場，到洗手間洗把臉，看到鏡中自己狼狽的模樣，踉蹌倒退幾步，心裡暗暗發誓：「即使把刀子架在脖子上，我再也不要踏進大陸麻風村了」。

回台北發完稿，我刻意不再去想那些苦難的麻風村，但不知怎麼，那個坐在雷波山上，白著一張臉，用繫在褲子上的草繩自殺過好幾次的老人，像幽靈般三不五時漂浮在我面前，尤其是那一群骨瘦如柴、肚大如鼓的小孩，那一張張髒兮兮的小臉上，空洞無知的眼神更像鬼魅般追著我到處跑。

有了第一次的接觸，放不下的懸念，讓我漸漸對麻風病的議題萌生特別的興趣，從台灣麻風病人的悽悽慘慘戚戚，到大陸麻風村的過去、現在與未來，都有一窺究竟的衝動，於是從九九年到二○○一年，我的足跡遠征廣東、雲南、四川共二十幾個麻風村，光涼山彝族自治州十七個縣市的麻風村，至少親自探訪了十個，以一個長年轉戰新聞戰場的記者來說，算得上「勇氣可嘉」。

二十幾個麻風村，各有故事，也都各讓我有些難以抹滅的經歷，如今回想起來，有的情節血中帶淚，有些則是驚心動魄。

廣東清遠地區的麻風船，
滿載麻風病人在社會歧視
下的悲慘命運。

生活在社會邊緣，行乞維
生的麻風病人。

老照片由中科院皮研所江
澄教授提供

在四川德昌麻風村時，我碰到一位十分邋遢的麻風病人，人家喊他「三啞巴」，我印象深刻的是他一頭凌亂的頭髮，已成無可救藥的球狀，腳被麻風桿菌吃到腳踝以下全沒了，光看到「馬足」的模樣，已經很嚇人了，又因潰爛嚴重，無法截肢，只能用布層層裹住，裹腳布又髒又臭，乾黑的血跡中滲透著新鮮的血水，蒼蠅在四周飛舞，那是我第一次看到有人這樣走路，兩隻腳桿拖行之處，地上斑斑血跡，問他痛不痛，一直到現在，我都記得他咿咿呀呀，講不出話的模樣。

到四川昭覺麻風村時，立刻感受到的是濃濃的彝味，百分之九十七的彝族，異地文化的詭異，加上旅途的勞累，當晚我隨即發燒倒地，隨行的麻風醫師張桂芳到處請託，好不容易才在第二天一大早找到一個可拋棄式的針筒，打了退燒針，我勉強自己跟著隊伍攀登那個位於獅子山上的昭覺麻風村。

險惡的地形，上山又下谷，一雙堅固的旅狐球鞋硬是被磨穿了底，其中有一段路必須繞過峭壁邊緣僅有一人寬的羊腸小徑，有懼高症加上體力不繼，我實在力不從心，最後是一位麻風病人的女兒，將我揹起來，小心翼翼地走過那段驚險的山路。

也不知道年輕時那來的體力，我一天可以連趕三個縣，可以說是馬不停蹄地在窮山惡水間穿梭來去。

有一次從四川雷波麻風村返回西昌的途中，經過美姑大橋（美姑縣與昭覺縣交界）時，我們一行人坐的公交車在半路突

然不走了，原因是突然從山上滾下一個巨石擋在路中央，由於巨石重大，人力搬不動，唯一的方式是用火藥炸碎它。

　　我們從下午等到天黑，公車師傅似乎老神在在，他把兩腿一伸，呼呼睡起大覺，一車的陌生人，就這樣面面相覷，有小孩的哭聲，有雞鴨的味道，有汙濁的汗臭味，還有嗆鼻的煙草味，天色暗下來時，爲了安全，師傅把車門鎖上，被阻擋在兩方的車子已經大排長龍，在連個路燈也沒有的黑暗中，因爲備極無聊，我把臉貼在窗上，忽然，冒出一雙眼睛回瞪著我，定睛再看，原來不只一雙眼睛，有好幾雙呢！披著察爾瓦（彝族的傳統披肩），梳著辮子頭，野味十足的五官，有大人有小孩，他們在拍打著窗戶，嘴裡嘟嚷著什麼，我不知他們有沒有敵意，嚇得叫出聲來，後來有人在旁邊翻譯，似乎他們想要講價，以炸石頭爲由，賺點修路的酬勞。

　　公車師傅根本不加理睬，他車門上鎖，要大家睡在車內準備過夜。正當我們這一行出外人陷入恐慌時，桂芳過去在美姑防疫站工作的老同事達古醫師出現了，他帶來一線希望，幫我們在一個招待所找到棲身之處，把行李留在車上後，我們幾個朋友摸黑徒步走到縣上，儘管又冷又餓，但除了一個冷饅頭和一瓶溫水外，什麼有沒有，那個晚上，我們只能餓著肚子和衣而眠。

　　第二天一早，巨石還是癱在那裡不動，我以爲又走不了了，不料看大家忙進忙出，我終於知道辦法真是人想出來的，

【上左】高牆內的雲南昆明麻風隔離所。

【上右】廣西北海醫院是鴉片戰爭後外國人在中國第一所現代化麻風病院。

【左】為防範病人脫逃,麻風隔離所設置的警哨站。

【右】收容在隔離所的小病人,沒有童年的歡笑,只有疾病的痛苦烙印。

抗戰時日本佔領期間在上海租界的中華麻風療養院臨時醫院。

等到從西昌發車來的客運也來到美姑大橋時，兩部東西相望的車，雙方直接交換旅客，兩路車只要調頭行駛就行了。這一回我們沒有再搭公交車了，昭覺防疫站人員租了小車在對面等我們，並將我們大包小包行李請人扛過了山越過了橋，我呢，則被達古醫師揹著渡過了十多米長塌方、深及膝蓋的爛泥巴路，結束一場歷險。

拜訪人煙罕至的麻風村，一般來說路況都十分惡劣，很多崎嶇山路，四輪傳動車根本跑不起，得靠雙腳御駕親征，爲了爭取時間，節省體力，花拳繡腿的我，被迫學會「靠馬走路」。

在涼山州第一次騎馬，是爲了拜訪雷波縣麻風村，那個麻風村離雷波縣城將近百里，位於川滇邊界，一塊三面環繞金沙江，叫做大火地的荒山坡上。

儘管初次體驗，就要遠征海拔兩千多公尺的大山，但是坐在馬背上，睥睨滾滾金沙江，仰天長嘯，我倒覺得自己瀟灑威風極了，如今回想起來，我不記得什麼叫害怕。隱約作痛的倒是屁股，因爲簡陋的木頭馬鞍，把我整得慘兮兮，整整有一個星期無法像正常人一樣「直立行走」。

總之，雖是第一次騎馬，但騎的是溫馴的家駒，前有馬伕伺候，我不過端坐在馬背上行走，因此嚴格算起來應該叫「坐馬出征」。

安然度過第一次，隔年要探訪另一個海拔兩千多尺的鹽源

縣麻風村時，聽說又要騎馬，我當下欣然同意。

鹽源麻風村位於鹽源縣右所鄉長坪子雅礱江上游的深山河谷區，海拔一千三左右，離縣城一百三十五公里。我們從金河渡口乘木機船順流而下約三個小時（回程逆流而上約六個小時），先抵達長坪子村，再換馬攀山越嶺。

再度騎馬上山又是一陣威風，而且那次木頭馬鞍上多了層碎花毯子，坐起來不再那麼「刺股」。馬主人是個漂亮的女娃兒，她是麻風村書記兼赤腳醫師的女兒，一人吆喝著五、六匹馬兒前進，頗有女中豪傑的架勢，一開始一切都很順利，但途中有匹馬兒似乎不太爽快，不曉得是不是肩負太多台灣帶來的玩具，讓牠不勝負荷，老是三不五時鬧個彆扭，搞得其他馬兒也跟著心神不寧，為了安撫這匹馬兒，我們在中途下馬休息，我也趁機歇歇腿，一個人在前面小徑悠然欣賞風景。

突然，我聽見後面一陣吵雜，轉過頭來，猛然看見一匹馬直衝著我來，我急忙閃人，可是那匹馬好像跟我有仇似的，硬是用牠的頭來撞我，把我挑起甩到半空中，還來不及呼救，人已經呈拋物線掉落在地。

這一撞把我撞得靈魂差點出了竅，一屁股跌坐地上，十幾分鐘起不來，國彰白著一張臉從後面趕來救援，其他人也露出緊張的神情。

儘管一臉茫然，我仍故作鎮靜，直說沒事。事後，我覺得自己實在太幸運了，這條小命真是撿回來的，因為我們走的是

深山馬徑，路上盡是土石，萬一滾落山崖，我的小命一定掛，若是落在岩石上，報銷的必定是我的脊椎，偏偏我落在小徑旁一堆草叢裡，草下軟泥保護了我。話雖如此，當我被抬上馬兒時，腰桿子已經挺不起來，尾椎更是隱隱發痛。

　　為了趕路，我只好趴在馬上匍匐前進，當天晚上，鹽源皮防站站長高建中拿了些藥給我吃，國彰也拿了些專治跌打損傷的私房藥讓我服用，雜七雜八吞了一堆藥，先應急了事，直到返台後，我才得以專心養尾椎，足足打針吃藥個把月才恢復正常。

　　一直到現在，我還是心有餘悸，才第二次騎馬，就被馬撞，還被馬兒來個過肩摔。

　　被馬撞傷後，有一陣子我著實聞馬色變，直到探訪金陽痲風村，一個天高皇帝遠，前不著村後不著店的地方，我不得不又得騎馬了。

　　說到金陽痲風村，那真是路途遙遠路況艱難，光到金陽縣城，從西昌一路飆車繞山至少得五個小時。而從縣城到痲風村又是另一種險路，得先坐車三四個小時到放馬坪村，再從松子老堁口上山。原本金陽皮防站站長鄭國福擔心峭壁懸崖我們可能走不起，因此準備兩套方案，一是向附近農家租馬，另外則安排滑竿，用人力接駁，我看看滑竿，再看看險惡的地形，直覺騎馬好。

　　一群人和一堆物品浩浩蕩蕩要上山，我們租了十匹馬組

成馬隊。這次我特別要求專家務必幫我挑選一匹駿馬，要乖要聽話，同時要求馬主人親自帶路，我想爲了親愛的家人，「安全」最重要。

有趣的是，不知誰幫國彰挑了一匹小馬，他上馬後不斷東倒西歪，我騎在後面也笑得東倒西歪，國彰沿路都在埋怨，說我騎的這匹馬應該讓給他，因爲他身子胖，又背了笨重的攝影器材，他的小馬根本承受不起，聽他嘟囔，我內心暗自竊喜，更加覺得我的馬兒實在太帥太酷了。

這次出征，跟前兩次不一樣的是，三月初的金陽，本來應該陽光燦爛，氣候溫暖，不料突然遇上寒流，氣溫遽降到一度左右，我把帶去的毛衣都穿在身上，還是冷得哆嗦，而抓住馬鞍的手，因爲兩三個鐘頭裸露在外，簡直凍壞了，加上山上吹著莫名其妙類似沙塵暴的怪風，小而陡峭的馬徑又是崎嶇坎坷，我騎在馬上簡直度分如年。

值得一提的是，當時台灣的義工蕭炳森，六十二歲的他最是老當益壯，二十三年國際馬拉松比賽的經驗，拿出繞著地球兩圈半的實力，讓大家刮目相看，甘拜下風，人家騎馬，他走路，而且一路領先，生肖屬馬的他，本來就是一匹台灣鐵馬，經得起風吹雨打和各種魔鬼般的挑戰，爲此我們這些年輕人只好「叫他第一名」囉。

第三次騎馬，不管大拇指因爲緊抓馬鞍而扭傷，屁股因爲來回騎五個小時而破皮腫痛，但我總算平安歸來了。事後我

探訪偏僻的麻風村，交通不便也是一種魔鬼般的考驗與挑戰。

為自己的勇氣喝采，也不吝讚美我的馬兄弟，但不知那個殺風
景的人突然提起，馬隊中我的馬雖然又高大又溫馴，但牠不是
馬，是馬隊中唯一的例外，牠叫「騾」，是馬和驢的混血兒。

　　謎底揭曉後我有點沮喪，畢竟國彰的馬雖小，終究是一匹
「馬」，而我得意了老半天，竟然騎的是一頭「四川騾子」。

　　拜訪越西麻風村時，不用騎驢也不用騎馬，因為地形不怎
麼陡峭，鄰近還有三個農村，交通比較便利。與越西麻風村的
邂逅，完全是大營盤孩子的呼喚，做夢也沒想到我會跟越西的

因緣如此深遠，有意思的是越西縣胡書記的夫人，正是衛生局副局長，第一次見到她，她就拿了兩千元人民幣拜託我，幫她買台灣的衣服，冥冥中似乎註定我還要再返回越西一樣；而第一次拜訪大營盤小學，更把怕極了麻風病，從建校以來不曾踏入大營盤，分管教育的那個甲卡副縣長逼上了麻風村，他站在大營盤小學，與村民保持距離的冷漠模樣，到現在還歷歷在目呢！

除了涼山麻風村，麻風病人最多的廣東省，我也去過幾家規模較大的麻風療養院，基本上很像台灣的樂生療養院，院內以老殘病人為主，其中讓我記憶較深的是拜訪雷州市康華醫院時，聽說附近有個特別的聚落，裡面住有三四十名回歸不了社會的麻風康復者，他們的職業都是乞丐。

那個晚上，我曾夜探麻風乞丐寮，那座麻風乞丐寮所在的國母村，村內有座國母廟，據說就是靠病人到外面行乞興建的廟宇，香火並不鼎盛。由於我來自台灣，村民看到我意外高興，我們天南地北閒聊一番，有人興致一起，當場裝扮起平素外出打工的模樣，例如一身破爛的乞丐裝，手上一根打狗棒外加一個大缽，背上一床草蓆，他們並說若能拉個胡琴，唱段小曲，或是說個單口相聲的話，那更容易乞討了。

在那個笑聲有淚的晚上，我認識了一個名叫秋柏的麻風康復者。

秋柏好像姓吳，他之所以引起我興趣，是蓋國母廟替村

民謀生是他的主意，他是少數讓我覺得好奇的大陸麻風病友之一，他曾因飢餓偷番薯而坐牢，因開荒種農作物被控搞資本主義進收容所，也曾因飢餓設法偷渡香港不成，再偷渡泰國、越南又失敗被關進監獄。

熱愛書本的他，說自己上知天文下知地理，是個狂人也是廢人，而這一輩子最苦的不是身為一個人見人怕的病人，而是沒有遇到一個知心的人。「卅年一覺雷州夢，贏得簞瓢白髮名」，秋柏的嘆息至今還聽得見。

除了麻風乞丐寮，我也去了離台山縣十四海里的一個麻風島——大襟島，那是一個像夏威夷莫洛凱（molokai）一樣的麻風島，島上居住的都是一群與世隔絕、孤老殘疾的麻風病人，這些都讓我對麻風病人的遭遇寄予更深同情。

忙進忙出麻風村，自己也闖了點小禍，二○○三年八月，我前往廣州拜訪一位中國知名麻風病理專家楊理合教授，就在人潮擁擠的廣州客運站，我的錢包、身上所有的證件和機票等，被流竄的扒手扒走了，那是我遊走兩岸十幾年來第一次遭竊，我和楊教授在如此尷尬的情況下第一次見面，來不及開聊兩句，他們趕緊送我到流花派出所報案。

由於我是台灣人，加上遺失的證件有中華民國護照、台胞證、港簽、美簽，報案比一般人麻煩，先後在派出所、台辦處轉來轉去，無人出面有效的協助，光在流花派出所就進行幾個小時的筆錄，我等著好心急，催過幾次經辦人員，但他們始終

投身痲瘋村希望工程，是人生重大轉折，充滿艱辛的挑戰。

慢條斯理，本想開口大罵，卻看到公安逮進一名成人扒手，不知何故，身強力壯的警察，動手狠狠的修理了那個扒手，扒手被打得流血掛彩，看到警察的凶狠，我只好閉嘴乖乖等待，等待期間又看到公安凶狠狠扭進兩名小扒手，據說都是混跡車站的慣犯呢。

報完案，我被楊教授安排住進廣東漢達協會，沒有身分，身無分文，名副其實「流落」廣州。

當時兩岸匯款不易，知道我的遭遇，家人卻無法匯錢給我，我向一位台商借了五千人民幣，到公安廳申辦臨時台胞證，十天後拿到臨時身分證，我從廣州坐車到拱北，澳門利瑪竇陸毅神父和袁姑娘接到我的求救電話後，已在海關外等候。

拱北一共兩個海關，一個是出大陸，一個是進澳門，臨時台胞證讓我順利出大陸，公安開出的正式報案證明卻讓我進不了澳門，陸毅神父運用他在澳門的影響力，我也趕緊找到報社的同事，通知台灣駐澳門辦公室的外交人員幫忙，台灣的家人並同時傳真我的身分證到海關處，我認為如此一來應該可以進關了，沒想到澳門海關看過我的身分證影本，也看到我本人後，竟然還要外交部出示一張正式公文，證明我是中華民國的國民，他們才肯放行，當時，正值星期五，已經快到下班時間，澳門海關放話「你今天絕對進不了澳門」，隔著閘口，陸毅神父安慰我，趕不及的話就到珠海住下，等到周一再辦；話雖如此，我的內心卻不服，已經在外流浪了兩個星期，就差最

後一步了，無論如何都想趕快回家……

　　說起來老天爺真幫忙，當天在台灣澳門辦事處值班的官員，竟是我在時報的老同事，在他大力幫忙下，我終於在行政部門下班前五分鐘，拿到我是中華民國合法公民的證明，在海關人員驚訝的眼光中踏進澳門。

　　回到台灣再報案，我重新辦理了我的護照，但是港簽和美簽我始終沒再重新辦理，往後十年的歲月，我除了大陸麻風村，還是大陸麻風村。

　　跟台灣一樣，在中國大陸，麻風村的議題也是個冷僻的議題，除了衛生部門有關人員外，鮮少人付出關懷，我幾年來得以闖蕩麻風村，主要還是跟著海外慈善團體的腳步，一開始他們不知道我是台灣的記者，後來，他們發現我似乎有點頻繁進出麻風村，也有點太關心麻風病人的權益，有人猜測起我的身分，猜最多的是我是教會人士、志願者、社會工作者，後來，有人乾脆在我面前開玩笑，問我了解這麼多，是不是在搞特務工作，尤其我周遭幾個大陸的好朋友，紛紛接到公安部門的垂詢，要他們離我這個危險的台灣人遠一點，從此我就幽自己一默，稱自己是「麻風特務一號」。

　　公安部門對我的好奇一直持續了好幾年，早幾年他們要我的身家調查資料，宣傳部和統戰部對我的關心也一直到現在，即使是我待了將近十年的越西，沒有一個官員的朋友肯跟我懇談，他們始終懷疑我這個台灣人到麻風村搞教育，可能有什麼

坐馬車走山路，跟新手騎馬
一樣，都是酷刑。

是記者也好，特務也罷，涼
山官員視我為麻煩人物。

陰謀目的。

○九年時，一位越西的學者馬林英到中研院訪問，我請她到我家作客，她看到我們家十分訝異，因為就是一個普通傳統的台灣家庭，她感觸良多，覺得有些愧疚，說她回到越西後一定要告訴越西的官員，「張小姐沒有你們想像中複雜，她既不是來傳教，也不是來搞革命的，她只是想做點有意義的事罷了，而這種人道關懷是台灣很流行的普世價值」。

越西官員的不了解是一回事，但越西人對我的猜測可就有點穿鑿附會了，尤其是麻風村附近的農村，他們竟然可以編出一套故事，說我的外婆是高橋村的人，不幸得了麻風病，在國共內戰時，跟著蔣介石到台灣去了，開放後，我為了尋根回到越西高橋，發現了大營盤這個麻風村，才開啟了這段善緣。

然而不管大家的說法為何，我這幾年跑麻風村所吃的苦，除了身心俱疲外，真的在瘋狂中帶點冒險。有一次離開涼山時，我們一行四人從西昌搭夜車到昆明，大約凌晨一點，我們已熄燈就寢，突然，有人在車廂前敲門，軟臥車門才打開，闖入兩名公安喝斥「不要動，查逃犯」。兩名澳門的朋友被嚇得不知所措，國彰因為拔下助聽器，還不知道發生什麼狀況，兩眼張開時，一把五星手槍已經抵住他的腦門，他差點停止心跳，我因為吃了安眠藥，公安一時搖不醒我，東瞧瞧西瞧瞧後作罷，他們查了證件後，發現我們似乎不像「逃犯」，連一聲抱歉也沒有，迅速走人，大家經過一番折騰後，除了我，三人

一夜無眠到天亮，後來我們才聽列車員說，據報從西昌上了四個逃犯，因為當晚從西昌上車的只有我們一行四人，所以公安就認定我們四人是逃犯，攜械上車逮人。

後來，友人約略知道我從前幹過記者，並非特務，然而官員還是不願跟我多說話，照他們的原話說，記者跟特務差不多，都是「麻煩人物」，寧可保持距離以策安全。

直到現在，有人問起，「你在麻風村幹什麼工作的」，我偶爾還會頑皮地回答：「你不知道嗎？我是麻風特務第一號」，看大家目瞪口呆的模樣，我會仰天大笑三聲。人生嘛，就該苦中作樂，何必太過嚴肅呢！

初探大陸麻風村

　　在川、滇邊界，少數民族分布區，有不少中國解放後建立在山巔水涯的麻風村，幾十年來由於孤懸在外，這些麻風村就像與世隔絕的神祕禁地，外人難以一窺究竟。

　　翻山越嶺，跋山涉水，一九九九年初次踏進這些不曾有過訪客的麻風村，不見神秘，只見破敗。即使外面世界已即將邁入二十一世紀，但由土牆危屋建構而成的麻風村內，一切卻仍停滯在無水無電、刀耕火種的原始社會。

　　村內的病人以無家可歸的老殘病人為主，經年累月在惡劣的環境下自力更生，遭疾病侵襲後，深烙身上的傷痕仍教人怵目驚心，有人眼瞎、鼻殘、五官嚴重扭曲變形；有人則缺水斷腳，只能在地上匍匐爬行。他們身上衣衫襤褸，容顏蒼涼悽苦，不敢奢望生命的尊嚴，活著對他們而言，就是夜以繼日的折磨。

　　最教人痛心的是，跟那些逐漸凋零的老殘病人比起來，村內有不少年輕健康的生命正在茁壯成長，他們是麻風病人的子女們，生在麻風村、長在麻風村，除了集體戶口外，他們沒有

涼山彝族自治區落後、神祕，麻風村更是一個詭異的化外之地。

個別身分證，背負著麻風病人的宿命，他們走不出麻風村，生命也被冷漠地拒絕在文明社會之外。

　　昭覺縣原是涼山州州會所在地，是典型彝族區，彝族比例高達百分之九十七，彝族對麻風病十分畏懼，麻風病人在涼山的命運十分悽慘，不是遭活埋，就是被燒死或丟到江裡淹死。早年無人聞問麻風病人的死活，昭覺是在一九七九年才在地形險惡的獅子山建立一個集中收容的麻風村，村內有一百一十二戶人家，其中病人一百六十五人，家屬一百一十一人。

　　昭覺麻風村位居峭壁懸崖上，附近又是原始森林，方圓十里內連個學校也沒有，文明根本滲透不進來，大大小小家屬，

麻風村通常座落在一個人煙罕至的邊陲之地。

幾乎全數是文盲，除了會講彝語，不懂其他文化，置身其中彷
彿到了一個陌生的國度。村內八歲以下的兒童有三十二人，每
個人看起來都是一張骯髒的小臉，一身破爛的衣裳，有幾個才
四、五歲的小娃兒，緊挨著大人抽著菸，像個浸淫其中的老菸
槍，在彝族的生活習慣中，菸酒比吃飯重要。

　　村內孤兒不少，十三歲的瓦渣石古本來是村長的獨子，今
年二月死了娘，七月又死了爹，現在他靠的是父親留下的洋芋
田勞動過活，看起來怯生生的他，不善於和他人溝通，看他手
中緊抓著一個塑膠袋，以為他把全身家當帶在身上，後來才發
覺，他也在幫別人賣香煙。

另一個父母死了兩年的勤格黑曲男，現在是村內的流浪兒，十五歲的他，個兒雖小，卻靈活得很，身上穿了一套村民施捨的衣裳，已經穿了五個月，破爛不成樣，腳上套的一雙膠鞋，十根腳趾都已綻露在外，他坦承從沒想過讀書識字這回事，每天在乎的是那兒有得吃，就往那兒，睡那兒，三餐難得飽的他，最常去摘野核桃來填肚皮，野核桃吃太多，他的一雙手手背和手掌都黑黃油亮，洗都洗不掉。

　　十九歲的陳，是村內少數還可以說點普通話的年輕人，他八歲時父母相繼過世，並留下一個小他四歲的妹妹，他已想不出那個艱困的童年，自己和妹妹是如何掙扎長大的，十四歲時，他曾離開麻風村去山西當建築工人，最後還是返回麻風村，他說：「外面世界挺好的，可是自己沒條件，不識字又無身分，在外面日子過不下去。」

　　現在，兄妹靠著父母的地，種點玉米馬鈴薯維生，收成不好時，勉強度三餐，收成好些時，一年還可以賺一百人民幣左右，僅夠買點煤油，添點衣物。問他朝夕跟麻風病人相處怕不怕有一天也會得病，他搖搖頭，不過講到未來時，他眉頭深鎖：「我常常想，就是想不出來要怎麼辦？大概只能跟其他人一樣，在村裡找個姑娘結婚生子，在山裡過一輩子吧。」

　　跟昭覺縣比鄰的雷波縣是四川最邊遠的山區貧困縣，兩地麻風村都有窮山惡水的天險為阻，以達與世隔絕的目的。雷波麻風村離縣城九十七公里遠，三面環繞金沙江，一座叫做大

火地的荒山坡上，從麻風村到最近的鄉所僅有一條長達十二公里，緊挨著山邊水涯的羊腸小徑，只要金沙江水一發，小路淹了，麻風村對外的交通便完全癱瘓。

現大火地麻風村內有村民兩百四十六人，其中少年兒童六十多人，計劃生育在此，似乎起不了作用，有很多人家孩子一生就是四、五個。從五八年建村以來，第一次有遠方來客，在瞎眼的村長號召下，幾乎全村出動了，扶老攜幼，能走能爬的，全穿上最好的衣服來迎客。在那飄雨已有秋意的山上，村民展露的滄桑笑顏中，讓人悸動的是一群小小孩，他們僅著上衣光屁股，有的還全身光溜溜，他們伸出骯髒的小手緊抓著客人給的糖吃，好奇他們常吃糖嗎？一個孩子答得好大聲：「吃過，有時一年吃一次，有時一年沒得吃一次。」

八十四例病人中，石中平是最年輕的一位，他十八歲了，身高卻只有一米四左右，一副營養不良的樣子，他共有四個兄弟，只有他一人得病，講到他的病，他開始哭了起來，聲音哆嗦著：「我有病我有病」。問他爹娘在那裡，他指向角落一群癱坐地上的老殘病人，他爹石光明眼睛看不見，臉被疾病折磨成獅子臉了，聽著兒子哭，他也哭；石中平的娘是個彝族，雙手雙腳殘疾，在地上磨蹭爬行已十多年了，遠遠坐在地上，也正用手肘頻頻拭著淚水。

都已過中午了，石中平說他還沒吃過任何東西，他說家裡大米吃光了，連包穀米也沒有了，嘴巴邊嚼著糖果的甜滋味，

我與美姑痲瘋村第一次接觸，病人畸殘的狀況讓人震撼。

雷波大火地廊風村一瞥。

他老實說：「待會兒肚子餓了，再回去田裡挖地瓜吃，咱們這裡雨季還好，天乾時，可是啥都沒得吃。」

時間在大火地麻風村是沒有意義的，過了白天就是黑夜，有些老人還會用天干地支來計算著流逝的歲月，孩子們對於時間的概念則是懵懵懂懂的，問起他們的生日，不是說「種玉米的時候生的」，就是「挖紅薯的時候生的」。

文明在麻風村也是遙不可及的，孩子們也不知道什麼叫做玩具，撿小石子玩近老虎窩，坐在岩石上看山看水，在野地上牧羊放牛，就是他們的童年。他們沒有人出過村莊，隔著金沙江聽著雲南黃華鎮上傳來的喇叭聲，不知道那是車子發出的聲音。長在麻風村，孩子們沒喝過自來水，沒看過電燈，沒見過書本雜誌，更遑論電視這種時髦的玩意兒。

在大火地麻風村，唯一上過學的孩子，是覃紹鈞十二歲的女兒。覃紹鈞在麻風村頗具傳奇色彩，人家喊他「老牌大學生」，他畢業於重慶大學，幹過十年記者，在反右鬥爭中被打成歷史反革命，勞改時被發現罹患麻風病，七天後送入麻風村，一過就是二十四個春秋，由於他有文化，不管養豬或種田，甚至在麻風村當保健員、獸醫或會計，他的工作備受肯定。

覃紹鈞於麻風病治癒後，娶了一位健康的農村婦女，生了一個女兒，為了讓女兒安心上學，他要妻子帶著女兒住在外地，遠離麻風村，他說自己一生毀了，困在麻風村就算有腳也

無路，如今唯一的寄託只有女兒了。「我堅持要女兒上學，爲的就是希望她能擺脫麻風村的宿命，要她活出有意義的人生，今年女兒生日，我送她七個字，即『學習學習再學習』，」講著講著，覃紹鈞聲音突然哽咽起來，「我今年都已經七十七了，就算做牛做馬也不知道還能供女兒唸書多久？女兒今年的學費還欠著呢。」

覃紹鈞爲人父的心情，讓人想起德昌縣麻風村另一個母親阿金。阿金四十來歲，原是一個苦命的小孤女，八、九歲時染病，解放後被送入麻風村隔離。她在麻風村嫁給一位男病人孫慶祥，十三歲的孫耀宣是她的獨子，今年就讀小學六年級。從外表看不出阿金的三級殘障有多嚴重，提起她的手腳，她頓時無言，尤其她的腳因爲肌肉壞死，已變黑扭曲變形，並且還化膿滲著血水，褲管才一掀開，蒼蠅已在旁虎視眈眈飛舞著。

孫耀宣上學的錢，就是靠著已經完全殘廢的阿金，每個月支領政府的五十元救濟金，一點一滴攢下來的，提起兒子，阿金臉上揚起了驕傲，她說：「我自己是文盲，我的兒卻最棒了，每天走三里山路去上學，還年年在班上拿獎狀，他唯一擔心的是，怕同學發現他住在麻風村，書唸不下去，爲顧及兒子的自尊心，我跟他爹再苦，也要設法買塊肥皂讓他洗乾淨了上學去，我寄望我的兒，將來有一天走出麻風村。」

爲了讓下一代走出麻風村，教育可能是唯一扭轉命運的機會。然而在麻風村內，上得了學的少之又少，大部分的孩子，

麻風村的小孩生命如草芥，青春歲月任意被拋棄流放。

根本無學可上，不知文明的滋味。在那貧窮落後，缺乏醫療，
民風閉塞的年代，他們的父母遭集中放逐，已付出一生沉痛的
代價，如今現代醫療已將麻風病人帶入「可防可治不可怕」的
新世代，當大陸衛生部喊出「本世紀末要消滅麻風病」的偉大
口號時，誰來省思這些麻風村的未來？老者終將凋零，其子孫
又該如何？誰來替他們打開一扇希望的窗口？保障他們參與社
會，重返文明的權利？

註一：麻風病是由麻風桿菌所致，是一種破壞人體皮膚和周圍神經爲主的慢性
　　　疾病，雖然麻風病菌不會侵犯人體的中樞神經，卻容易導致顏面手足可
　　　怕的傷殘。麻風病主要分布在北緯三十八度以南的地區，從一九四九年
　　　至今，大陸累計登記的麻風病人高達五十萬人。

【附加說明】

　　五〇年代以前，由於沒有有效的預防和治療，麻風病被視為不治之症，麻風病人在社會上遭受迫害事件頻傳。為積極防治，控制傳染，一九五七年中共提出「邊調查、邊隔離、邊治療」的政策，除了在各城市建立麻風病防治院外，並同時在發病率較高的農村建立治療和生產相結合的麻風村，作為集中收容和以氨苯碸（DDS）單療麻風病人的主要形式。

　　當時為了控制傳染，麻風村設立的地點，多半在人煙罕至之處，土地由政府劃撥，治療由衛生部門負責，再由民政部門予以生活補貼，被集中收容的麻風病人，就此自力更生，過起離群索居的歲月。

　　一九八六年，在聯合國提供醫療支助下，大陸麻風病防治策略起了四個轉變。從單一藥物治療轉變為聯合化療；從隔離治療為主轉變為社會防治為主；從單純治療轉變為治療與康復醫療相結合；並從專業隊伍的單獨作戰轉變為動員社會力量協同作戰。

　　有了這四個轉變，大陸對麻風病的防治，可以說取得大規模的成效，但仍有不少問題需要克服，例如，大陸地廣人稠，各地麻風病流行程度懸殊，防治工作發展不均，尤其貧窮偏遠地區，少數民族地區加上高原流行地區，防治因為山高、路遠、交通不便，任務十分艱巨。

　　此外，對於麻風病，現代醫療雖然早期發現服藥一週即

麻風村的孩子也有追求文明的權利。

可殺死體內百分之九十九的病菌，消滅其傳染性，但麻風病最弔詭的是，至今傳染途徑不明，尚無有效的一級防禦措施，因此，在貧窮落後的地區，每年還是有兩千名新病人出現（不包括隱藏的病例）。

目前大陸仍有二十幾萬治癒後存活的麻風病人，其中十二萬殘疾者，當麻風防治政策從集中隔離走向社會防治後，多數已返回社會，現滯留在麻風村的二萬多人，不是有家歸不得就是無家可歸的老殘病人。

長年來，大陸麻風村的病人，一直生活在人間最底層，不管就醫、就養甚至其子女的就學問題皆乏人關懷，而各地對麻風村雖有基本的救濟，但因各縣財政狀況不一，程度也大不相同。

註二：在國內外輿論關注下，中國大陸近年來已積極著手進行中國麻風病院村居住和生活條件的改造計畫，根據發改社會〔2007〕901號文件，中央政府已規劃總投資金額爲27637萬元（其中國家發展委員會安排投資22000萬元，其餘5637萬元由地方政府負責籌措），麻風村改造建設包括生活用房、公共用房、醫療用房等基礎建設，此外，麻風病院病人及居留人員現有基本生活費和醫藥費補助，則改由各省財政負擔，確保他們享有最基本的生活保障。
二〇〇七在麻風村調整合開項目中，涼山彝族自治州獲得援建，已興建完成的大型麻風療養院有三，一在昭覺縣；一在美姑縣；另外一處則座落在越西縣大營盤村。

到毛書記家作客

　　那是二○○一年八月的事了。

　　爲了拜訪一所被遺忘在高山峻嶺間的愛心小學，我和國彰特別去拜訪鹽源縣，一個被形容爲雲貴高原「綠色走廊」的地方。

　　鹽源縣距西昌市約兩百多公里，皮防站站長高建中借了一部三菱越野車前來接我們，他並充當駕駛。蜿蜒的山路不好走，沿路風景倒是挺美的，翠綠的山和滿山遍野的向日葵、萬壽菊，一幕幕盡覽眼底，途中經過磨盤山，那山路走來跟宜蘭的九彎十八拐差不多，據說要整個穿越磨盤山得轉過一百零二個彎呢！

　　下過雨的天，整個空氣中氤氳著淡淡的野菊香，偶爾會經過整片的波斯菊花海，白的粉的紫的，迎風招搖，美得叫人讚嘆。

　　風塵僕僕趕了五個小時，午飯時間我們抵達一個叫做金河渡口的地方，吃過飯後，高站長要我們把行李寄放在小飯館，雖然預計在山上待三天，不過高站長嚴格要求，只准輕裝上

毛書記一家人。

陣，眼看我從台灣辛苦帶來的玩具無法上山，我跟站長抗議，跟玩具同進退，高站長不得已只好「投降」，准我挾帶一袋玩具上山。

　　從金河渡口順流而下，鹽源縣的麻風村就是位於雅礱江上游的深山河谷區，海拔約一千一百至一千三百五十公尺的地方，坐上機動船，馬達吵得不得了，柴油味又嗆鼻。雅礱江古稱弱水，不過它可是金沙江最大的支流，水急又湍，一點也不柔弱。

　　坐在船上，極目四望，江面遼闊，四周都是山，據說青康藏高原和雲貴高原在此過渡，一山連一山已經夠陽剛了，加上悍婦般的水穿梭其間，恣意切割，造成的天險陡峻猙獰，孤舟

行走其間，不得不讓人感嘆「笮地之難，難如上青天」。

　　三個小時後，船抵長坪子村。毛書記的女兒牽著馬已在渡口處等候。我們換乘馬兒上路，一路攀山越嶺，其中還發生一段驚險插曲，我被一匹失控的馬兒撞到半空中，筆直跌落佃地，差點丟了小命，爲了趕路，跟跟蹌蹌上路，兩個小時後，終於抵達毛書記家，那是我們未來幾天的落腳處，也是前往麻風村的中途站。

　　毛書記是彝族，漢名叫毛金鐵，他是長坪子村的書記，也是麻風村負責發藥的赤腳醫師，家中的建築看起來挺氣派的，有電視有音響，聽說他們家養羊、種菸草、玉米、稻米等等，是長坪子村最有錢的人家。

　　毛書記不太像彝族人，因爲彝族嗜菸、好酒，可是他既不抽菸也不喝酒，端坐在家中火塘邊一個屬於他的寶座上，看起來很有威嚴的樣子。

　　彝族是個敬火的民族，家中一定有個火塘，火塘裡的火是不滅的，因爲那代表生生不息的意義。

　　山上的夜很涼，我一進門就靠到火塘邊取暖，大夥兒燒水泡起茶來。毛書記的妻子出來接待我們，她一句漢語也不會說，一身傳統的服飾，全身戴滿了銀飾，很像圖片走出來的人物，她指揮三個女兒在火塘邊殺起雞來，準備我們的晚餐。彝族殺雞有自己一套，先把雞掐死，然後在火塘上燒拔雞毛，等到燒烤過後才取內臟，再大卸八塊，這是彝家有名的「八卦

雞」。

　除了燒雞，晚餐我們還吃了辣子雞湯，一鍋紅紅的湯裡有薯條和酸菜，這湯又名「怪味雞湯」，也是彝族的招牌菜。

　在昏黃的燈泡下，我們客人坐了一桌，毛書記一家人則按照他們彝族的規矩，席地吃飯。我覺得彝族很好玩，家裡不用飯桌，有沒有飯沒關係，但一定要有湯，餐具又特簡單，只要每人一根由紅、黃、黑三色漆繪的湯瓢，就足夠了，在他們觀念裡，無所謂「公筷母匙」這回事。

　吃完飯後，我跟毛書記聊了一會兒，他的普通話不太溜，問他在麻風村當醫師的心情，他說，一九八六年，麻風村醫療站撤了以後，就只剩下約聘人員的他負責派藥，目前這村子病人有九十來名，雖然平均年齡不大，約五、六十歲左右，但一年平均死兩人，他在麻風村工作十幾年來，看到麻風病人的悲慘際遇，以他個人觀點，他認為與其活得那麼卑微，不如死了算了。

　毛書記的話，讓我想起渡河口那間小舖的老闆小謝，小謝是個漢人，不到三十歲，據渡口之便，靠跑單幫進些日用品來買賣，他的小舖旁放著臥舖，小小的空間，東西堆得滿滿的，他開放他的賣場給一般的客人來挑選，不過同是長坪子村的麻風病人例外，他不讓他們入內，只能透過一個小小的窗口進行買賣。

　我想這個社會對麻風病人的歧視，真是根深柢固，而麻風

病人的苦難好像沒完沒了。

　　看到我的心情沉重，高站長神秘兮兮地說馬上要上演一個餘興節目了。

　　果然一下子冒出三名盛裝的美女，毛書記的三個女兒，阿甲、巫呷、呷呷，為了歡迎我們遠方來的客人，決定一展彝家女兒才情來獻歌獻舞，先唱了祝酒歌，又跟大夥兒一起跳了達體舞，她們的熱情，讓山上的夜，顯得不再那麼肅穆沉重。

　　我注意到阿甲的頭飾與她兩個妹妹不同，原來她在父親主張下已經嫁人，二十歲的她，老公十八歲，在鹽源縣城民族中學唸書，阿甲結婚已經一年了，按彝家女方不落夫家的禮俗，婚後她一直住在娘家，老公偶爾來探視，兩人才能約個小會，老公就算急也沒用，除非毛書記首肯或是女方懷孕，否則小倆口要單獨成家，還得經過一番奮鬥。

　　另外，在毛書記偌大的家中，我找不到浴室，不知道他們

鹽源麻風村愛心小學裡學生艱苦求學的面貌。

如何解決洗澡的問題。基本上，毛書記家中水電還算齊全，不過也得看老天的臉色，雨季就有水，有水就有電。我們住在書記家中，雖然正逢枯水期，但因前幾天下了些小雨，所以電勉強撐著，水管裡也滴滴答答流出少量的黃泥水，我們洗臉刷牙生活用水就是靠這些黃泥水。

儘管已做好不洗澡的打算，但是毛書記的女兒還是殷勤地幫我燒一盆洗腳水，把過度勞累的腳浸泡在熱熱的水中，心情頓時輕鬆不少。

洗不得澡固然遺憾，但出乎我意料的是，毛書記家中竟然有一個新茅坑，在深山叢林間，那是另類的奇蹟。

懷著感動的心，我使用了新茅房，我覺得這個新茅房頗有質感，因為它不僅僅在地下挖個洞而已，而是用木頭架高完成，人蹲在上面不怕失足跌落，頗有安全感，因為太新，沒有其他異味，唯一美中不足的是，洞口太小，上廁所的姿勢一定要精準，否則很難擦板得分。

夜深了，大家都累了，我進到客房休息，床上已經鋪好一張新的大紅被，我和衣鑽進高站長準備的新睡袋，因為下午騎馬被馬撞了那一跤，我屁股隱隱作痛，服了止痛藥後，我昏昏沉沉睡去，依稀記得國彰和站長睡在隔壁倉庫，另外一些人則在火塘邊打地鋪。

第二天，要出發到麻風村前，國彰愁眉苦臉的告訴我，他整晚被蟲子咬得受不了，抓癢抓到天亮。

聽國彰一說，我發現自己全身也癢了起來。

我們一共在毛書記家住了兩晚，離開時，國彰身上一共被跳蚤咬了一百九十三個，我也帶了六十個跳蚤的吻痕，一路從鹽源抓到西昌又抓回台北，全身皮膚從紅點抓到反黑。醫生說這些可怕的小黑點得要一年的時間才會消失。

這幾年穿梭各地麻風村，一提到毛書記家，我仍然心有餘悸，儘管毛書記家是我第一個正式拜訪的彝族朋友，他們家也盛情以待，但我不僅被他們家的馬兒來個過肩摔，又被他們家的跳蚤咬得體無完膚，這樣的作客經驗，說實話，就算是鐵打的人也難以消受呢！

然而，拜訪鹽源麻風村除了令人聞之色變的跳蚤外，也有兩段讓我刻骨銘心的意外插曲，那就是我第一次見識到麻風村夜間掃盲班的上課情形，不是點蠟燭，而是燒松明喔。第一次看到點火把上課的情形，挺震撼的，因為五保戶的房子十分簡陋，用來充當臨時教室，沒電、狹小又密不通風，火把點起來固然明亮，但燥熱又難受，除了學生的眼睛被燻得火紅外，空氣中的味道更令人窒息，我待不到五分鐘，隨即奪門而出，不得不佩服潘峰老師和孩子們堅忍的讀書精神。

另外就是我勉強揹上去的那一大袋玩具，真的讓我覺得「物超所值」。說起那些禮物，可跟我走了萬里路，那是行前一群好友的孩子們特別割愛的二手玩具，有各式各樣的填充玩偶，還有很多麥當勞的精美贈品，我記得當我從袋子裡像變魔

再見了，鹽源的孩子們。

術般一件件取出時，孩子們臉上的表情像綻放的花朵一樣，那是他們想像不到另外一個世界的玩具，我介紹了米老鼠、史奴比、唐老鴨和M標誌的麥當勞，孩子們瞪大了眼睛，聽得好入神，不時發出讚嘆的聲音，他們興奮的心情感染了旁觀的大人，大人們越聚越多，老老少少聚在屋簷下一起「看玩具」「聽故事」，笑容在每個人臉上，笑聲在空谷中盤旋迴盪。告別時，孩子們捨不得我們離開，哭著追著我們的小馬到處跑，直到最後還駐足在懸崖邊，用心吶喊，用力揮手。

　　一直到現在，只要經過麥當勞，我就會想起站在山上的那群孩子，一個被世界遺忘的角落，一群化外生活的老人，大家簇擁著麥當勞玩具，度過一個溫馨又奇妙的下午。

神父與麻風島——大襟島情緣

　　早就聽說有個麻風島了。

　　二〇〇一年二月二十二日，我跟當年八十八歲的陸毅神父，第一次登上傳說中帶著神秘詭異的大襟島。

　　大襟島是一個孤懸海上的小島，面積五平方公里，距離陸地十四‧三海里。

　　因為與世隔絕，廣東省一度將最老最殘的麻風病人流放於此。

　　暌違三年，那可是陸毅神父走出中共黑名單禁令後，第一次重返大襟島。

　　我們從廣東省台山市赤溪碼頭登上快艇，神父一路無語，臉上掩不住雀躍的神情，大襟島逼近時，只見岸上人頭攢動，病人自製各式歡迎的旗海飄揚，連中共五星旗，在湛藍的陽光下也紅得耀眼。

　　這座麻風島，一共收容過一千兩百多人，除了三百人回歸社會外，七百多人病故於此，島上剩餘病人一百三十一人，平均七十五歲，長年病魔纏身，他們身上滿佈麻風烙痕，其

民國初期的大襟島，是在美國神父利約漢大力奔走下興建完成。

中十五人全盲，一百一十六人手殘，八十一人只有一條腿，六十一人更是雙腿全沒了。

島上有座大襟醫院，佔地兩千多坪，共有十八棟建築，一九二七年由美國傳教士所建，一九五一年被中國政府接收，在社會恐懼下，大襟島走過一段陰暗的歲月。

從堤防一路走來，病人一擁而上，神父握過一雙又一雙的手，問過一個又一個好，彼此就像重逢的老人一樣。

放下行囊，神父第一件事就是趕到教堂，一百三十一個病人中，有八十幾個教徒。由於外國人不准主持彌撒，因此請來江門縣愛國會梁神父主持。

風聞神父的到來，已有不少病人在教堂內恭候，還有幾位行動不便的病人或拄著拐杖，或推著輪椅絡繹於途。從三年前中共批准這個臨時宗教活動點以來，這是神父第一次在大襟島與教友們共享天主的祝福。

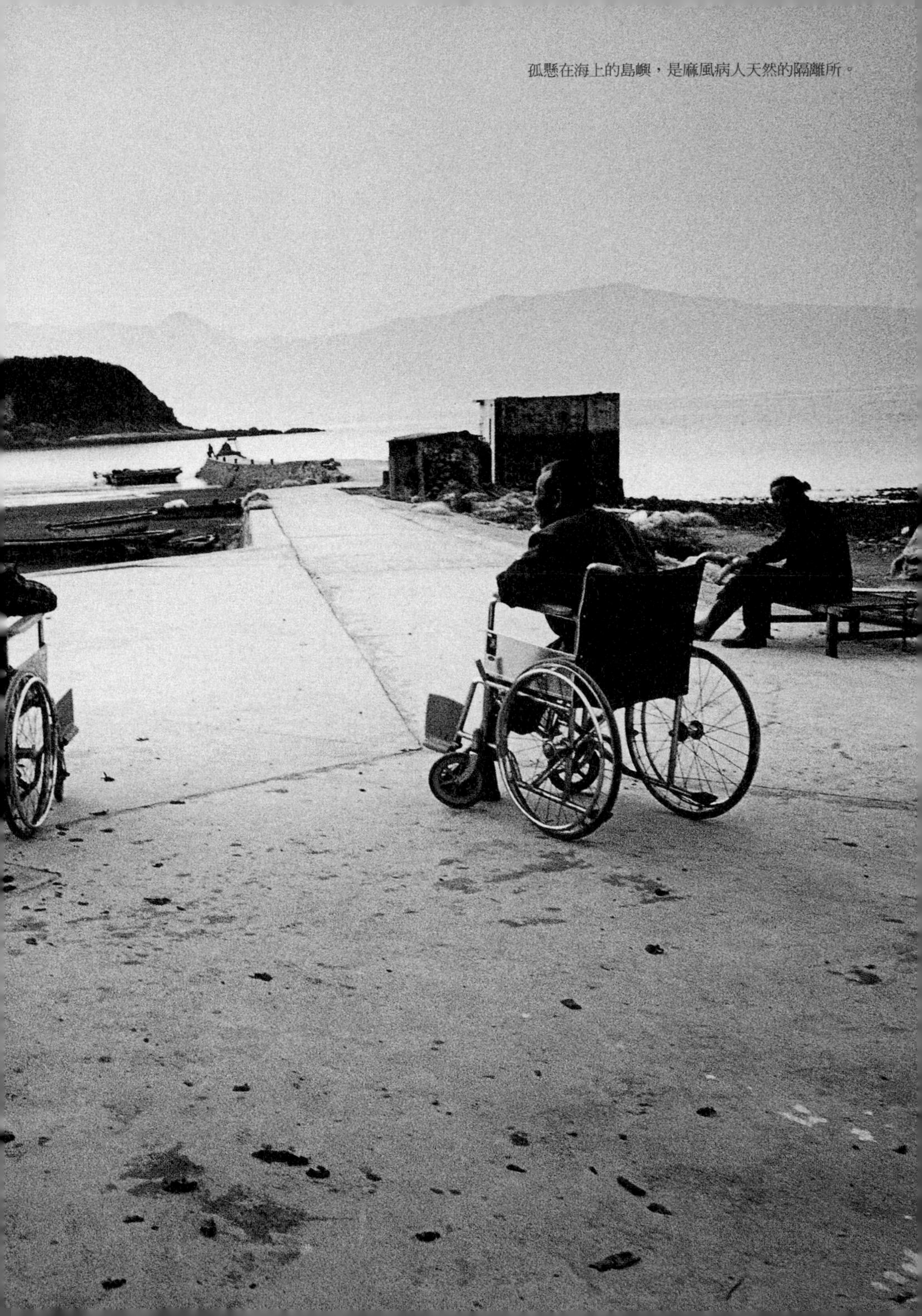

孤懸在海上的島嶼，是麻風病人天然的隔離所。

神父來自西班牙，一九四一年，二十八歲時懷著聖召到中國，先在上海、安徽教書，五一年時，因病到澳門求醫，當時澳門隨著戰爭結束，從香港湧入大量難民，他開始抱病替難民找尋食物、房屋和教育，並陸續開辦利瑪竇社會服務和明愛中心安置孤兒、寡婦和老人，一直到現在，陸毅神父一直是窮人們最好的朋友。

一九八六年，大陸才開放，陸毅神父無意間聽到廣東江門縣一位老神父提起大襟麻風島，說起病人坐擁孤絕，又深陷飢餓邊緣的窘境，神父大動悲憫之心，計畫前往一探究竟。

當時大襟醫院對外的交通工具只有一艘老舊的木機船，神父帶著滿滿的食物，乾糧，趁著夜半漲潮，在海中顛簸一個半小時，摸黑踏上這個被一般人視為禁地的麻風島。

第一次近距離接觸麻風病人，看了半世紀各式各樣窮人的神父也嚇了一跳，「病人沒手沒腳，有的沒了鼻子，有的眼睛是紅的，有的眼球是白的，都被疾病折磨得面目全非；住的房子不僅老舊也髒亂無比，中國政府當時每個月有補活費八元，病人勉強有飯吃，卻沒錢買菜」，總之，麻風病人悽慘的模樣，讓神父內心受到無比的衝擊，決定伸出援手。

就這樣，從大襟島出發，陸毅神父跟麻風病人結了緣。七十四歲，才轉而擁抱一般人避之唯恐不及的麻風病人，神父說，他不是勇氣過人，而是他為最弱小的兄弟所做的。

對於大襟島，神父不僅感情特別，也因為這個麻風島的與

世隔絕，住的又是廣東各地的來老殘病人，所以，他除了向世界積極募款重建大襟島外，最大的希望就是爭取修女實際的救援。

神父的夢，透過西班牙聖安娜仁愛修女會終於實現了。一九九七年八月十五日，西班牙白海星修女帶著三個印度籍的修女，獲得中國政府的批准，飄洋過海，踏上大襟島。這也是大陸八百多座麻風村中，唯一有外國修女進駐的麻風病院。

白修女最崇拜的是為窮人服務的德雷莎修女，未到大襟島之前，白修女在非洲當了十二年護士，她以照顧難民的大愛，來照顧麻風病人。此外，病人外出不易，島上也附設一個簡易的鞋廠，來自印度的高修女在義大利神父的指導下，已經學會替病人打模，製造保護鞋，這更是大襟島病人獨享的權利之一，不管腳形如何畸殘，都可以有合腳的新鞋穿。

而從大襟島開始，有個外國神父熱心幫助麻風病人的事，在大陸各個麻風村如星火般燎原，一時間各地的求救信函，一封又一封寄抵神父手中。只要時間許可，老邁的神父都會去探望病人，親自帶去天主的祝福，只是那些坐落在窮鄉僻壤、山巔水涯的麻風村，往返的旅途，往往把神父給累慘了。

在陸毅神父的辦公室中，有一張照片挺傳神的，那是他跌坐牛車的模樣，那個麻風村位於雲南彌勒縣的深山叢林中，上山時，胖胖的神父是被兩名年輕人架上去的，下山時，由於天雨路滑，泥濘太深，對方特地借了牛車載運神父，只見牛在前

面拉，人在後方推，一路滑撞下來，神父一身狼狼。

一九九八年二月十日，是陸毅神父十年護照到期最後一天，那天，神父心情有些忐忑，計畫再走一趟大襟島，當時大襟島的重建已在緊鑼密鼓中，他並爲醫院買了一艘快艇，方便交通，不料當天起風又下雨，快艇遭逢驚濤駭浪，斷了一葉螺旋槳，在茫茫大海中，神父只想再看一眼大襟島，卻什麼也瞧不見，只好抱憾而歸。

這一回去，陸毅神父有長達三年的時間，申請不到中國簽證。原來八九民運後，陸毅神父在前葡萄牙政府的請託下，基於人道立場，曾給予一些暫居澳門的民運人士生活費用，此舉在敏感的政治氣候下，竟讓他意外上了「黑名單」。

進不了大陸，陸毅神父對麻風病人的關懷心情絲毫不減，他坐在辦公室遙控一切，詳閱一封又一封來自麻風村的求救信，他說：「我了解中國官場的思想，因此儘管有些莫名其妙，爲了病人，我只好忍耐。」

他有一個房間，裡面擺滿了世界各地恩人來往的信，不管大大小小的捐款，神父一定寄上親筆感謝函，他說捐款無大小，因爲愛心都是無價的，他還說有些恩人，已經一家三代都是他的好朋友。

神父超強的行動力也讓人印象深刻，十四年來，他馬不停蹄結合香港、台灣的教會，已經幫助過七十幾個麻風村，七千多名麻風病人，不管要食物、要水、要電、要教育，只要他能

力所及，一定設法解決。他很喜歡翻閱病人寄來的信，用著他廣東國語念著「喝到一口自來水，就留下感激的淚水」等等，有些沒有見過他的病人，還把神父的相片供奉起來，當作救命恩人，初一十五拜了起來，其中神父最高興的是，麻風村的孩子都喊他一聲「陸爺爺」呢！

　　一生與窮人為伍，現在又為窮人中的窮人奔走請命，看到一頭白髮、年事已高的他，每個月負擔龐大的經費，的確讓人於心不忍，可是神父樂觀得很，他說：「不要急，慢慢等，天主自有安排」，說來也像個奇蹟，錢總像及時雨一般在最後一刻「落下」，十幾年來，天主還沒讓神父「洩氣」過。

　　被拒絕入境三年，這一次，神父能拿到簽證，據說靠的是中共總書記江澤民的幫忙，因為神父實在太想念他的麻風病人，在無計可施的情況下，他回到西班牙，請西班牙領事館給中國最高領導寫了一封文情並茂的信，這才暫時解除他的禁令。

　　八十八歲了，這位澳門第一位，目前也是最老，還在大街小巷騎著摩托車呼嘯來去的陸毅神父，以謙卑的心伺候窮人的人生哲學只有一個，就是「你要求，我付出；你快樂，所以我快樂」。

　　重返大襟島，看到從前奄奄一息的舊貌不見了，取而代之的是乾淨的環境，現代化的中央廚房，病人不愁三餐，有熱水洗澡，有醫療照顧，最重要的是心靈也得到撫慰，老神父流下

聆聽病人的心，陸毅神父是上帝送給大襟島痲瘋患者的天使。

欣慰的淚水。

在島上時，神父花很多時間在十九號重病房區，跟每個老人噓寒問暖，即使多數已經如枯木般癱倒在病床，但他慈愛地拉起他們的手，撫摸他們的臉，檢視他們潰爛的傷口。病房裡最老的一位病人叫葉婷，已經九十六歲了，她五十歲才得了麻風病，住進大襟島三十多年，四個女兒不曾來訪，又老又孤單的她，眼瞎了，手腳皆殘，連病房也出不了。

跟十九號病房比鄰而居的是太平間，太平間有條小路通往後山，一個俗稱東嘴的角落，就是大襟島病人的長眠之處。很難想像這個小小的角落，曾埋葬七百多人，反正起一個下一個，連黃土一坏都是一種奢求。

雜草叢生的墓地，只見一些零散的小木碑，木碑上除了病人的名字之外，只有死亡的日期，此地，沒有人在乎死者生於何時，因為自從被放逐到麻風島的那一天起，他們就如同被囚禁在活的墳墓裡，甚至死都回不了原鄉。

在大襟島時，我曾攀爬到大襟島的半山腰，那裡有一座特殊的墳，可以俯瞰醫院全景，聽陸毅神父說，那是當初來此建立醫院的美國傳教士力約翰（Dr. Graham Lake）之墓，從他生前飄洋過海，到死後築墓半山腰，自始至終，不曾離開過他的麻風友人。

從島上遠眺，除了海還是海，日出日落，潮來潮往，時間在這個畸殘的孤島裡，不具特別的意義，對於外面的自由世

界，病人不再心存幻想，他們早已習慣看海的人生。

海對大襟島殘老來說，有一股神秘安定的力量，因為海的沉默，能包容他們靈魂深處最深沉的苦痛；海的那端有病人沉澱的親情，回不去的家鄉。他們原以為這輩子註定要在絕望島上孤寂而終，沒想到歲暮晚年，從大海那一端，再度送來外國的守護天使。

活著就有希望，事實上，上帝沒有遺忘這一群被麻風殘忍烙印的兒女們，再一次，他伸出悲憫的雙手，替他們開啟最後一扇生命的窗口。

陸毅神父與大襟麻風島的溫馨情緣，讓我想起了達米安神父（Father Damien）與莫洛凱麻風島的悲傷過往，兩個神父都有與生俱來的悲憫加上超自然的召喚，以服務人群中被徹底遺棄的麻風病人，兩個麻風島都有不可跨越的高山，深不可測的海溝，自然天險形成的「監獄」，讓人聞風喪膽，在早年隔離政策的嚴厲手段下，比起大襟島，莫洛凱更是個一個令人心碎的恐怖島嶼。

熱帶島嶼的夏威夷，一度盛行麻風病，官方束手無策，一八六五年，下令拘捕麻風病「嫌犯」，任何麻風病人都要被送到莫洛凱島上的小村落卡勞巴巴（Kalaupapa）地，終生流放。從一八六六年到一八七三年，夏威夷政府將八百名麻風病人丟進莫洛凱，短短幾年間，在醫療設施極度缺乏下，病人死了近半。

一八七三年，挪威的漢生醫師（Dr. A. Hansen）告訴世人一個驚人的消息，麻風是由一種細菌引起的，在此之前，人們以為麻風是來自詛咒或不道德的行為。

漢生醫生的發現，雖然在歐洲引起重大討論，但莫洛凱島上的麻風病人仍處在被遺棄的絕望中。他們不僅身體帶著疾病的恥辱，同時也喪失了人性的靈魂。在求助無門時，來自比利時的達米安神父深信：「只要是人，不論遭受任何苦痛，都不應該被遺棄」，因此，他自願前往莫洛凱擔任照顧麻風病患者身心靈的工作，建醫院，蓋墓地，設立孤兒院，把麻風病人的家變成被花園和耕地圍繞的村莊。

達米安神父在莫洛凱工作十一年後，有一天他像往常一樣，用熱水抱腳時，沒有感覺熱和疼，他竟然被對抗許久的麻風病侵襲了。

達米安神父罹患麻風病的消息傳出後，對世人是個青天霹靂，對他的教會更是打擊重大。這位麻風司鐸，另一種痛苦的十字架開始了，他被教會孤立了，在最後四年的日子裡，除了肉體備受疾病蹂躪的苦痛外，他更要忍受救主對他的遺棄，死期逼近時，孤獨的達米安神父用殘餘的生命，積極推動更多的建設，病菌侵蝕了他的氣管，嚴重到他每晚睡覺不多於一兩小時，他的聲音變得沙啞，麻風進到他的咽喉，他的肺、胃、腸，摧毀了他的外表後，正從體內瓦解他。

一八八四年四月十五日，這位麻風司鐸，為人類中最被忽

夏威夷最美的莫洛凱島曾是麻風病人最傷心的絕望島嶼。　達米安神父為麻風病人奉獻了自己最寶貴的生命。

視的弱小兄弟，服務了十五年後，嚥下最後一口氣，得年五十歲。

　　人們把他葬在「亡者墓園」，一個很久以前他為自己選擇的墓地，就在埋葬了莫洛凱兩千名麻風死者中間。

　　我相信，達米安神父的故事必定震撼著陸毅神父。我曾問過他：「你不怕得麻風病嗎？」他說：「我這麼老了，就算得麻風病也無所謂了。

　　德米安神父為麻風病人獻身的故事，在宗教界並非特例，在歷史上，首創典範的是耶穌基督，他率先對麻風病人伸出雙手觸摸了他們，另外，十三世紀時，最先在日本建立麻風病院的仁清僧侶；而印度聖雄甘地對麻風病人也有特別的情懷，曾打破階級禁忌，親自護理麻風病患，他死後還成立一個紀念基金會，由他兒子接手，繼續救援麻風病人。」

最有名的叢林醫生史懷哲，在一九五三年，獲得諾貝爾和平獎時，把那筆最高榮耀的獎金，用來擴建非洲麻風病人的伊甸園；另一位和平獎得主德雷莎修女，則把教宗保祿六世訪問印度時，轉贈給她的高級轎車義賣，然後在加爾各答蓋了一座和平村，專門收容流離失所的麻風病人。

　　這些舉世聞名的宗教家，他們以過人的勇氣、超越國家、種族的大愛，實踐人道關懷，都為麻風病人的悲慘歲月，留下發人深省的一頁。

註一：目前大襟島倖存的麻風康復者僅剩五十四人，按廣東省統一規劃，預計在二〇一〇年，將大襟島麻風康復者遷居到東莞泗安島泗安醫院，做最後安置。

註二：夏威夷政府對麻風病人的禁令，一直到一九六五年才廢除，長達一世紀的漫長歲月，約有八千多人被送往莫洛凱，至今倖存者僅有幾人，見證著這段悲涼的歷史。如今，每逢四月十五日，在夏威夷都會慶祝紀念「達米安神父日」。關於漢生病較新的醫學常識，正慢慢改變人們根深柢固對麻風病傳統的誤解和習俗。在天主教會內，達米安神父是所有麻風人的靈性主保。一九九五年，教宗若望保祿二世冊封他為教會真福，並稱為「莫洛凱的真福達米安神父，人類的僕人」。

麻風鬥士——孔豪彬

　　《以賽亞書》記載著基督的拉丁經句：「雖然如此，從他的苦悶，被污辱的肉體裡，流出了上帝賜人類的真生命。」

　　二〇〇三年，我在廣東紅衛醫院認識了一位七旬的麻風康復者，他叫做孔豪彬，儘管罹患麻風病已有一甲子，但他是第一位代表中國數十萬麻風病人參與國際麻風組織，並推動催生中國第一個麻風康復者人權組織的麻風鬥士，悲歡歲月走來坎坷特別，他的人生，映照著中國麻風病近代的歷史，也代表著麻風病人人權奮鬥的一頁縮影。

　　第一次看到孔豪彬時，不忍逼視他的臉，他的臉被麻風桿菌摧毀已經扭曲變形，加上顏面受損的關係，笑起來尤為詭異駭人，但是他勇敢開朗，跟他聊起來，如沐春風，欲罷不能，一連三天，我被他卑微卻又不向命運低頭的人生深深吸引，難怪人家形容他是個斯文又奇特的老人。

　　聽他的故事，得從他那個黑暗的童年說起。

　　孔豪彬出生於廣東南海市松崗鎮一個叫做石碣村的小農村，家中有四個兄弟姊妹，他是家中長子，五六歲時，手腳部

位突然莫名其妙出現斑疹，母親無知，以爲生癬生蛇，急病亂投醫，天天求神拜佛，觀音也去找，菩薩也去求，甚至找了一堆黃綠草醫，搞了一堆土藥偏方，磨粉煎藥強迫他服食。

吃了一肚子「仙丹妙方」，孔豪彬的病況不見好轉，反而更加嚴重，不僅容貌人見人怕，連肢體也出現畸殘。由於這副模樣，他的童年沒了，朋友沒了，不能也不敢上學，媽媽把他藏在家中陰暗的角落，連弟妹也刻意保持冷距離。

十一歲時，孔豪彬的寡母和三個弟妹決定移民廣州，他一個人被留在老家。自慚形穢的他，爲躲避形形色色的歧視，平素只敢躲在家中，唯有透過家裡的窗戶，才能奢望屋外溫暖的陽光。母親每一星期返家一次，爲他煮上一頓豐盛的飯菜，看著他興高采烈吃著飯，她則在一旁默默拭淚。

一個人孤孤單單過了五年，十六歲那年，有一天母親從廣州回來，她特別買了一套新衣服和新膠鞋，打算送他到一家洋醫院就診，據說那家醫院是美國一家教會辦的醫院，專門收容像孔豪彬「這種」病人。一九四七年十一月二十日，孔豪彬穿上新衣新鞋，心情忐忑地跟著母親的步履，走上新的人生。

孔豪彬記憶中的美國院長──胥恩禮神父（Joseph Seweeney）。
（後排左一）

孔豪彬的新家，也就是那所特別的醫院叫「天門醫院」，院長是美籍的脊神父，他被安排在第九號房，同住的有兩名兒童和幾名青少年，那是他第一次擁有同年齡的朋友，加上同是天涯淪落人，大家很快建立患難友誼，幾天同居生活下來，他的不安完全消失了，臉上也浮現笑容，融入了醫院的生活。

　　孔豪彬入院時，天門醫院歷經二次大戰，才被日軍洗劫一空，醫院偌大的建築空蕩蕩，有些破落荒涼，當時全院才二十六人，其中十七人在日軍佔領期間，曾被趕到山中過著非人的生活。醫院的老人常對他們這群小孩提起當年的悲慘往事。

　　一九四五年五月初的某一天，神父發現日軍出動橡皮艇渡海來襲，匆忙越過峻嶺由台山縣撤走，神父前腳一走，日軍已迅速佔領神父樓，隨即又到病房，下令驅散病人，當時六、七號樓還有兩位重殘病人不能動彈，日軍根本不管其他，下令放火燒屋。

　　眼看兩位病人活活葬身火窟，其餘病人無不如驚弓之鳥倉皇逃出，逃到一座名叫掃桿塘的大山，作為暫時棲身之地，當時共有一百多人，大家露宿荒山，無依無靠，有些身體狀況較好的病人為了自謀生路，打算潛回家鄉，不料紛紛在途中被農民發現，慘遭打死，曝屍荒野，說來悲哀的是，打死麻風病人在當時的社會環境中，可是被鄉民視為「為民除害」的英雄行

日軍佔領期間,麻風病人無處棲身,只能流落深山苟活。

徑。

　　另外,逃不走的殘疾病人,只好死守著掃桿塘,眼見餘糧即將耗盡,職工賴海只好到鄰村的鄉公所借糧,許諾借一還二,勉強借到一些米糧,解決燃眉之急,但日子一久,賴海什麼也借不到了,病人終告斷炊,僅靠野果草根昆蟲賴以苟活。受不了現實的折磨,不少病人活活餓死,有些乾脆上吊自殺。從一九四五年五月初到八月中日本投降為止,不到四個月,山上一百多名病人,最後剩下男十二人,女五人,共十七人。

　　日軍投降的第二天,賴海請託民工趕上山,用畚箕竹簍一一接回這十七名倖存者,可憐的他們,個個骨瘦如柴,奄奄

一息，可說在鬼門關口踅了一遭。日軍走後，神父也回來了，慘遭浩劫的醫院又重新整裝待發，一九四八年，醫院的經濟重新恢復正常，各地的患者又紛紛入院求醫。病人一多，醫院規定每星期殺豬一次，病人隨時有鮮魚可吃，當生活秩序步入正軌後，神父開始依病人的能力分派工作，工作有：護理組、園林花卉組、畜牧組、文體活動小組等。

孔豪彬被安排去養雞，每個月的工資是二十元港幣（解放前港幣和人民幣通用）。

當時，與世無爭的天門醫院，算得上是麻風病人的「世外桃源」，孔豪彬安心在醫院住下，並跟大家到天主堂去學習宗教的道理，在耳濡目染下，自然也成為虔誠的天主教徒。

一九四九年，五星旗高掛北京天安門城樓上，中華人民共和國成立了，一九五○年天門醫院被接收，改名崖西醫院。

解放後，廣東省衛生廳派了不少醫務行政官員前來醫院進行接管，同時組織一系列政治文化學習的課程，要病人學習。由於神父是美國人必須離境，離境前，神父除了組織彌撒外，其他權力全被架空，知道神父的落寞，卻無法親近安慰，大家內心不勝唏噓，有一天晚上，神父在官員陪同下，召開臨時會，老人家欲言又止，僅簡單交代：「我要走了」；第二天隨即在公安陪同下迅速離去，病人沒來得及送他，只有在心裡默默祝福：「神父，再見」。

神父走了，新中國時代來了，站在時代的浪頭，面對命運

的轉折點，孔豪彬告訴自己，除了勤奮勞動外，一定要破除文盲，才有自立自強的前途，於是下定決心踏上自學之路。

從小愛讀書的孔豪彬，因麻風病的關係，完全被排擠在學校之外，他以為這輩子可能文盲到底了，沒想到在醫院竟然有機會重拾讀書的機會。對數字有興趣的他，先從學珠算著手，剛開始沒錢買算盤，他到山上砍樹木自己動手做一個，再向別人借來「簡明珠算」邊學邊問，後來醫院組織掃盲運動，他加入二年級學習班，因醫院搞起自給運動，學習班被迫停辦，他打聽到有幾十名住院療養的政工幹部他們的文化學習班沒有停辦，便自動去旁聽，半年後，幹部班小學畢業了，他也跟著畢業，他們要繼續初中課程，孔豪彬省吃儉用也去買了初中課本，當時他被分派在供銷處做售貨員，月薪四元，得從早上六點半做到晚上七點才下班，往往聽不到半小時課就要下課了，儘管如此，孔豪彬還是沒有錯過任何半堂課，為了這得之不易的學習機會，他比別人更用功、更努力。

苦讀半年多，初中學習班又停辦了，為的是一項反右鬥爭正在全國如火如荼展開，他最敬愛的鍾老師被打成右派分子，他沒有加入鬥爭的行列，只能無助地站在台下，看著鍾老師被狠狠地批鬥，還被趕出醫院。失去鍾老師，孔豪彬從此失去正規求學的機會。

一九五八年，孔豪彬從報章看到「函授會計」學習班的資訊，遂向醫院提出參加函授班的想法，並要求資助每學期十二

元的學費，由於他在醫院是出了名的愛讀書，院長當下應允，考試過後，他被錄取加入「商業簿記科」。

雖然是函授，孔豪彬絲毫不馬虎，所有作業都詳細作答，再寄回學校批改，每次都得滿分，被列為甲等生，直到畢業。一直到現在，那張「商業會計結業證」還是被他當成寶一樣的珍藏，因為它代表孔豪彬坎坷自學的成就，並彌補了他一生沒有正式上過學的遺憾。

一九六○年十一月十五日，在醫院的牆報上，貼出一批痳瘋康復者的名單，孔豪彬的名字赫然在列，「我康復了。」這不是夢吧，為了這一刻，他引頸盼望了十三年。拿到「出院證」時，孔豪彬相信有這張護身符，他可以跟一般正常人一樣回歸社會，好好幹一番事業。

他好想跟母親分享這美好的一刻，可是母親自從送他入院後已經斷了音訊，為了找媽媽，孔豪彬向醫院請假，到廣州找母親的妹妹，才知道母親已經搬到香港。

雖然斷了十三年音訊，接到阿姨的電報，母親還是從香港趕到廣州，本來母子相逢是人生多大的喜悅，但他們卻只能互訴心酸，大哭一場，孔豪彬向母親提出回家的請求，但母親哭著以弟妹的未來和社會的現實婉拒了他。

孔豪彬沉默不語了，他知道母親說的是事實。

十三年不見，他和母親短暫相處了兩天，又一個人踏著沉重的步履回到醫院，幸好他的戶口尚未遷出，在醫院還有一席

「容身之處」，而重返崖西醫院，一待又是十三年。

　　住在麻風院二十六年，孔豪彬終於有機會揮別崖西醫院了，不是家人張開雙手歡迎他回家，而是他要結婚了。

　　孔豪彬的愛人叫做鄭買好，跟他一樣是天涯淪落人，她來自斗門縣，同年住進醫院，兩人早就認識了，只是在神父的年代，男女嚴禁談戀愛，因此僅維持點頭之交。但隨著時間增長，兩人認識越深，相知越深，便悄悄談起戀愛，並私訂了終身，但礙於麻風院男女分開管理，嚴禁結婚的條件，兩人始終未婚。眼見即將步入中年，兩人商議過後，認為自己已是「康復者」，理當有正常生活，遂鼓起勇氣，把戶口遷出醫院，決定返回故鄉結婚，開創新生。

　　一九七三年，兩人帶著一千元儲蓄，近鄉情怯的回到了老家，稍作安頓後，趕緊到公證處辦理結婚登記，公證處的人看著他們的「出院證」，再冷眼瞧瞧兩人捲曲的手指，堅持他們必須先到醫院再徹底檢查一次，證明無恙後，才批准結婚（那紙證明寫的是——無復發現象，可與群眾生活，並可結婚，特此證明）。

　　婚後，孔豪彬專心等著小隊分發工作，他想憑著過去豐富的財管經驗，應該可以出頭天，沒想到左等右等，他的希望處處落空，現實的歧視，坐吃山空的恐懼，加上聽多了麻風病人最後淪為乞丐的無奈，他被迫跟上級領導提出請求，讓無法在社會立足的他們前往東莞金菊農場定（金菊農場是廣東省民政

廳和衛生廳合辦的，專門收容無家可歸的麻風康復者）。

　　拿著申請書，孔豪彬請生產小隊、大隊、公社各級領導加註意見蓋章後，立刻趕車到廣州市，民政廳長看過後要他去找衛生廳，衛生廳又推回給民政廳。第二天，孔豪彬又繼續奮鬥，先找南海縣民政局長，看到局長面露難色，孔豪彬讓步了，「真的無處安排，就安排我再進麻風院吧。」再去找衛生局長，這回衛生局長倒是乾脆幫了忙，「皮防站不遠，你去辦理入院手續吧。」

　　想來命運弄人的是，孔豪彬一心盼望走出麻風院，擁抱新生，不過才短短五個月，就被社會的現實重新逼回麻風病院，乍現的理想之光，就這樣一閃而逝。

　　一九七三年五月九日，孔豪彬夫妻搬進紅衛醫院，一直到現在，紅衛就是他的家。

　　紅衛醫院據說從前是個土匪盤據的荒涼土地窩，孔豪彬入住時，已有相當規模的開發，新宿舍到處林立，當時病人規模有兩百八十多人，由於手腳健全的人超過半數，因此勞動力強，生產力高，像醫院附設的農場，面積高達六百多公畝，農林漁牧皆興旺，每年出產的糧、油、糖，除了自給外還有盈餘，而果荣幾乎全部外銷到港澳地區賺錢。

　　紅衛醫院的生活屬供給制，也就是把全年生產收入和國家支給的少數老殘救濟金劃入生產收入，扣除病人膳食開銷外尚有餘額，到年終決算時，再按勞動分配取酬。孔豪彬因手腳

皆殘，被劃入休養員行列，不過，他身殘腦不殘，向院長出示「會計結證書」後，爭取到農場管理膳食的財會員的工作，他從此在飯堂工作，一做就是二十年，九五年接著轉任磚廠管理，直到二〇〇〇年磚廠結業，他才正式退休。

七〇年代孔豪彬剛入院時，男女界線還是涇渭分明，即使他已是合法結婚，但他和妻子必須分居，只有逢年過節農場宰豬分魚，兩人才得以同煮共食，即便如此，卻還常招來蜚短流長，被醫院警告。

他深思，再次入院並非治病，更何況他是合法婚姻，難道國家婚姻法不能保障麻風康復者的婚姻嗎？念頭一生，他動筆寫了一式三份的請願書，分別寄給相關單位陳情。

七四年春節過後，有一天醫院行政領導告訴孔豪彬，上級已經批示下來，安置他們夫妻同居的住房，但因紅衛只有集體房，他和妻子只好搬到東圍一間農場看守人居住的克難房；儘管離院三公里，然而經過一年三個月的分居，夫妻倆終於同居團圓了。

在東圍住了幾年，孔豪彬覺得自己是個夾在病區和非行政職工健康區的「中間分子」，為了不要當個離群索居的特殊分子，也為了不要惹來太多的閒言閒語，一九八一年，當他聽到順德麻風病院准許麻風病人結婚時，他受到啟發激勵，暗中鼓吹院內有感情婚姻基礎的男女康復者商量，表示既然回歸不了社會，以院為家，何不效法東莞金菊農場那樣，建立幸福的家

孔豪彬的一生可以說是中國麻風史的一頁縮影。

不向命運低頭，孔豪彬活出自己的愛情、婚姻、人生。

園。

　　請願書寄出，遲遲不見回音，半年後，有一天院長突然召開群眾大會，當眾宣布：「縣委同意了，並經醫務人員討論過後，同意符合婚姻法條件的人，可以登記結婚。」

　　就這樣廣東省能在醫院准許正式登記結婚的，紅衛醫院首開風氣，帶頭做出樣板。

　　那一次正式登記結婚的有十六對，新婚房舍由集體房蓋建而成，每間有一房一廳一衛，位居幕後功臣的孔豪彬也分到了一間，從東圍搬回紅衛，結束「夾心餅乾」的歲月。

　　一九八一年，在縣委常委和副縣長證婚下，十六對有情人終成眷屬，並遷入新房。紅衛醫院第一次辦喜事，可真轟轟烈烈，全院殺豬宰羊，辦桌請客，連馬洲醫院的人都趕來喝喜酒，共襄盛舉呢。

　　八一年除了是孔豪彬大喜之年也是大悲之年，因為那一年他意外收到弟弟一封信，說母親已過世，老人家最後的叮嚀是一定要告訴他死訊，看到信中附上那張母親七十六歲的黑白照，和一張墳墓的照片，孔豪彬不禁潸然淚下，他相信，即使母親多年來任他飄零在外，但內心一定是愛他的。在一股思親的衝動下，他寫了一封信給香港的弟妹們，至今石沉大海，寫給弟弟的第一封信也成了最後一封。

　　失去母親，孔豪彬心知肚明妻子才是他這輩子唯一的親人。說起來，他們這對麻風夫妻的愛情算不上美麗，甚至必須

歷經一次又一次的鬥爭，才能奢望一般人唾手可得的平凡幸福，然而只有親自經歷才能體會患難夫妻的可貴。

身為一個苟活在黑暗角落的麻風病患者，孔豪彬這一生最意外的訪客要算是施安薇女士了，她的出現就像黎明的曙光，讓他有機會走上世界舞台，體會生命存在的價值。

施安薇女士是定居在廣州的美國麻風病理專家施欽仁教授和麻風護理家施安麗的二女兒，聽說她嫁給一位麻風康復者，婚禮是在夏威夷著名的麻風島舉行的。

他第一次知道她，是在一九九四年五月四日，她在前中國麻風研究中心楊理合教授陪同下來到醫院參觀，當時孔豪彬正在平洲醫院接受日益嚴重的兔眼手術，手術前，孔豪彬一個人在病房悶得慌，隨手執筆書寫一些人生感懷——《我的坎坷途》。

正好安薇女士在翻譯醫師陪同下來到病房，問起他在寫些什麼？透過翻譯，安薇女士覺得他能用簡短幾句話描繪出麻風病患者的苦難人生，當下決定把他的詩詞帶回美國媒體發表。

受到安薇女士的鼓勵，孔豪彬又寫了一篇《患者的心聲》，希望藉由她的穿針引線能在國內外媒體發表，爭取更多的共鳴。

詎料，機會來得比想像的快，隔天，就在國際護理節當天，麻防中心舉辦一個慶祝聯誼會，當著所有與會者，楊教授邀孔豪彬朗讀《我的坎坷途》和《患者的心聲》。

會議結束後，安薇女士邀孔豪彬參加宴會，並邀他參加九月在巴西里約熱內盧召開的國際麻風會議。接踵而至的好運不僅讓他錯愕不已，出國更是讓他喜出望外。

　　第二天並再次囑咐：「出國一事，要盡可保密，否則就去不了了」。

　　七月下旬，楊教授和沈醫師到紅衛醫院找孔豪彬取身分證，由於出國一事尚屬最高機密，但是取身分證這件事卻讓大家匪夷所思，胡亂猜測。

　　「他是病人，又不是幹部，怎麼可以出國？」為了「麻風病人」要出國這件破天荒的大事，楊教授不斷跟有關單位周旋，有一天光是查詢電話就接了二十四通。

　　八月初，廣東衛生廳派人來了解，八月中再去安全局開會，注射預防針。

　　至此，孔豪彬出國的消息終於曝了光，因為是破天荒第一次，驚動了整個紅衛醫院，孔豪彬成了眾矢之的，他們說：「出國代表國家至少找體面點的人，為什麼要找一個嘴歪眼斜、手腳不便的人呢？」另外也有人建議，既然他可以出國大把享受，醫院應該立即取消他的民政補給。

　　議論紛飛中，出國手續已順利辦妥，九月初在廣州美國領事館辦妥簽證後，沈醫師帶著他和另外兩名麻風康復者陳冠州、周鴻祿到廣州百貨大廳選購出國的服裝，穿上西裝、皮鞋，繫上領帶，拎著皮箱，一切感覺真是棒透了。

九月十一日，三人從頭到腳，煥發全新的神采，一直到登機的那一刻，還興奮得猶如夢中。

　　飛行了大半地球，轉機轉了好幾趟，孔豪彬一行人終於飛抵里約熱內盧。

　　當晚，召開國際特殊殘疾人座談會，孔豪彬的詩詞作為開幕的典禮辭，他在興奮、緊張、心悸中念出《我的坎坷途》：

春去夏來快到秋，華年逝水付東流。
幼小不幸遭頑疾，背井求醫數十秋。
治癒歸來肢殘缺，胸懷抱負志難伸。
再度離家謀生計，一事無成到白頭。
兩鬢添霜思今昔，心潮起伏惹新愁。

　　他念完後，台下一片靜默，隨即響起如雷的掌聲，在此起彼落的鎂光燈中，孔豪彬的淚水在眼中打轉，做夢都沒有想到自己也有如此風光的一天，在那一剎那，他想起了媽媽……

　　九月九日從紅衛出發，九月二十一日返回紅衛，前後十三天，孔豪彬從谷底爬到高峰，在參加國際麻風研討會的十三天，他和來自世界各地七十幾位麻風病友不分彼此，朝夕相處，成為好友。

　　更重要的是透過此次國際研討會，與會各國一致同意成立一個新的組織——Internationl Association for Integration, Dignity and Economic Advancement（IDEA）即國際愛地芽協會，以協助全世界麻風康復者進行經濟、心理和機體復健。

回國後，孔豪彬腦中一直盤旋著IDEA這個組織和國際麻風協會主席所講的一段話，「成立這樣一個由康復者組成，屬於康復者所有，並爲康復者服務的組織是一個創舉，他感到特別高興的是該會的立會之本，它完全是向前看，而不是向後看，你們不是要我們去回想及補償你們協會會員過去可怕的遭遇，而是要我們手挽手，和你們共建一個不論身體狀況如何，人人都享有尊嚴的社會，讓你們眞正回歸社會」。

孔豪彬的想法和其他兩位與會者的想法不謀而合，三人決定聯名寫一封信到中國六百多個麻風村，推廣這個概念。一九九六年六月二十日，苦盼的機會終於來了，在安薇女士及楊理合教授的奔走下，IDEA中國的分支——「漢達康福協會」——在廣東泗安醫院成立了，並獲准在民政廳註冊。這是中國第一個致力於促進全人類，特別是麻風康復者的尊敬與尊嚴的非營利機構。

從巴西歸來，到漢達協會的成立，孔豪彬的人生似乎起了微妙的變化；一九九八年，他被推舉參加在北京召開的第十五屆國際麻風大會，千人與會的風雲際會中，中國並向全世界宣布將在公元二〇〇〇年消滅麻風病。

隨著人生越來越多的體驗，孔豪彬的眼界寬了，心胸也開了。九九年，他除了擔任漢達協會的副理事長外，並邀集幾位

同好，組成樂團，到其他醫院表演，娛樂病友並聯絡感情。他們這個公益樂團樸實得很，只有南胡、揚琴、掌板三種樂器，以廣東音樂爲主，不管獨唱或男女混聲唱，歌聲以誠懇取勝。孔豪彬負責的是敲打揚琴的部分，他的右手在十一歲的時候就廢了，左手有些畸形但勉強可以寫字，由於雙手不便，加上畸殘的右腳也截肢了，爲此，他選擇揚琴圓自己的音樂夢。

現在，如果有人問孔豪彬如何看待自己的人生，他說：「我不知道自己是幸還是不幸，背負著天刑，本來註定在麻風烙印下，被遺忘在社會邊緣，然而我又何其幸運，因爲這個疾病，讓我走出麻風村，看到了這世界。」

孔豪彬記得海倫・凱勒這位世界名人說過：「我對我的殘疾充滿了感恩之情，因爲它讓我發現自己的世界，發現了自我，發現了我的上帝」。

人生七十才開始，孔豪彬在他人生屆滿七十之際，欣然接受上帝交給他的一個特別任務，就是要當一個盡責的麻風鬥士和奉獻的活動志工，他一定要把自己苦盡甘來的人生故事跟所有還在苦難掙扎的病人分享，並鼓勵他們找回失落的人性尊嚴和一條通往未來的希望之路。

我和樂生——麻風三願

　　如果不認識阿梅，我對很多事情將停留在一種想像；如果不認識阿梅，我將永遠不清楚命運對他們的殘酷。

　　在台灣一個隱匿的角落，有一群人，他們的天地不大，生活有點神秘，一個命運的偶然，我闖入了這塊禁地。

　　其中關鍵的人物正是阿梅，她像一把神奇的鑰匙，為我打開樂生這個撲朔迷離的世界。

　　樂生療養院，成立於一九三○年，是台灣癩病史上第一座採取完全隔離手段的醫療院所，七十四年來孤懸於社會邊緣，是台灣麻風患者的庇護家園。

　　吳西梅，十五歲住進樂生，在樂生成長，結婚。她和先生老陳在患者自營的荣市場內賣荣長達數十年，因為賣荣，阿梅認識每個病友，由於她熱心助人，人緣第一，樂生院內從日常生活到死亡後事，任何大小事都少不了她。

　　起初，我的出現，像個意外的訪客，院內的老人見到我自動迴避，後來藉由阿梅的穿針引線，老人逐漸習慣我的存在，看到我不避諱他們形體的畸殘，也不排斥跟他們共食，老人們

終於解除了心防，知道我愛聽故事，會爭相講故事給我聽，也常請我吃水餃吃橘子，對我疼愛有加。

有一次，我和一群日治時代就住進樂生的老朋友講到二戰末年那段因物資缺乏而飢餓的年代，有人提到為了果腹，死貓死狗都得下肚，連抱頭鼠竄的老鼠也難逃棒打，慘遭剝皮燒烤的悲慘往事。儘管大家嘴裡嚷嚷哀嘆著，可是眼角都笑出了淚光，我在一旁聽了心裡好酸，因為沉痛的記憶，已被歲月稀釋的雲淡風輕，我望著眼前這群老人，不敢想像他們到底經歷過何種慘澹的人生。

對現代台灣社會而言，麻風病是個陌生又遙遠的疾病，一般人提到它似懂非懂，但麻風長期背負的污名，卻讓人避之唯恐不及。也因此，不少人好奇，為什麼我要撰寫樂生療養院的歷史，麻風病人的故事不是很悲涼嗎，如此冷僻的議題，有人在乎嗎？

或許如此吧，但曾為新聞人，面對台灣唯一一家公立麻風療養院即將功成身退步入歷史，加上現在從事的又是兩岸麻風救援的服務工作，我認為留下台灣這段最崎嶇坎坷的公衛史責無旁貸，為此，下定決心排除萬難，從二〇〇三年下半年開始，全力投入寫書的工作。

動筆之前，我也以為樂生是個充滿死寂的老殘世界，沒想到一頭栽入後，才發現這個隔離家園活脫是「另一個世界」（Outside the world），處處暗藏玄機，處處教人驚奇。

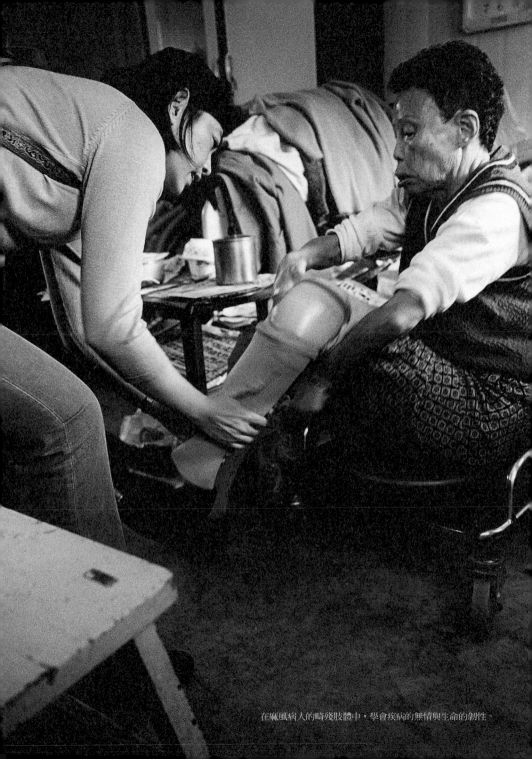

在麻風病人的畸殘肢體中，學會疾病的無情與生命的韌性。

從日治時代揭開歷史扉頁，歷經幾個時代變遷，樂生療養院的生活面貌可謂千奇百怪，儘管老人拼命回想過去，但畢竟年歲大了，記憶七零八落，為此我只好像女工一樣縫縫補補，拼拼湊湊，希望還原他們一路走來的悲歡離合。

　　如果用一齣連續劇來形容樂生悠悠七十四載榮枯起伏的歲月，有如高潮迭起的劇情片，內容五花八門，從暴動到坐牢，從吃喝嫖賭，信仰婚姻到死亡，都有自己另類的生活邏輯，尤其是樂生的病友，不管是老百姓或阿兵哥，簡直是三教九流，牛鬼蛇神，個個都有自己的角色。

　　死亡在樂生是經常上演的戲碼，在我採訪的老人中，有不少已經往生了，其中有兩人，讓我印象最為深刻，一個是樂生最老的人瑞葉學文，一個是樂生最資深的病患蔡清良。

　　說起蔡清良，想當年他可是樂生最出名的明星病人，因為他有一雙巧手，儘管一根手指也沒有，雕刻功力十足，他殘而不廢的精神，一度代表樂生病人的典範，成為國內外媒體爭相採訪的對象。

　　早就聽聞樂生這號人物了，不過阿梅告訴我，已經八十好幾的蔡清良因為罹患老年癡呆症，人變得瘋瘋癲癲，早已成了歷史灰燼，不過在我央求下，阿梅還是帶我去拜訪他。

　　第一次，蔡清良讓我吃了閉門羹，炎炎夏日，才五點不到，他就把大門鎖起來，而且用兩輛代步車把門頂住，他的理由是天就要黑了，「魔鬼」要來抓他。

第二次，日正當中，我終於見到了他，大明星理了個平頭，視力全無，耳朵又背，雙腳像馬足一樣，腳踝以下都不見了，他穿了一件泛黃的汗衫和一條髒兮兮的黃色內褲，坐在房間的高架床上，狹小的室內堆滿了雜物，悶熱加上污濁的空氣，簡直讓人無法自主呼吸。看到蔡清良今日落魄狼狽的模樣，再看到他桌上老照片裡神采飛揚的從前，我滿心悵然。

　　比手畫腳採訪過後，我跟阿梅講，無論如何要蔡清良搬到老人病房安養，因為他幻聽十分嚴重，現實和想像糾纏不清，後來，阿梅使出渾身解數，終於架著老人離開他的台南舍，然後請人徹頭徹尾幫他清洗，重新安頓。

　　我最後一次看到蔡清良時，他已經住在重病房，儘管還是一身內衣褲，但全身已經乾乾淨淨，不再惡臭難聞。

　　蔡清良是一九三一年因病被強制收容進樂生，那年他才十三歲，二〇〇三年十二月過完第七十三年院慶後過世，他的一生幾乎見證了樂生完整的歷史。蔡清良出殯那天，在樂隊奏起的哀樂聲中，稀稀落落幾個老友，歪歪倒倒送了他最後一程，哀悼昔日明星的殞落，我特別出席了蔡清良的告別式，並和國彰記錄他的喪禮。讓他死得像個「明星」，是我對蔡清良最後的致意。

　　另一個有意思的老人是葉學文。

　　蔡清良出殯當天，在樂生院內的太平間，他的棺木旁，停放的正是葉學文的棺木。一位民患第五號，一位榮患第一號，

兩人連死亡之旅，都相邀共行。

　　葉學文是浙江人，跟著國民黨來台，原本在南部某警局擔任文書的工作，不幸因為麻瘋被迫進樂生了，前途中斷。

　　早年在樂生，除了少數病人讀過幾年日本書，幾乎都是文盲，台灣光復後，雖然湧進不少來自大江南北的療養戰士，但是像葉學文這般擁有厚實中文底子的，仍是少數。舉例來說，台灣光復後，樂生第一任台籍院長吳文龍紀念碑，碑上題文：「以院作家　大德曰生」，就是出自葉學文的大作，短短八個字，淋漓道盡病人被強制收容的一生。

　　我第一次見到葉學文，立刻喜歡上這個斯文的老人，雖然他重聽，視力又差，可是八十六歲的阿款姨把他呵護得很好。有趣的是，我跟葉學文講國語，他老是用一口很奇怪的浙江台語回答我，搞了半天才知道，原來阿款姨不會講國語，葉學文為了配合老婆大人，只好認真學講台語。

　　據說，愛貓成癡的葉學文，本來身子還算硬朗，但自從捷運拆了他的老家，讓他不能養貓後，他的身子迅速垮了，幾次進出重病房，鬼門關前轉了好幾趟。

　　我常抽空去探望這對老夫妻，兩人的互動總讓我感動，阿款姨用畸殘的手掌，不僅耐心替葉學文熬雞湯，餵他吃稀飯，甚至耐心地用濕紙巾替他擦屁股，夫妻情深流露無遺。

　　有一次，我又去拜訪葉學文，那天天氣很好，我和另一位病友彩雲姨想要推他到吳文龍紀念碑前照相留念，徵求阿款姨

樂生療養院是台灣唯一的公立痲瘋療養院。

同意後，我們幫葉學文穿戴好衣帽，再由彩雲姨開著電動車，後面夾坐著葉學文，緩緩開下山，在冬天的暖陽下，臥病許久的葉學文精神面貌不錯，我跟在電動車後面蹦蹦跳跳，國彰時而前時而後跟著追拍，一路上每個院民都盯著我們四人猛瞧。相片拍完了，還來不及沖洗，三天後，一個星期天下午，阿梅來電通知，葉學文死了。

第二天，我又接到電話，葉學文已經入殮，阿款姨守著棺材垂淚到天明。

一直到現在，每次看到葉學文在石碑前最後的留影，我的記憶就會回到那個溫馨的下午。

葉學文的死，是個好大的遺憾，高齡九十八歲的他，再過兩個月就屆滿九十九歲，在中國人眼中，就是一百歲，每次看他，我總不忘再三鼓勵他，一定要努力活到一百歲，大家一起替他做個轟轟烈烈的生日。

不過，葉學文終究無福消受他的百歲大壽，他的死讓我深刻體會到「行善要趁早」。如果真要為這些可憐的老人做點什麼，一定要及時，否則等到死亡，再多的關懷都顯得無啥意義。為此，我許下「麻風三願」的念頭。

第一個心願是，我在整理歷史當中發現，樂生過去有不少政要前來探訪，包括永遠的第一夫人蔣宋美齡，前總統蔣經國也在擔任退輔會主任和國防部長期間前後蒞臨三次，然而在樂生長達七十四年的悠久歲月中，卻從來沒有一個中華民國現

任元首來過，爲此，我想如果能夠邀請總統親臨樂生療養院撫慰病人，爲樂生最後一年歷史畫下完美句點，該是多美的一件事。

我的想法獲得樂生院長黃龍德的支持，於是共同策劃了「向抗癩鬥士致敬」的活動。

在引頸盼望中，總統陳水扁果眞來了，除了親自頒發「金牌」給住在樂生超過一甲子歲月的老人，握過他們每一雙畸殘的手，最重要的是，身爲國家最高領導人，他除了向見證歷史的生命鬥士們致敬外，也針對早年違反人權的隔離措施，帶來政府正式的道歉。

那一次在樂生中山堂，我們重整樂生合唱團，高唱樂生的院歌，並讓當年風光一時的樂生樂隊重現江湖，另外知名的亞都飯店，也在活動當天舉辦一場五星級的盛宴，讓鮮少出門的全體院民，也能享受到最高級的buffet。

二〇〇四年二月十五日，樂生老人度過最難忘的一天。

我的第二個心願是出版《悲歡樂生》一書，讓樂生的每個院民，都能擁抱屬於他們自己的悲歡人生。

這個心願一路走來崎嶇難行，因爲寫書容易，但要出版一本眞正的好書可是相當不容易，尤其要兼顧報導文學與紀實攝影，又要與國際社會共享台灣經驗。爲了出這本中英文書，我曾向國內幾個知名的基金會申請贊助，不知道是不是因爲「麻風」的關係，全被打了回票，最後在HOLA和樂家居館贊助

阿梅帶我進入樂生麻風病人的孤寂世界。

下，設計一款麻風人權紀念蠟燭——dignity，在「向抗癩鬥士致敬」活動中，舉辦特別義賣。總算在親朋好友慷慨解囊下，募得印刷經費，讓此書的出版露出了曙光。

大概很少有一本書的誕生，能像這本書一樣，擁有這麼多的友情贊助，除了印刷經費外，從文稿、攝影、美編到翻譯，幾乎都是無償義工。忙了一整年，大家的心願無他，就是希望能把台灣麻風患者與疾病搏鬥的心路歷程忠實地記錄下來。

二〇〇四年六月，《悲歡樂生》出書了，為了讓每個院民都能擁有這本書，我再度寫信跟國內一些企業界提出「送書到樂生」的想法，再一次，全無下文。不得已，我找上在樂生威廉聖堂的谷寒松神父，谷神父二話不說答應了，他說，三十年前，他的奧地利家鄉把他送給台灣，而他在樂生的服務，也獲頒醫療奉獻獎，為了感謝台灣真正接納了谷寒松，他的家鄉很樂意再送給樂生每個院民最有意義的禮物，就是他們自己的生命故事。

神父的話和那份來自奧地利的愛心，讓我又愧又喜。我不禁想起早年台灣走過國際援助的經驗。

翻開台灣一頁麻風醫療史，首先扮演開路先鋒的，就是一群不遠千里而來的外國宣教醫師和傳教士，像八里樂山園創辦人、前馬偕醫院院長戴仁壽醫師，芥菜種會創辦人孫理蓮牧師娘等等，他們為台灣癩病患者所寫下無私奉獻的故事，都令台灣人刻骨銘心。

多年來，國際上各種人道救援幫助台灣走過最篳路藍縷的一頁，如今麻風病在台灣不僅已獲完全的控制且幾近絕跡，因此要「回饋國際社會的大愛」，這也是希望之翼出版《悲歡樂生》，並全數捐作義賣的理念。義賣所得，除一半留作台灣樂生老人的急難救助金外，另一半將援助大陸偏遠地區麻風病患子女的希望工程，讓愛起飛，跨越國界，繼續在最需要的地方生根萌芽。

至於我的第三個心願是什麼呢？

在多次與樂生老人訪談中，我充分體會到老人深埋在靈魂深處那份自卑與渴望，儘管近年來，政府在藥物治療及生活安養上，都極力妥善照顧，但是麻風污名，如鬼魅隨形，老人即使熬過疾病的摧殘，但內心飽受人為的隔離與社會的歧視，無不傷痕累累……為此，我衷心盼望藉由《悲歡樂生》這本書，扮演溝通橋樑，讓社會大眾重新正視麻風病，對這群背負麻風烙印的人，多一點悲天憫人的關懷。

畢竟，已經風燭殘年的他們要的不多，不過是一個公平的對待和作為普通人的尊嚴。

麻風鮮師

　　九九年後，我輾轉拜訪川、滇地區幾個人煙罕至的麻風村。

　　看到麻風村的孤絕淒涼，令人不勝唏噓，然而令人心疼的是，那些隱匿在流放家園裡，到處亂竄的小生命，似乎沒人在乎，還沒長大，就已經沒有未來，沒有戶口的他們，到底有沒有學校讓他們讀書？我為他們心急，渴求有個答案。

　　二○○○年冬天，突然接獲電話，據說在越西縣麻風村有一所特別的小學，我二話不說，立刻收拾行囊直奔涼山。

　　一月寒冬，我從成都轉機西昌，越過冕寧縣、喜德縣，繞過大小雪山，第一次抵達越西縣。

　　越西縣位於涼山彝族自治州北部，屬於麻風病高流行縣，因地處偏僻，民風閉塞，越西縣不僅麻風病人多，麻風病人子女更多，加上長年與社會隔離，麻風村苦無文明，已成文盲村。

　　一九八六年，為替病人子女打開一扇文明的窗口，在四川省民族事務委員會贊助下，決定在越西縣大屯鄉麻風村建立

第一所麻風子女的專屬小學。一九八七年正式創校，一共收了七十名學生，並以所在地命名，取名「大營盤小學」，當時並由越西縣的副縣長擔任榮譽校長，由文教、衛生兩部門共同管理。這所官辦小學的成立，被視為四川麻風防治史上一大創舉。

我做夢都沒想到，我與大營盤小學的邂逅，竟成日後割捨不斷的情緣。

而故事得從一位麻風鮮師講起。

遇見王文福是在越西縣大屯鄉麻風村，那一天，雪花飄渺，冷空氣中，王文福率領一群衣衫襤褸的小孩，站在村頭，髒兮兮的臉龐，凍得兩頰泛紅，有些還殘留著兩行濕答答的鼻涕，引頸盼望的是遠來的台灣旅客，黑黝黝的眼神閃爍著興奮與好奇。

他們是大營盤小學的師生，大營盤小學是四川涼山第一所也是唯一一所官辦麻風小學。在孩子們簇擁下，我終於一窺這所披著神祕外衣的小學。別看它的校名叫「大營盤」，其實不過是兩間蓋在水塘地的「小危屋」，佔地十來坪左右，全部的校產就是教室內幾扇只有鐵條不見玻璃的木窗，兩塊嵌在牆上的黑板，兩張講桌和十七套破舊的桌椅。

教室大門滄桑斑駁，門口卻慎重其事掛了兩把大鎖，牆外還寫著「偷桌椅被逮的話，罰款五十元」，有趣的是，桌椅沒丟，倒是掛了十幾年，上頭寫著校名——越西縣大屯鄉大營盤

王文福在麻風村當代課老師已經十幾年。

小學的招牌，兩個月前離奇失蹤。

　　大營盤小學已經夠簡陋了，更教人驚訝的是，從創校至今，每年高達七、八十名學生入學，卻沒有一個正式的老師，也沒出現過一個正式的畢業生。

　　若不是代課老師王文福，大營盤小學早就遁入歷史了。

　　三十八歲，個子矮小，有著誠懇笑容的王文福是道地的漢人，難得的是在這個彝族聚居的麻風小學他已經執教十二年。在一所另類的學校，擁抱一群另類的學生，算起來王文福也是一個另類的老師，單純無大志的他，似乎跟麻風病無任何淵源，為何會挑戰禁忌，搖身一變成了麻風鮮師呢？我不禁好奇

王老師的選擇。

　　從學校步行到王老師的家約需半小時，跟高橋村一般的農舍比起來，他家顯得破舊又寒酸，簡直可以用「家徒四壁」來形容，然而三個女兒活潑可愛，是王家最大的資產。由於大冷，我們在屋內生起火塘，有點溫暖又煙霧迷茫的氣氛中，王老師用川普話娓娓道起他的故事。

　　王老師的意外人生，得從他的第三個女兒講起了，他初中畢業後，一直在鄉裡的生產大隊種蘋果，解放後蘋果園承包分戶，因沒有錢只好離開蘋果園，在妻舅幫忙下買得一輛中古拖拉機，轉行當拉車師傅。

　　一個月拉個二十天煤，扣掉油費、修車費、每個月賺個兩百元，一家四口過得差強人意，不過王文福卻抱憾沒有生個兒子，在無後的強大壓力下，儘管計劃生育已成國策，超生得罰重款，夫妻倆卻決定鋌而走險。

　　豈料，造化弄人，第三胎又是女兒。計劃生育部、鄉、村、社幹部浩浩蕩蕩來了三十七個人，採人海戰術對王文福執行強制罰款。雙方從早上十點僵持到下午四點，眼看王文福家裡連個像樣的家當都沒有，抄家也抄不出三千元，最後對方同意以物易債，拉走他們家那頭過年肥豬和他賴以維生的拖拉機，這才結束這場災難。

　　歷經此番折磨，王文福認命了，超生的結果，更讓他完全破產，在生活壓力下，透過同鄉介紹，才跟麻風村小學結了

緣，之前，他只有聽說過有這麼一所專門給麻風村子女唸書的學校。

這種人生逆轉，王老師坦承內心常常天人交戰，儘管知道麻風村孩子都是正常的，並無感染麻風病，但是每天必須到麻風村報到，心中不免擔心受怕。

王老師說他剛開始來到大營盤時，教室連塊黑板都沒有，在要不到經費的情況下，他乾脆跟教辦要水泥，自己土法煉鋼做了一塊黑板，那塊黑板至今寫起字來還是坑坑巴巴，不過也正式揭開他代課生涯的序幕。

回想那段初執教鞭的歲月，王老師說：「我沒有受過任何老師的培訓，一上課就得打硬仗，不僅要用彝語，還得採複式教學，搞得我身心俱疲，有時想到第二天上課，還直想逃學。」「當時怕我熬不下去，教辦不知從那裡搞來一顆舊的籃球，那顆籃球竟成了我的救星，我跟學生因為玩球，拉近了彼此的距離，而且為了保管籃球，每天帶著它上下學，一路走來，心情更是雀躍，後來我還特地去撿了一個鐵絲圈，一根木頭，在教室前的空地，打造一個簡陋的籃球架，就這樣跟學生賽球，直到球架垮了，籃球也爛了為止。那兩年歲月，種下我對大營盤的感情。」

由於大營盤屬於特殊小學，教材由政府全權負擔，每學期會由教育局派人來進行期末考，統一閱卷。學生成績，王老師坦白說：「不太好，一來是麻風小學任務編制以掃盲為主；二

大營盤原來的簡陋模樣。

來全用漢語試題，對彝族來說困難度高。」至於學校有無留級制度？王老師搖頭：「太嚴的話，學生早就跑光了。」

總之，大營盤小學跟一般小學差距甚大，學生除了語文和數學外，從未上過音樂、美術和自然等課。

什麼都沒有，大營盤也有自創的樂趣，像少數民族熱愛歌唱，沒有音樂課，學生們常抓著老師教唱，嗓子不好的王老

師也扯著喉嚨硬唱，雖然老是那幾首〈沒有共產黨就沒有新中國〉、〈世上只有媽媽好〉、〈洪湖水浪打浪〉，但每次老師一唱，學生一和，學校響起歌聲，麻風村內老老少少都會被吸引前來，好不熱鬧。

無啥體育用品，大營盤小學的體育課，除了跑操場外，學生們下了課，便會跑到教室外，自行發揚彝族特有的競技運動——摔角，三三兩兩，你摔我，我摔你，逗趣得很。每年火把節，大人小孩在學校舉行摔角比賽，更成了麻風村的一大盛事。

上課生涯酸甜苦辣，克難的教室裡冬冷夏熱，風季時，屋瓦吹得嘎嘎響，一到雨季時，教室下大雨，操場上淹水，夏天一到操場上又長滿綠草，村民最愛來此地放牧，一群雞鴨鵝馬牛羊，變成了最聒噪的旁聽生。

此外，彝族的生活習慣，王老師至今無法入境隨俗，例如，村內只有一個人畜共飲的地下水塘，十幾年基於衛生問題，王老師不曾在村內飲過一口水，連手都不敢洗。不過他的學生不僅飲生水，也幾乎沒有刷牙洗臉洗澡的習慣，因此，他的學生老是蓬頭垢面來上課，一到夏天臭氣更是薰人。

有一次，王老師上課時看到一位女生，蝨子在頭髮上穿梭來去，他忍不住要她回家搞衛生，不料女學生竟然一連缺課三天，王老師擔心之餘到學生家家訪，才發現女生回家後，拿起農藥往頭上噴灑，竟中毒躺在家中三天。

我與大營盤的初次邂逅，牽引出我生命中最大的一個轉折。

　　另一個讓王文福難以忍受的則是「方便」的問題，平均一天五堂課，只要進入麻風村，就得忍受無廁所之苦。

　　學校沒有廁所已經夠不方便了，麻風村內也沒有廁所，村民習慣到處便溺，人人面前一堆肥，為此，王老師去家訪時，走起路來格外小心，深怕一個不小心落入不可自拔的屎尿陷阱。

至於學生如何解決如廁問題，王老師表示，學生通常會舉手「老師，嘎嘎去」，我就回答：「去，跑遠一點」，年紀大一點的，真的會跑到隱秘一點的地方，年紀小的則是大剌剌走到教室外空地一蹲。

　　有一次讓王老師倒盡胃口的是，他去上課時，迎接他的就是教室門口好大一坨屎。

　　越西麻風村另一個特色是學齡兒童特多，我到村子裡繞一圈，小孩子多到讓我心驚膽戰，光在學校就讀的學生就有八十幾人，而兩間小教室擠得滿滿的，最多能容納七十幾人，擠坐在一起的學生，常為了寫作業吵成一團，除了有學生必須站著上課外，最稀奇的是，王老師教了十二年的書，連張教師椅都沒有。

　　說來諷刺的是，王文福因為超生女兒，迫於生活，才幹起麻風鮮師，但在麻風村超生很平常，平均一家四、五個小孩是常事，有十幾戶人家甚至生了八、九個，生孩子的速度直追雨後春筍。計劃生育在麻風村起不了作用，據說，直到現在，即使防治人員說破嘴，計劃生育人員硬是不肯踏進麻風村。

　　我參觀王老師教學，雖然他個小，但拿起一支特長的教鞭，一站上講台，還是頗有架勢威嚴的，一口越西腔的王老師，上數學課還行，上起語文課，我卻忍不住笑了起來，因為四川人講普通話「粉」不標準！「白的花」，孩子們跟著王老師唸起來就變成「別的花」，一點都不夠「字正腔圓」呢！

目前，三個年級，八十六個學生中，王老師最得意的一名學生叫郭劍波，他的祖父母是麻風病人，三代十二口人住在麻風村，郭劍波上學期才跟哥哥來上課，因為是旁聽生，只能站在哥哥旁邊聽課。我看到郭劍波小小的身軀，揹著媽媽幫他縫製的書包，可愛的小臉，專注的眼神，他是麻風村裡極少數的漢人，據說他的記憶力驚人，一本課本很快就能倒背如流。

　　提到郭劍波，王老師有些感慨：「麻風村，聰明的娃兒不少，但又能怎樣？四年級以後還不是沒書可讀……」

　　學生那麼多，竟出不了一個畢業生，身為老師的王文福好無奈，他解釋：有些學生是個人因素，寧可放牧不願學習；有些是家庭經濟壓力，學生不得不中途輟學下田勞動；另外則是學校的因素，只有他一個代課老師，兩間教室，頂多四個年級，這也是大營盤的悲哀，學生越念越少。

　　獨自苦撐了十二年，王老師的薪水從二十四元，調到六十七元，最近好不容易漲到一百六十四元，雖然是兩個代課老師的薪水，卻只有一般正式教師的五分之一，王老師說：「代課老師領的是臨時工資，一到寒暑假一毛錢也沒有，所以一到下課或放假，我必須下田勞動，幸好家裡有一畝三的薄田過活，否則光靠教書的薪水，家裡早就斷炊了，只是全家大小勞動，每年還是差四個月的糧，得向親戚借貸。」

　　在一般人根深柢固的歧見下，「麻風教師」就像烙印般讓王文福難以出頭天，村裡的人瞧不起他，加上自己生不出兒

大營盤的孩子與我有深刻的情緣。

子，於是有村人老愛背著他嚼舌根，笑他「癩老師」、「斷根子」……他的三姊同情他之餘，常私下資助他，不過也不免發出牢騷：「家裡為什麼那麼窮？」

王老師唯一值錢的一頭好大好肥的種豬，牠的家也就是王老師家的茅坑，靠著牠下的仔豬賣錢，王老師的女兒勉強念了書。

再苦再累，栽培女兒念到中學畢業，是王老師的堅持。為了這個卑微的願景，王老師最近思想又起了激烈的鬥爭，因為有親戚一直遊說他改行到城裡賣水果，保證他可以幫女兒掙點學費。

但，一走了之行嗎？學生丟給誰？麻風小學長久以來根本找不到其他老師，而他對大營盤小學也已衍生出割捨不斷的感情，最重要的是他好希望親手教出一個大營盤小學的畢業生。

想著想著，每天天微亮，王文福還是習慣帶著他的書包，就這麼走啊走到麻風村。十二年來，從家裡通往麻風村的小徑，一路走來風雨無阻，有時步履輕快，有時步履沉重，然而，每天清晨，只要王文福走進學校，看到學生等在門口，他拿出鑰匙推門而入，「很奇妙地，那一刹那，所有的困擾不再，一切都又變得雲淡風輕」。

一個賣蠟燭的女人

　　我是一個金牛座的女人，熱情固執，會為正義兩肋插刀，為理想勇往直前。

　　當初深入了解大營盤小學的來龍去脈後，我被麻風父母卑微的心願所感動，因為這些麻風父母被社會隔離歧視了一輩子，唯一盼望的是他們無辜的下一代能夠有點文化，走出麻風村，被社會接納。

　　省思台灣的過去，抱著回饋國際社會的心情，加上考量大營盤小學的發展潛力和時代意義，我決定要發動台灣社會人道救援的力量，成立一個溫馨的小團體，為這群被麻風烙印的小孩，耕耘一份真正的希望。取名「中華希望之翼服務協會」，是希望這個組織能跨越文化、種族、政治，扮演一個無國界的人道救援組織。

　　希望之翼草創之初，真的一無所有，沒有知名度、沒有資金，甚至必須在兩岸政治敵意夾縫中求生存。

　　凡事起頭難，夢想最開始的地方，往往也遍佈荊棘，像「希望之翼」這麼小而單薄的團體，想要幫忙的又是大陸對岸

隱藏在社會邊緣的麻風村孩子，在民進黨執政的時代，有不少人認為我是「有勇無謀」，但我總有某種天真的期待，相信台灣社會的成熟，也相信這是一件有意義的使命，所以我決定義無反顧，全力以赴。辭去報社的工作，一肩扛起協會的大小事務。為開闢知名度，拿出第一線記者拼搏的本事，除了訴諸媒體，喚起社會對麻風村希望工程的共識，更為開闢財源，展開自力救濟，尋求各種募款的可能。

頭一兩年，為推銷夢想，我鞠躬哈腰，到處募款，發瘋似地賣蠟燭，賣書，度過一段食不知味、睡不成眠的疲累歲月，後來好友拗不過我的堅持，心疼我的奮鬥，紛紛伸出援手，像擔任創會理事長的辛姐，就被我的執著感動，出錢出力，變成我最堅強的精神後盾；昔日工作夥伴國彰，則跑去參加國際攝影賽，把得來的獎金全數奉獻，宣一的「一一九讀書會」甚至成立「血汗工廠」，縫製各種工藝品和創意家飾，辦起「我要上學去」的義賣活動，大家齊心努力，認真地把所募來的每一分錢，先後投入涼山麻風村希望工程，如此用心、用力地呵護，總算讓協會生根萌芽，在風雨中屹立成長。

在這幾年什麼都賣的募款過程中，我印象最深刻的是早年那段賣蠟燭的日子，因為那是我第一次拋頭露臉下海做生意，對從小嬌生慣養的我，至今仍是一個新鮮、美麗卻又充滿心酸的回憶。

為什麼會成為一個賣蠟燭的女人呢？

那是有一天，一位小時候的鄰居沈瑞蓉來訪，她在國內一家很大的禮品貿易商擔任業務秘書，她送給我很多漂亮的蠟燭，據說都是外銷的樣品，當時藝術蠟燭在台灣才掀起流行的風潮，我驚訝於這些蠟燭的創意與美，收下這份美麗的禮物後，心想，如果這份美麗能夠讓我為痲瘋村的孩子們一圓讀書夢該有多好，有了這種想法，我先拿家人當作試驗品，接著賣給常來家裡串門子的親友，不管是否有礙於情面的因素，蠟燭賣得不錯，募款超過預期，如此一來，讓我萌生賣蠟燭募款的想法。

我不是賣蠟燭，事實上，我賣的是一個美麗的希望。

　　當時，剛好碰上聖誕節，我跟朋友說好，希望他們公司淘汰的樣品能夠捐一百個給我，我希望用這一百個蠟燭來幫大陸痲瘋村的孩子創造一個聖誕節的奇蹟。我於是寫了一篇文章登在報紙副刊，公開祈求大家來扮演聖誕老人。沒想到文章見報後，熱線不斷，有人

邀我去演講，有人要買蠟燭，其中一位陳惠玉女士更打了一通電話給我，說她曾是一位蠟燭禮品商，有二十幾箱存貨在倉庫，如果有需要，她願意全部無償捐出，第一位「蠟燭天使」的出現讓我喜出望外，我和秘書雅惠連夜趕到她的倉庫，搬回所有存貨，看到整間辦公室放滿了蠟燭，我暗自驚喜也暗自心慌，因為賣一百個蠟燭不難，上千個蠟燭該如何促銷呢？

我翻出電話簿猛打電話，許多失聯的朋友被我call到不得不回來共襄盛舉，接單、打包、出貨，自己充當「宅急便」，甚至同學聚餐，我也拎著一籃蠟燭前往「助興」，強迫推銷，還好聖誕節期間朋友聚會不少，我鼓起勇氣帶著蠟燭到處趕場擺攤，也總有些斬獲。只是首度下海，難免羞澀，碰到熟人還好，若是陌生朋友的party，可就渾身尷尬，常常解釋到面紅耳赤，不知如何調整自己的身段。但無論如何，我跨出義賣蠟燭的關鍵腳步。

我還記得那年聖誕夜，我是在台北市新生南路天主教聖家堂外面庭院擺攤賣蠟燭度過的，那一夜天冷風又凜冽，我一邊賣蠟燭，一邊點蠟燭取暖，直到子夜彌撒過後才收攤，不知是不是天冷的關係，生意有點清淡，看著寒風中抖顫的燭光，我突然覺得自己有點悲哀，像極了童話中那個可憐的賣火柴女孩，在應該是最溫馨的聖誕夜得不到一點關愛，只好點燃一根火柴，在短暫的火光中尋求溫暖與希望。當然，我絕對不會像賣火柴的小女孩，最後不幸凍斃在街頭，但不知怎麼搞的，從

開始賣蠟燭後，我變得多愁善感，甚至常常哀怨自憐。

　　不過那年的聖誕夜並不是我賣蠟燭生涯中最悲慘的一次，聖誕節當天才是。那是大姐一位開兒童美語補習班的友人邀我去板橋義賣蠟燭，說實話，我是那種一出台北市就會迷路的人，可是我不又不願失去任何募款機會，只好硬著頭皮開車前往板橋。那天晚上延續著聖誕夜的冷天氣，甚至還下著雨，不過我依然打包了幾箱蠟燭和一箱雜貨前往，同時又帶著三個小孩（兩個兒子和弟弟的女兒），連我家印傭都出勤，我想，反正那天是聖誕節嘛，就算我在一旁賣蠟燭，孩子們至少可以參與補習班的聖誕party。

　　那晚，不知怎麼的，從出門起就諸事不順，我不斷問路又不斷迷路，開了兩個多小時才到板橋，好不容易找到地點，孩子們嚷嚷肚子餓了，我瞧對面有一家麥當勞，就叫印傭帶孩子們去買漢堡，結果翻遍了背包，才發現忘了帶錢包，只好東找西找，最後在車子的零錢箱裡翻出百來塊硬幣，讓孩子們買點玉米濃湯和薯條止飢……更難堪的是，會場裡孩子笑聲不斷，我們一行人卻因為攤位擺在會場外走廊上，所以被孤立在熱鬧的派對外，鮮少人來光顧，孩子無聊到吵著要回家，印傭看到我站在攤位前兩個鐘頭了，連一個蠟燭都沒賣出去，忍不住對我拋出同情的眼神。最後，終於有一位好心的媽媽走了過來，跟我聊了一會兒，她決定替我開市，買了一個可愛的放牙刷的陶瓷品，原本義賣價是四百元，可是媽媽身上只有三百五十

元，我告訴她沒關係，並由衷地謝謝她，因爲她真的是一位聖誕老公公。那天直到party結束，沒有人再來到攤位上，我創下義賣蠟燭以來一個蠟燭都沒賣出去的紀錄。

至今，我都不願再回想起那個入冬以來最淒涼的一夜。

那陣子瘋狂賣蠟燭的歲月中，最豐收的一次是二○○二年國際麻風防治日（World Leprosy Day），我們在京華城舉辦的義賣，因爲出現第二個「蠟燭天使」捐給我們八百多個香味蠟燭，黃的香草味，紫的薰衣草，又美又香，那一天我們跟全世界一百五十幾個國家一起慶祝屬於麻風病友的節日，除了感謝八位在台灣服務麻風病患的外國傳教士外，也找來慈濟人的愛心挹注，最重要的是，我的報社同業張守一利用他在影劇界的人脈，情商多位影歌星幫忙義賣，一個蠟燭三百、五百賣，竟然才一下午，短短兩個鐘頭，抓住逛街的人潮賣掉幾百個蠟燭，並籌到六十幾萬善款。

外國傳教士，加慈濟人，再加熱情的演藝人員，堅強的陣容，讓蠟燭小兵立大功，溫暖了兩岸麻風病友。

瘋狂賣了兩年蠟燭，後來我漸漸不賣了，不賣的原因不是因爲貨源不繼，而是我的左手因爲搬運蠟燭，使力不當，惹來肌腱發炎，有將近半年的時間不僅手痛得厲害，也無法施力，成爲名副其實「手無縛雞之力」的人，爲此，只好暫時放下蠟燭，專心養手。

最近一次公開賣蠟燭是爲了出版《悲歡樂生》一書，原來

台灣的樂生療養院即將拆建，我為了留住這一頁特殊的公共衛生史，用文字和照片記錄了台灣唯一一家公立麻風療養院，從日據時代至今，悠悠七十四載，病人生活在社會邊緣的悲歡歲月。由於此書純為慈善需要，不做商業考量，為了出版此書，曾向若干知名的文教基金會請求協助，可是不是被拒絕，就是毫無回音，最後台灣特力和樂集團——HOLA伸出援手，採用了我們「賣蠟燭寫歷史」的構想，幫樂生病人設計了一款「向日葵」蠟燭，取名為dignity——尊嚴，並舉辦特別義賣，希望藉蠟燭散發的光與熱，為病友過去不見容於社會的悲慘際遇送上溫暖與關懷。

二○○四年一月，正逢國際麻風日走過五十年，即將邁向五十一周年之際，中華希望之翼服務協會假台灣樂生療養院

特別為樂生病友設計的尊嚴蠟燭——dignity。

舉辦「向抗癩鬥士致敬」活動，邀請陳水扁總統蒞臨麻風療養院向樂生老人致意，也為過去政府的隔離政策致歉。

也許是因為台灣麻風療養院有史以來第一次有總統大駕光臨，全院上下戒慎緊

張。那天天氣不錯，總統握過一雙又一雙院民的手，並致送金牌給住院超過一甲子的病友，寫下溫暖的時刻；當天除了總統的慰問外，另一個高潮就是向日葵蠟燭的熱賣（陳總統沒有買），辛姐率先買下一百個蠟燭，將「尊嚴」分送給每個住院的樂生病友，希望之翼的志工也同時在每個樂生老人手腕上，貼心地繫上黃色向日葵絲帶，氣氛溫馨感人，而為支持「賣蠟燭寫歷史」的理念，平常省吃儉用的樂生老人們，更在愛的分享中紛紛慷慨解囊，一千一萬地捐，那天我們一共募到四十萬，一舉募到《悲歡樂生》一書的出版經費。

其實，直到現在，鮮少人知道，蠟燭跟麻風病人之間有其特殊的意義，在印度，麻風病人被稱為"candleman"，因為他們肢殘形穢，在麻風桿菌侵襲下，皮膚潰爛，四肢萎縮，像燃燒過的蠟燭一樣，所以麻風病患被稱為蠟燭症的病患；賣蠟燭幫助麻風病人，不僅是一種善行，同時更有點燃他們生命亮光的意義。

如今我已經很久沒有賣蠟燭了，可是在我募款的歲月中，蠟燭真的幫我創下「一百萬的奇蹟」。第一次的蠟燭奇蹟，我用來重建大營盤小學，為越西麻風村的孩子建築了第一個快樂與希望。

第二次的蠟燭奇蹟，我用來出版《悲歡樂生》，記錄了台灣麻風病人在時代變遷中走過疾病烙印的悲歡歷史。

在「希望之翼」的辦公室中，有兩個玻璃展示櫃，裡面

陳列最多的是蠟燭，最美的也是蠟燭，不同的造型，不同的氣味，或許自己也在這幾年中不可自拔地愛上蠟燭，即使破損再厲害的蠟燭，我都捨不得丟棄，甚至把每一種賣過的特殊造型的蠟燭都留下一個sample自我欣賞，心血來潮時，我會在辦公室煮上一杯咖啡，然後關燈，點起蠟燭，欣賞它在黑暗中綻放的光芒，享受那種氤氳浪漫的感覺，那種溫暖，是我心靈的明燈，也是我私人的盛宴。

整地悍婦

做夢都沒想到，我會成為一個整地悍婦。

這必須從我的第二個夢說起了，把大營盤小學變成一所正規的鄉村小學是我的第一個夢，進一步將大營盤小學規劃成一所自給自足的州立示範學園則是我的第二個夢。

為了這個夢，我去參加了Keep Walking的夢想資助計劃，幸運的在八百多件申請中脫穎而出，獲得了一百七十萬台幣的獎助金，這筆錢我先用來興建一棟擁有十二間教室的教學樓，順利踏出希望學園的第一步。

夢想中的希望學園將坐擁一片綠色山林，擁有彝族建築特色的教學樓、住宿樓和一個屯墾式的農場，除了越西的孩子外，我們也希望接納其他十六縣痲瘋村的孩子，同時在學校教育之外，也將結合勞動教育並發展職訓教育，把大營盤建設成一個全人教育的示範學園。

我的最高理想是：

在希望學園，只要耕耘就有收穫。

在希望學園，沒有自私，只有愛與分享。

在麻風村拼搏，我竟也搖身爲一名悍婦。

在希望學園，只要努力，一定可以扭轉宿命。

總之，要實踐夢想，學校必須再徵地二十畝。

起初，我跟越西政府談「希望學園」的擴建計畫，表面上他們不置可否，但始終沒有進一步合作的誠意，甚至有一次縣長還說，根據中共中央對國有土地的政策，恐怕徵一畝地不得低於人民幣五萬，天啊！二十畝等於一百萬，這意味著我必須要花百萬人民幣徵地才能擴建學校，我搞不懂的是，大營盤小學不是越西縣的公辦小學嗎？據悉，對於民間慈善援建的希望工程，政府不是應該無償提供土地，並有「三通」－水、電、路的配套設施嗎？

斷斷續續談了半年，越西政府始終沒有具體回應。後來，我在涼山州台辦協助下，拿到了四川省台辦批准擴建的文件，迫使越西政府開會討論，儘管他們不再提一畝地五萬元補償金一事，但政府表明不插手，教育局也不願承擔任何重任，直接表態要大營盤自行徵地，徵得來就辦，徵不來便作罷。

我想在雙方無共識的基礎上，要求政府出面徵地不可行，只有自己硬著頭皮出面徵地。由於大營盤蓋在麻風村內，民宅環繞四周，是否徵得了地，村民扮演關鍵性的角色。

從來沒有徵過地，不知道這件事的難度究竟有多少，但我知道，村民多半認同學校的擴建計畫，也寄望家鄉早日能脫胎換骨，改變貧窮的面貌，更何況他們的孩子幾乎全數就讀於大營盤小學，所以，我內心有一定樂觀地期待。先趕回台灣，

努力籌募經費，至於補償金的談判和與村民溝通簽約的重責大任，就交給了羅校長和王老師。

經過多方溝通協調，學校與十四戶搬遷戶大致就房屋補償、土地補償及樹木賠償三方面取得共識，等到拿到村民按手印簽下的同意書，我以為最困難的都過了，剩下的就只有拆房子整地了。

沒想到，等到二○○五年三月來到學校時，才發現後續還有幾個棘手的難題，其中問題最大的便是五保戶的搬遷及安置。

所謂五保戶指的是無生產力又無親無故的一級貧戶，由政府保吃住穿等生活救濟。像我們痲瘋村內五保戶的住家，便是由中央撥款，民政局興建的房子（兩棟六間），為此，五保戶拆遷補償必須跟越西民政局談，問題是民政局那個辦事員機皮木機身段高得很，不僅不來溝通，而且老是在背後放話，並拿出政府的福利發放，威脅五保戶和其他村民不准跟我們合作，使得整地作業根本無法進行。

僵持了兩個星期，我也苦等了兩個禮拜，一再三催四請，機皮木機就是不來，村民也沒人敢搬。眼看張春增建築師回台灣的時間逼近了，這下我的牛脾氣又上來了，決定硬幹到底，先請王老師去僱請一部推土機，並向村民宣布，三天後（三月二十八日），進行強制拆除。

拆遷令都下了，二十五日沒動靜，二十六日靜悄悄，一

推土機第一次進入麻風
村，威力驚人，看得村
民目瞪口呆。

學生發揮螞蟻雄兵的
力量，幫忙村民拆遷
搬家。

直到二十七日，村民還在觀望，由於挖土機以小時計費，百元起跳，爲講求拆除效率，前一天我還是請挖土機師傅先前來觀察一下環境，四處逛逛後，他要我們先移走曲木約哈家的蜜蜂窩，以免明天作業時，驚動蜜蜂出面攻擊。

大營盤有些人喜歡養蜂，一年採個兩三次蜜，自己吃或搞點小買賣，我都吃過村民送我的蜜蠟塊呢！但聽說這個曲木約哈是村裡有名的養蜂大戶，他在家門口用一些奇怪的小木桶，挖個洞塗上牛屎，就養起了蜜蜂，由於他家共有七個蜜蜂桶，到底住了幾百或幾千隻蜜蜂沒人知道，也沒人敢去挑戰他的蜜蜂。在眾人束手無策中，推土機師傅說話了，他說家裡以前養過蜜蜂，所以他知道怎麼幫蜜蜂搬家，最後好像是用煙燻的手段把蜜蜂暫時趕走吧。

會螫人的蜜蜂搬家了，最後期限到了，等到天黑，村民還是無人收拾細軟。

本來不想再招惹是非的羅校長這下也急了，大家商量過後，決定求人不如求己，隨即組織學校三年級以上的學生，化身成爲「大營盤拆除大隊」，大家一起動手整理校園。

二十八日，早晨六點，號角一響，大大小小的學生被挖起床。一鍋白稀飯，一點豆腐乳拌著辣豆瓣，就是我們的活力早餐，吃罷早餐，「大營盤拆除大隊」整裝待發。

八點鐘不到，推土機轟然來到，黃色的身軀，四個高大的輪胎，那種威武雄壯的英姿，大怪獸唬人的架勢，一堆村民

被吸引出來了，因為沒有看過這種新鮮的玩意兒，大人們臉上堆滿好奇，小孩子則是興奮的指指點點，原本要搬家的緊張氣氛，竟然被推土機的魅力給瓦解了。

住學校門邊的吉火克地家，是首當其衝的第一家，他們家小小的土牆屋看起來就像隨時會倒塌的樣子，我心想挖土機一撞，應該剎那間可以搞定，沒想到屋主要求留下屋頂已破舊不堪的小青瓦和幾根作為樑柱的老舊木頭，不想再節外生枝，我們不敢莽撞地拆，只好派高年級男生爬上屋頂一片一片拆，女生則幫忙搬家，這一來，搞了兩個鐘頭，挖土機只能晾在旁邊乾等。

看著吉火家的家當一一搬出來時，我心裡滿難過的，因為除了幾個麻袋的馬鈴薯，幾床破棉被和一大包舊衣服外，幾乎沒有一樣值錢的家當，好不容易搬出兩口破舊的箱子，我以為至少裡面有些像樣的寶貝吧，打開一看，裝的也是掛麵、軍用水壺、牙膏牙刷等日常用品，唯一值錢的大概是一塊自製的臘肉吧。

剩下四片光禿禿的土牆時，挖土機終於派上用場了，「碰」「碰」幾聲，幾秒間，土牆應聲而倒，黃土飛揚，迷迷朦朦中，一切夷為平地，站在一旁的吉火克地一家人，神情流露著不捨，手裡緊握著剛剛拿到的補償金。而一旁觀看的村民眼看大勢已去，只好乖乖地回去搬家。

就這樣，我們一邊拆屋，一邊給錢，第一天，先將校門口

右側的兩間民宅拆除完畢。

　　第二天，大營盤拆除大隊又再度發揮螞蟻雄兵的力量，爬上爬下，拆屋卸瓦，威力驚人，眼看就要拆到五保戶了，還是不見民政局的機皮木機的鬼影子，我直接打電話放話，「下午我們就要拆五保戶的房子了，來不來隨你」。

　　傍晚時刻，機皮木機終於搖搖擺擺現身了，還帶來幾個大官，掌管民政的蘇副縣長、越西教育局長和民政局副局長。

　　才一見面，教育局長羅德林嚷著他一貫的大嗓門，劈頭就說：「你在搞革命，想造反啊，不等政府同意就拆房子」，第一次來到學校的蘇副縣長則是神情肅穆不發一語，一旁的阿雷伍來更是板著一張臉，氣氛緊張嚇人。

　　三個人雖各有表情，不過我對阿雷伍來這個人特別不以為然，阿雷伍來是越西縣民政局副局長，是個彝族，我印象深刻的是第一次跟他見面，他連個禮貌性的寒暄都沒有，隨即擺個睥睨的表情，「台灣要是獨立，我們一定武力解放你們」，或許他渾身的政治味讓人實在不敢恭維，所以儘管見過幾次面，我們毫無交情可言。果然，這次他一屁股坐在沙發上，抽起他的菸，鼓著腮幫子，先是表示「我不想跟你講話」，接著又憤怒地說：「誰叫你欺負我們痲瘋病人，拆他們的房子？」

　　我一看，這下子事情弄擰了，他們一行幾個官員不是來「溝通」的，而是來「興師問罪」的，我也氣急敗壞地打個電話對州台辦說：「他們幾個大男人跑來欺負我一個弱女子。」

台辦魯主任請蘇副縣長來聽電話，兩個男人，你來我往客客套套講完後，蘇副縣長對我開口了，「我們不是來興師問罪的，因為雙方溝通不足，純屬誤會一場，我會回縣上召集相關單位開會迅速解決的」；話雖如此，阿雷伍來卻罵聲不止，他說：「當初民政撥款五萬蓋了五保戶房，如果要抄五保戶的家，至少得原價補償」，我說：「要徵地已歷經半年的溝通，並經由省台辦批文同意，更何況所有遷建戶訂有統一的補償辦法，不可能因為是政府的關係，而有差別心」。兩人吵來吵去，阿雷伍來堂堂一個官員竟然「呸」一聲，在校長辦公室吐痰。「我們學校不准吐痰」，我很大聲損了阿雷伍來一句，這下他可糗了，臉色通紅地叫罵：「你以為台灣人就了不起了，跑來欺負我們痲瘋病人」，眼看伍來的話無端扯到政治禁忌，幾個在旁沉默的官員被迫打起了圓場，蘇副縣長趕緊起身帶著其他官員「回到縣上開會去」，迅速撲滅了這場差點醞釀成形的政治風暴。

第二天，機皮木機一早就來了，難得的是他竟然眉開眼笑，他說民政局不要學校的補償金了，只要學校找人承建五保戶的房子，並於遷建期間保障五保戶的吃住問題就行了，他再三強調：「因為照顧痲瘋病人是我們的天職」。

看到機皮木機大言不慚的神情，我想起昨天跟伍來副局長相罵時的一段小插曲，其實所有問題的導火線都是出自於機皮木機的故意刁難，所以我一度把矛頭指向他，直接跑到他面

五保戶的拆遷和重建發生一段火爆小插曲。

前，兩眼一瞪狠狠地說：「聽說你到處說我的壞話，威脅村民不准跟我合作，還說要找人打我。」說真的，機皮木機沒想到我會如此直接、潑辣，當場給嚇傻了，直到散會時還臭著一張臉，吭也不吭一聲。

政府罷手後，雖然在拆遷中還是偶有零星的衝突，但基本上順利解決幾名五保戶的安置問題，直到第三天，「大營盤拆除大隊」與挖土機聯手，終於推倒了五保戶的房子。

從二十八日拆到三十日，我們一共拆了十四間民房，可以說效率驚人。

回顧三天來的曲曲折折，強制拆除行動之所以勢如破竹，所向披靡，「大營盤拆除大隊」實在厥功甚偉，大大小小學生一早出門，排成人龍，頂著大太陽揮汗如雨，做到天色昏暗才收工，不管是親手拆除自己的家，或是拆除親朋好友的家，他們站上挖土機的勇敢身影，都發揮了分工合作的團隊精神和捍衛學校的決心，我真的覺得我們大營盤的孩子太棒了。

而我呢，反思這幾天來的悍婦行為，覺得自己行事太鹵莽，除了再一次得罪官員，讓自己處境尷尬外，對村民也有些殘忍，雖說舊的不去，新的不來，但我應該多體恤村民的心情吧，畢竟住了那麼多年的舊家園，要送走過去，內心總是戀戀不捨吧。

無論如何，地徵了，地整了，下一步我得快馬加鞭建立一個新家園，好好安頓拆遷戶的身心。

十八年來的第一班

　　一早，依伙克古小小的身影就出現在校園，才五歲的他，住在離學校不遠的地方，每天醒來第一句話就說：「我要上學去」。儘管還不到就學的年齡，但他認得學校的路，也懂得揹起書包，混入學前班認真的當一名旁聽生。

　　這位個兒最小的學生，喜歡逛校園還有另一個原因，因為他的爸爸也在學校，一百八十九公分高的衣伙布都，不僅是全村最高的人，也是大營盤小學六年級的學生。

　　衣伙布都，二十二歲，大營盤小學創校時，他是第一屆學生，然而命運弄人，求學之路崎嶇坎坷，十年後重返校園，搖身一變，成了大營盤第一屆畢業生。

　　布都就讀的六年一班十分特別，教室小小的，學生十六人。年紀最小的十三歲，最大的二十三歲，有三個孩子的爹，有新婚的、有訂親的、有兄妹檔、姐妹檔，還有兩位遠從他鄉跨縣求學的學子，今年夏天他們即將邁出校門，挑戰宿命，創造他們自己的生命故事。

　　全中國大概沒有一所小學像大營盤小學一樣，命運如此卑

微深沉，卻又峰迴路轉充滿溫馨驚奇。

大營盤小學座落於四川涼山彝族自治州越西縣高橋麻風村，是中國大陸第一所蓋在麻風村的克難小學，由於疾病的烙印，長久以來，高橋麻風村像幽靈一樣孤懸於社會邊緣，麻風病人的子女更是難逃社會歧視的眼光，沒有平等就學的權利，甚至連合法的身分都沒有。

表面上看來，大營盤小學是涼山麻風村孩子們第一扇通往文明的窗口，但自一九八六年建立以來，兩間破教室，在風雨飄搖中苦撐了十幾年，卻不曾擁有過一名正式教師，也不曾出現過一個畢業生。

二〇〇〇年時，一群台灣朋友伸出援手，用心耕耘，用愛灌溉，希望種子這才在大營盤小學生根萌芽。二〇〇四年大營盤小學蛻變成一所正常學制的鄉村小學，為了走向獨立自主，大營盤小學再度整地整建，準備擴建成一所容納三百名學子、有教學樓、住宿樓及一座屯墾農場的州立希望學園，這將是大陸麻風防治史第一所為麻風病人子女深耕希望的示範學園。

在六年一班，高人一等的布都被同學們尊稱為「都哥」，他的父母都是麻風病人，走過不少人世悲涼。布都當年在大營盤時，從未缺過一天課，學習成績也相當好，但隨著年齡漸長，必須挑起當家的責任，加上他覺得讀再多書也無力走出麻風村，因此四年級就輟學了。十七歲時他跟一般彝族青年一樣，在父母安排下，娶了同村十五歲的阿被達爾，孩子一個

第一個拿到身分證的村民是布都，他是第一屆學生，也是第一屆小學畢業生。

個出生，生活重擔讓布都神情顯得憂慮，讀書對布都而言，已變成一個遙遠的夢。

　　兩年前，他因會讀寫漢語，被安排到青島一家台商運動器材公司接受一年的職訓，因著這個機會，在越西縣政府默許下，辦理了「流動人口證」、「計劃生育人口證」、「健康證明」，第一次取得合法外出的「臨時身分證」。

　　初次踏出大涼山，布都感觸良多，他永遠記得看到大海時，兩眼一亮，內心波濤洶湧的震撼，他從來不知道原來外面是「另一個世界」。

　　職訓一年結束後，布都領悟到知識的必要，於是重返校園，成為六年級旁聽生，這回他下定決心念到畢業，同時他也在二〇〇五年一月一日，歷經波折領到正式身分證，變成涼山

州第一位生長在麻風村拿到公民身分的麻風病人子女。

二十三歲的毛木基，是六年級的老大哥，他也曾是大營盤第一屆的中輟生。

屬於埋頭苦幹型的毛木基，在家中六個孩子中排行第五。木基表示，因為沒文化又沒身分，麻風村的青年唯一外出打工的機會，就是偷偷爬上火車到鄰近的甘洛縣深山裡去挖煤，他以為自己的未來，將永遠埋在暗無天日的礦坑裡，沒想到他跟布都一樣，被甄選赴青島職訓，變成他命運的轉捩點。

一邊讀書，一邊在學校擔任職工，日前，話不多的木基倒是幹了一件轟動校園的事。他悄悄成親了，父母用四千元的聘金，為他「買」來一位妻子，也替家裡「買」來一個勞動力，大家都不知道，直到結婚當天，他向學校請假，大家才知道他要結婚了，十七歲的新娘竟是大營盤小學四年級的學生。

木基娶親事件，學生議論紛紛，學校為此清查學生婚姻狀況，發現學生訂親的不少，村民除了早婚同時親戚間相互嫁娶的也不少，令人憂慮。為了確保學生專心學習，學校除了請來家長溝通外，最後並制定「木基條款」，禁止在校生論及婚嫁。

十八歲的阿被拉且是六年級的班長，從小二時就一直擔任班長，「班長」變成了他的綽號。生在麻風村，拉且從五六歲時就開始放羊，為生活奔波，懂事後，他漸漸了解到麻風村孩子的悲哀，別人辱罵他們是「癩子娃」時，他會不甘示弱回

木基和他的新娘子，當時都是在校生。

罵，甚至和人打架。

　　拉且至今最深刻的記憶是，鮮少有人願意踏進麻風村，於是有毒犯利用麻風村作為屏障，大搞走私運毒的勾當，但一直沒人插手管，直到一天，一個下大雨的清晨，他一覺醒來，發現滿山遍野，人影幢幢，都是穿著雨衣、荷槍實彈的公安，那是第一次有公安進入麻風村，除了大規模搜山，又挨家挨戶抓「嫌疑犯」，年輕壯丁無人倖免，光一、二組就抓走四十幾人，公安用繩子一捆，串成長龍，把人押回公安局審訊，拉且的兩位哥哥也在其中。

　　目睹整個事件讓拉且震撼不已，他說：「我的兩個哥哥是文盲，本來調查後發現他們是無辜的早就可以飭回了，卻因為連自己的名字都寫不起，所以被多關了幾天，最後還是找別人代簽名，才得以釋放」，也因此，當大營盤小學第一次重建

時，他在徵求父親同意下，把十六隻羊賣了，他說：「我不要放羊，我要讀書」。

六年級中數學最好的是十七歲的機皮藥布，人機靈又積極。喜歡數學的機皮藥布，對語文興趣缺缺，寫作尤其困難，五年級因拼音不好被老師用書本敲了一次頭，似乎也敲醒他的腦袋，為了克服語文的障礙，他跟好友賭糖果，一毛錢四顆糖，一天賭十顆，相互較勁的結果，雖然輸了不少糖果，但語文成績果真大大提高了。今年大營盤六年級語文和數學都拿下越西縣新民區第三類學校（鄉村小學）第一名，其中機皮藥布的語文和數學總平均第一。

機皮藥布的漢名叫金小龍，他來自丁山村，那是一群在社會游離的麻風病人聚落而成的農村，約有十來戶人家，為了到大營盤小學就讀，機皮藥布四兄妹揹著糧食，長年借住親戚家，雖然學習條件困苦，機皮藥布卻也堅持了四年，他的成績一直到了六年級才大放異彩。由於麻風村從來沒有出過一個中學生，機皮藥布為此野心勃勃，他說：「我會吞下千辛萬苦，只求繼續念書，我要走出大涼山，這是父親的心願，也是我的心願。」

自從聽說只要通過畢業考，越西縣教育局將首度開放大營盤學生到附近一般中學就讀，阿說木果的心情一直十分沉重，十九歲的他雖然不畏懼挑戰，但身為麻風病人子弟的烙印，卻讓他內心有份難解的自卑情結。

阿說木果家中有四兄弟，哥哥雖然是痲瘋村的書記，卻是個大文盲，去年因嚮往花花世界偷溜到天津打工，結果誤觸法網，判刑一年，人在天津服刑。對於書記哥哥的遭遇，村民常常冷嘲熱諷，阿說木果只淡淡地說「得個教訓也好」。

　　阿說木果上小學一年級時已經十五歲了，成績一直不怎麼樣，四年級那年父親過世，村民說他父親死了，他只能上街乞討，阿說木果不服，內心暗自發誓將來要做一番大事業。為了爭口氣，他辛苦種烤菸，那年他雖然賺了一千元，教村民刮目相看，但功課一落千丈。直到六年級時，學校規定六年級生必須全部住宿，他才結束了烤菸的事業，最後一刻搬進了宿舍。「我認為要爭氣，一定要有文化，否則一輩子只能困在痲瘋村，當個翻不了身的可憐人」。

　　為了重拾荒廢了的課業，阿說木果追得很辛苦，現在他煩惱的是，年紀不小了，萬一畢業考考不好該怎麼辦？

　　長相斯文的吉潘木牛已經連續兩年拿到樂生獎學金了，這個獎學金是台灣樂生療養院院民特別為鼓勵大營盤孩子設立的獎學金；不愛運動的木牛很喜歡看書，他幾乎隨時隨地都在看書，他說：「書本是我的好朋友，我覺得讀書很像跟人聊天一樣親切自然。」

　　吉潘木牛的父母都是歲數老大的病人，幾個兄弟都不識字，身為老么的他，曾經唸過幾天書後逃學了，直到十四歲才回到學校進入三年級就讀，起初功課很差，但他急起直追，五

大營盤第的孩子上學之路漫長而辛苦。

年級時躍升爲第二名，六年級還拿下最佳進步獎，拙於口才的他，在作文裡寫下自己的內心感受：「我們從小生活在一個貧窮落後的農村，我們被隱藏了，永遠也見不到外面的世界，因爲我們揹上了麻風這幾個字，常常受到別人的侮辱、壓迫。直到有一天一位來自台北的阿姨發現我們，接著又有許許多多善良的人出現了，他們每個人都獻出一份愛來照顧我們，是他們的鼓勵給了我們讀書的機會和未來的希望，我無以爲報，只能努力再努力，奮鬥再奮鬥。」

六年級男生中有兩位遠自金陽縣跨縣就讀的學生陳永富與張國良。金陽縣是涼山州最偏遠的縣，從金陽到越西有幾百里的路，必須換乘四次車，花上兩整天的時間，兩人在金陽時都已讀到初中二年級，但因故都失學了。

十八歲的陳永富，外婆是個在社會上治療的麻風病人，至今還癱倒在床，他離開學校一直在家種農活，有一度離家到西昌及成都當建築小工，一天工資二十元，外面天地雖大，但是陳永富深深感受到沒有文化寸步難行。因此在父母苦勸下，終於來到大營盤尋求二度就學的機會。

從金陽的孩子到成爲大營盤小學的一分子，陳永富歷經一次震撼教育，那就是他和張國良與俄里阿比三個六年級的學生，懷著僥倖的心理，擅自摘了村民三根玉米，經人舉發後，三人不僅寫了一份悔過書，還罰掃了一星期廁所。最讓陳永富永遠難忘的是，三人被罰站在校門口時，村民爭相圍觀，「那

個小時，我不敢抬頭，恨不得有個地洞鑽進去」。

　　儘管至今征服不了數學，但本身是漢族的陳永富語文相當好，在學校被捧為「文藝青年」。如今這位大眼睛的金陽青年和講起話來一副金陽土腔的張國良，在大營盤已經交到不少好朋友，而且兩人認為大營盤小學最特別的是，這個學校像個家，一個麻風村孩子們可以遮風避雨、享受快樂希望的家。

　　也是插班生的馬海阿木，他的爺爺是個麻風病人，曾擔任小學教師，但被發現有病後被迫離職，人生過得黯淡痛苦，戶籍雖落在高橋，但一度搬回老家定居，直到聽說大營盤小學重建了，他特地帶著阿木回來瞧瞧，阿木第一眼看到白牆小青瓦的校園時，就愛上了大營盤。

　　阿木是個單純的孩子，個子很高，講起話來輕聲細語，從三歲起他就跟著爺爺生活，因為父親跟人搶劫火車在西昌坐了幾年牢，出獄後又在家天天喝酒，常常脾氣一來，就打人出氣，爺爺的悲哀，爸爸的暴力和媽媽的無奈，讓阿木從小就格外懂事，在班上維持前三名的他，把一年一度的樂生獎學金全數存了起來，他希望存到一筆錢，然後買一輛自行車，「想媽媽的時候，就可以騎車回去看她」。

　　在六年級男生中，十五歲的俄里阿比年紀最小，他有張酷酷的明星臉，是個愛耍帥的年輕人，對於未來漫不經心，每天卻可以花上一個小時照鏡子，梳理自己的頭髮。

　　上學期數學成績公佈後，阿比哭了，因為成績見不了

人，這個狠狠的打擊讓他決心收拾起鏡子，不再顧影自憐了。他悄悄地許下心願，真的要好好念書了，否則畢不了業「很丟臉」。

十七歲的韓正強，也跟阿比一樣煩惱畢業考的問題，他對看書有濃厚的興趣，只是一提起數學，總是一臉憂慮「自己太笨」。韓正強從小由身染痲瘋病的曾祖母帶大，他的爺爺也是病人，父親雖然正常，但是媽媽卻帶著妹妹跟人跑了，那年韓正強才八歲，弟弟才四歲。

長大後的韓正強，一度對升學感到徬徨，五年級時，本想輟學跟叔叔到外縣市打工，就在離家前一天，被學校老師發現痛罵了一頓，他說：「那天晚上我想了很多，沒有文化，沒有身分，就算我流浪到那裡打工，一輩子都是黑戶」。下定決心後，韓正強重回學校念書。住進學校後，最疼他、已經高齡八十八歲的曾祖母偶爾會抱著家裡的雞來探望韓正強，而且總一再告誡他「好好唸書，才能出人頭地」。

第一屆畢業生中，有五名女生，其中羅小英和羅小琴是一對姐妹花，阿爾達爾則是村長的女兒。三人成績普通，非常乖巧懂事。

女生中家境最貧窮的是十七歲的阿爾阿沙，她的家中有七個兄弟姐妹，四歲時生父死了，母親改嫁他人，但繼父卻在四年前外出打工，從此失去蹤影，靠著家裡八分薄田，一畝荒地，母親打拼生活十分辛苦，為此，大姐在十五歲時經人仲

介，到成都一家餐館靠洗碗來分擔家計。

　　大營盤小學規定六年級生一律得住校學習，阿爾阿沙從住進學校第一天就開始戴帽子，她整整戴了一學期，在好奇追問下，她才靦腆地說，為了住進學校，她把自己一頭長髮賣了，賣得五十元，拿來買生活用品和一雙新鞋。如今新的學期沒有頭髮可以賣，她遂利用寒假替人幹農活，一天七元賺點學雜費。

　　住進學校後的阿爾阿沙，成績進步很快，但她坦承沒有信心上中學，因為「弟妹還小，家裡的負擔太重了」，但媽媽一再鼓勵她「要堅持下去，千萬別像她一樣，十五歲就嫁人，一輩子勞動到底」。

　　十八歲的布西是布都的妹妹，也是羅家姊妹的小姨，不知是否跟美國總統有一樣的譯音，布西從小功課就很優異，已經連拿兩次第一名的樂生獎學金，本來話不多的她，去年底父親突然過世，變得十分憂鬱。父親對布西而言，是個了不起的人，雖然是個受盡歧視的痲瘋病人，但讀過幾年彝文書，講究衛生，他們家始終是全村最乾淨的一家。以布西的條件，上門提親的不少，但是她都予以婉拒，因為父親直到過世前還叮囑她，「要有文化才能為自己爭取自由的人生」，為此布西謹遵教誨「要讀書不要婚姻」，而感情豐沛的她一提起畢業就忍不住掉眼淚：「我知道進中學是我的夢，但真的可以讀中學嗎？人家真的可以接受我們嗎？」

十六個畢業生，求學之路漫長坎坷，在他們超齡的背後，有歷史悲劇、疾病烙印、社會歧視、人權不公和種種現實的殘酷。

　　　　　　　　　　——寫於二○○五年畢業典禮前夕

讀書對涼山麻風村的孩子是遲來的社會正義。

奇異恩典——兩個畢業典禮

「如果有一天，大營盤小學能出畢業生，我一定要辦一個有點特別的畢業典禮。」

這是我當初援助這所特殊小學時，所許下的一個小小的心願。

這個心願，從○一年奮鬥到○五年，終於在七月二十九日晚上夢想成真。

然而我做夢都沒想到，因為某些「政治」因素，大營盤小學建校十八年來首屆畢業典禮，不辦則已，一辦竟然就有兩個畢業典禮。

整個意外的情節，必須從「感恩的心」說起。

在台灣策畫整個畢業典禮時，我以小虎隊成名曲〈放心去飛〉，作為整個畢業典禮的主軸，因為想到這批麻風村的孩子們求學的路，走得實在漫長崎嶇又坎坷，但歷經千辛萬苦，總算培養出第一批小學畢業生，在我的想法中，儘管他們被遺忘在麻風村許久，但有了社會關懷與期待，就像擁有一雙希望的翅膀，即使未來的道路滿布荊棘，但就像〈放心去飛〉的精

神一樣，我滿心盼望這群畢業生不僅要放心去飛，更要勇敢去追，追一切他們未完成的夢。

除了和大營盤孩子繼續奮鬥外，同時為了感謝台灣友人一路陪我走來的辛苦，我更特別安排一首〈感恩的心〉，希望帶領畢業生用手語的方式，獻上內心道不完的道謝。

為了表演〈感恩的心〉，赴大陸前兩天，我特別向一位慈濟的師姐請益。初學手語不免手忙腳亂，常在辦公室，想到就比劃一下，最後甚至連等著過馬路的時間，我也邊走邊比，一心想在畢業典禮上大顯身手。

終於，一切準備妥當，台灣志工三十幾人浩浩蕩蕩分批出發，準備出席七月三十日，第一個在中國麻風村大營盤小學舉辦的畢業典禮。

從成都飛抵西昌後，我親自跑到涼山州台辦送請帖，邀請涼山州官員一起來共襄盛舉。本來相談甚歡，離去前，藏族的台辦魯主任突然跟我說：「可不可以不要唱〈感恩的心〉？」

我心頭一震，「為什麼？」老人家的理由是「感恩」兩個字，讓他想到「阿門」，想到阿門，就想到傳教，即使我一再解釋，〈感恩的心〉是一首流行歌，主唱者叫歐陽菲菲，是個性感熱情的女歌星，保證跟宗教無關，後來還調出歌詞以茲證明，可是台辦如「空固力」般的腦袋依然不通，僵持到最後，台辦說了：「可以唱〈感恩的心〉，但條件是也要唱少年先鋒隊的歌。」

天啊，〈感恩的心〉加〈少年先鋒隊歌〉，一個溫柔感性、一個雄壯威武，我堅決的告訴台辦，可以唱〈少年先鋒隊歌〉，但不能跟〈感恩的心〉一起唱，理由是「任何懂音樂的人都會跳起來反對」。儘管台辦不置可否，但我已無心停留，立即趕往越西。

　　第二天，我人在大營盤時台辦先生又來電了，這次他不提唱歌那檔事，反倒拋出另一檔事，他說，「因為畢業典禮邀請的除了台灣的貴賓──中研院副院長曾志朗、洪蘭夫婦外，涼山州和越西縣也將有最高領導出席，因此，這個畢業典禮不能等閒視之，要當成正式的典禮，因此我們要求整個典禮進行前要升五星旗，唱中華人民共和國國歌。」

　　本來作為一個客人，尊重地主國是一種國際禮儀，但或許先前發生莫名禁唱事件，我覺得台辦太政治了，因此沒好氣的告訴台辦：「正在整建中的大營盤小學沒有升旗台，而且來的台灣志工，我沒有權力要求人家來觀禮」，越講越氣。台辦又撂出狠話：「不升旗，恐怕不必辦畢業典禮，連其他活動也一併取消」。既然如此，我也不甘示弱，「請正式行文過來，我們立即撤營」。雙方就在不愉快的氣氛中結束談話。

　　稍晚，越西縣台辦高主任打電話來改走溫柔攻勢，好言相勸，因為箭在弦上，希望雙方各讓一步把畢業典禮順利完成。溝通妥協的結果，一個簡單的畢業典禮正式分裂為二，二十九日先由希望之翼舉辦營火畢業晚會；三十日再由越西教育局舉

等了十八年，大營盤終於誕生第一屆小學畢業生。

畢業典禮的那一年，兩岸志工都很捧場。

辦一個官方的畢業典禮，一個搶黑夜，一個攻白天，大家各取所需，各辦各的。

　　為了一個乏人問津的麻風村小學的畢業典禮搞得烏煙瘴氣，台灣志工心裡都有氣，不過一旦決定從三十日提前到二十九日晚上，大家又變得同仇敵愾起來，下定決心，無論如何一定要辦一個轟轟烈烈、感人又有意義的畢業典禮。唯一讓大家憂心忡忡的是「老天爺」，因為越西正值雨季，山裡的天氣多變，往往白天艷陽高照，晚上雷電交加，加上學校只有一個半個籃球場大的廣場，萬一下起雨來，不但生不起營火，連個躲雨的地方都沒有。

　　然而，輸人不輸陣，為了宣示風雨無阻的信心，志工團隊熬夜腦力激盪擬出作戰計畫──好天氣的A方案和下雨天的B方案。

　　七月二十九日一早，天晴，學校順利舉行挖馬鈴薯比賽，二十分鐘挖出上千斤的馬鈴薯，收成的樂趣讓大家滿載而歸，下午天空依舊藍得可以，小虎和小玉請同學們吹了好久的氣球終於派上用場，從教室到屋外的天線，彩球琳琅滿目，懸在半空飛舞，廷宇和美芳也開始準備營火的一切，除了架好了一座小山似的柴火外，兩人並用泥土代替引信，鋪設一條營火大道。

　　一切就緒中，忙了一天的志工們紛坐在海灘傘下享受悠閒的晚餐，才吃沒多久，突然雨滴落下，「下雨了」，只見正

在吃飯的廷宇變了臉色，扯著喉嚨喊了起來，顧不得吃飯，他指揮同學抱出另一把活動傘，架在營火上，並用塑膠布層層蓋住，不讓雨水滲透，火速的「護火行動」令人動容。

雨越下越大，後來甚至颳起一陣怪風，在飛沙走石的情況下，志工們只好端起飯碗直竄入餐廳，在僅有的一個暗淡的燈泡下，大家又濕又冷，甚至在匆忙中自己桌上的飯菜早已不知去向，一頓飯吃得如此狼狽，我想這應該也是曾志朗和洪蘭兩位國際知名的大教授畢生難忘的經驗吧。

雨下得好無情，為了不讓畢業典禮泡湯，小虎、沈姐、若慈和老韋決定祭出B方案。B方案就是改在住宿樓的樓梯間舉行，除了要插花佈置會場外，也要編織畢業花冠，更要臨時製作出一個可以放映投影片的布幕。

由於已經公告村民晚上八點舉行畢業典禮，因此，在時間的逼迫下，志工全體總動員，大家忙成一團，正在此時，小歐緊張地說，許多學生已經冒雨前來，全身溼透了，還打著哆嗦，「趕緊點燃營火吧，先讓孩子們取暖」。

營火點燃了，雖然廷宇的「營火秀」破功了，但熊熊的餘火迅速地帶給孩子們溫暖，大家圍著篝火，情緒高昂地邊唱歌邊等待，神奇的是，突如其來的大雨竟然也突然「停」了，恩文以主持人的專業判斷，要志工們趕緊變回A方案。他激動地說：「老天爺看到我們的努力了，不會再下雨了。」

又是一陣手忙腳亂，志工們有如大衛魔術般，把會場重新

大營盤小學的第一屆畢業典禮辦得風風光光，嘉賓如雲。

來個乾坤大挪移，阿Q的投影機也從屋內搬到屋外，他和校長老師們忙著架設音響，村民扶老攜幼已經來了，儘管地上還是溼答答的，不管三七二十一，畢業典禮進入倒數計時，典禮在中研院副院長曾志朗誠摯的祝福聲中揭開了序幕，而《愛在大營盤》的DVD則帶大家進入大營盤的故事，由於電線短路，十分鐘的影片直到第三遍才順利看完，不過國彰花了四年來拍攝的照片，忠實記錄大營盤一路走來的心路歷程，卻看得大家心情澎湃不已，輪到在校生代表沙馬爾地上台致詞時，他竟激動到半晌講不出話來，他的真情流露，把台下所有的志工、畢

業生和在校生忍在眼眶打轉的淚水都催化出來，他哭，大家也跟著輪流掉淚，連恩文這個主持人都哭花了臉。

幸好代表畢業生致辭的吉潘木牛，出乎意料的鎮靜，已經練習一個星期的他，用流暢的口吻，完成了他的畢業講稿，總算穩住了現場的氣氛。

在全場報以熱烈的掌聲中，木牛帶著畢業生向我說了聲「謝謝，張阿姨」。原本我以為，畢業典禮時我一定是第一個掉淚的，但當晚實在太緊張了，狀況連連，連聽到感謝時，我只是內心發酸，眼眶泛紅而已。我冷靜地走到畢業生跟前，先向理事長洪蘭老師深深一鞠躬，向現場所有的朋友和所有遠在台灣的恩人們深深一鞠躬。一直到歐陽菲菲沙啞感性的歌聲響起，「要蒼天知道，我不認輸。」我和畢業生高舉雙手，向命運用力吶喊時，我的眼淚這才忍不住奪眶而出。

說真的，〈感恩的心〉不僅是麻風村孩子的心情，也正是我投入這個工作以來，一路披荊斬棘的心情。

整個典禮中還來了一個特別來賓——阿梅，她代表樂生療養院院民前來頒發第三屆樂生獎學金，吳西梅用走過時代悲哀，走過疾病殘酷，如何在社會歧視中創造自己命運的親身經歷，勉勵了所有大營盤的孩子，阿梅的獻身說法更讓所有麻風村村民感動，尤其是第一次應邀前來觀禮的畢業生家長。

對大營盤小學來說，這十六人是創校十八年來的第一批畢業生，也是越西麻風村成立半世紀以來的第一批畢業生，他們

畢業典禮在簧火晚會中舉行，寫下一頁山中傳奇。

熊熊營火中，吉潘木牛講出第一屆畢業生的激情與感動。

挑戰文盲的宿命，堅持到小學畢業，不僅是村裡的頭條大事，更是家族最大的驕傲，爲此每個畢業生的父母都以畢業生爲榮。早在個把月前，家長們都已費心的製作象徵成人禮的彝族背心，縫上父母的期望，村民的祝福，準備畢業典禮當天親手穿在兒女身上。

那天晚上，家長都盛裝與會，有爸爸，有媽媽，有哥哥，有爺爺，另外若慈和小華臨時充當兩位金陽縣學生張國良和陳永富的「媽媽」。期間也出了一個小插曲，就是韓正強因爲父親遲遲未現身，高齡的曾祖母又被泥濘路所困，等到焦急的哭了起來，幸好韋姊趕緊伸出援手，替韓正強穿上背心扣緊釦子，過程就在〈魂斷藍橋〉的動人歌聲中完成，當所有畢業生一一穿上了傳統背心，此時大家已泣不成聲。當我看到家長們淚流滿面用生澀的動作擁抱了他們的孩子，我更是熱淚盈眶。

典禮的最後，在校生、村民排成兩，行夾道歡送畢業生，學弟學妹們扯著喉嚨高唱〈放心去飛〉，在握手揮手的祝福中，第一批畢業生依依不捨步出校門，勇敢踏向他們的未來。

七月二十九日那個晚上，一場大雷雨的洗禮，一群熱情奉獻的志工，一群麻風村民，一個深鎖在深山裡的希望小學，大家共同歷經了一個奇特的畢業典禮。

這個深情的回憶將烙印在每個人心中，now & forever。

三十日，我們如約參加了官方的畢業典禮，對大營盤小學來說，那真是另一個意外的收穫，因為越西縣從來沒有一所小學曾經舉辦過畢業典禮，更何況州上出席兩位副州長，連越西縣的正副書記正副縣長都全員到齊，兩岸媒體也來了不少，村民在校外好奇的圍觀，爭相目睹首度踏入痲瘋村的這些「大官」的丰采，連在學校幹了十八年的王老師都說：「如此風雲際會，是有史以來的第一次」。

　　官方的畢業典禮由越西縣教育局長主持，行禮如儀，一個又一個官員輪流致詞，坐在艷陽下，我的思緒飄向天際，想都沒想過，大營盤小學的畢業典禮從一個分裂為兩個，又從黑夜辦到白天，這可能也是大營盤小學才有的另類奇蹟吧。

　　趁涼山州最高領導都在，輪到我致詞時，我說出了三個願望：一是畢業生能上中學，二是光纖能到大營盤，三是希望政府能援建大營盤小學一座多功能學生活動中心。

　　三個願望何時能夠實現呢？如果真有「奇異恩典」的話，就請多多降臨在大營盤小學吧。

吃飯大革命

　　一頓不到台幣十塊的午餐，對一群吃馬鈴薯長大的大營盤孩子來說，是一天的頭條大事。

　　剛到麻風村，看到孩子們個子異常瘦小，卻又個個肚大如鼓，總想努力給孩子加餐飯，幫他們快快長大。為此，二〇〇二年大營盤重建後，我就規劃了一間小廚房，準備開辦營養午餐。

　　午餐開辦之初，由於設備簡陋，常常無預警停水停電，加上路況崎嶇難行，光一輛摩托車採買，煤球鐵鍋上陣，要應付百來張嘴，開飯這檔事就成了一場戰事。在百廢待舉中，幸好有王老師的妻女進駐擔任救援廚工，小廚房終於在困窘中掙扎生存了下來。

　　幾年來孩子們沒有挨過一頓餓，孩子們身上也長出了點肉，然而就在風雨飄搖中，小廚房還是上演了兩場轟轟烈烈的「吃飯大革命」。

　　第一次革命發生在第一任女校長張怡當家期間。

　　當時學校還沒興建宿舍樓，但有守校的兩百元艱苦津

貼，在重金「禮聘」下，五名老師勉強住進麻風村一間由小教室充當的教師宿舍，一天三餐，除了中餐由學校提供免費大鍋飯外，其餘兩餐，老師們得將就小廚房自行料理。由於學校沒有冰櫃，鮮肉擱不得，一星期僅能吃兩次肉，過慣苦日子的學生們吃得不亦樂乎，但老師們卻吃得叫苦連天，要求廚房加菜加肉，老是跟廚房鬧得不甚愉快，幾番調停過後，我想乾脆取消守校津貼，讓老師跑校，守校部分則改由王老師一家人承擔，順便打理學生的吃住。

　　本來以為如此就相安無事，誰知過了沒好久，老師們提出了另外開伙的要求；說實話，老師不跟學生吃飯並不是什麼大不了的事，但是學校十一間教室，教室、教師辦公室、餐廳、廚房和一間小小的圖書室，要再擠一間小廚房真的沒條件了，可是老師們還是吵鬧不休，一度鬧到雙方感情決裂，學校廚房只好對老師採取「不聽」、「不理」、「不睬」的三不政策，老師們也很有骨氣的帶飯的帶飯，吃泡麵的吃泡麵，啃饅頭的啃饅頭。如此僵持了一個月，眼看學校氣氛越搞越糟，越西教育局忍不住跳下來協調。

　　協調的結果，以學校現有的條件，老師自行開伙實在不可行，學校廚房願意提供老師一頓中餐，條件是：學生吃什麼，老師就吃什麼，不能要求廚房特別加菜，如果老師自行帶菜絕對歡迎。

　　第一場革命才上演了一個月，就在教育局祭出命令下，老

學校每隔三天得下山到城關菜市場買菜。

麻風村的小孩個子小,得添加營養,才能快快長大。

師們只好心不甘情不願地再跟學生一起吃免費的大鍋飯。

　　但歷經這場革命,有將近半年,我和學校老師之間卻各有壞情緒,感情幾乎降到冰點。後來張怡校長也在一場新生招生事件中,招惹眾怒,成為眾矢之的,差點遭到村民圍毆,最後被迫掛冠求去,徹徹底底成了這場革命的犧牲品。

　　第二次吃飯大革命發生在第二任羅桂平校長上任後。

那時大營盤小學早已從一所鄉村小學邁向涼山州州立示範學園，有一陣子學校大小事不斷，尤其七月中旬舉行十八年來第一屆畢業典禮過後，不知怎麼，學校似乎遭受詛咒似的，一向對學校忠心耿耿的王老師一家人明顯有了二心，凡事斤斤計較起來，我心想或許跟王老師一家的緣分已經盡了，等到王老師代課身分正式轉為公辦老師之後，我商請王老師一家人搬回高橋；考量當時學校已購校車，並聘有兼差司機，於是我把學校採買的工作，委託給了第一屆畢業生衣伙布都，廚房的工作也交給第一屆的畢業生阿爾阿沙和兩位成人班的女生吉瓦鐵石和阿被阿依。為了順利過渡，我和兩位擔任學校管理員的修女郭福寧、傅麗霞，利用彝族年放假期間，訓練她們全盤接下廚房的工作，並請來學校工地藍師傅曾經開過餐廳的愛人同志擔任指導，在手忙腳亂中，安然度過沒有王老師一家人的危機。

　　新手上路，總有壓力，偏偏才過兩個星期，有一天突然修女來電說，學校老師已經打算在工地另闢廚房自行開伙，我直覺老師在工地做飯形象不妥，趕緊打了一通電話請問校長發生何事，校長先說，學校大鍋飯難以下嚥，老師吃得都胃痛，他還強調老師開伙勢在必行，沒有商量的餘地。

　　總覺得事情不像表面簡單，我私下做了幾個調查，發現老師們似乎對學校的廚房埋怨頗多，有指控說學校買的是劣質米，做飯的水不乾淨，還有的說廚工不講究衛生，用餵豬的水瓢舀菜給大家吃，老師的種種指控，讓三位新來的廚工緊張不

已，幾乎寢食難安。

調查過後，我又打了電話請問校長，羅校長口氣依然很硬，說如果工地不能煮飯，要學校騰出原來的小洗澡間（當時暫由學校施工隊的藍主任暫住）讓老師開伙，反正老師就是不吃學校的大鍋飯。校長還強調，這是教育局長說的，他們是官派老師，有什麼問題直接找羅局長。

我立刻找上了教育局長，從電話那頭，我判斷羅局長似乎在應酬，而且喝了不少酒，因為他講話有點醉意口氣又衝，他先是告訴我，別以為我帶了百萬或是千萬就可以改變一切，又說把大營盤畢業生硬送到新民中學，新民中學少收了一百多個學生，又得不到什麼好處，教育局已經被抱怨連連；另外他更透露老師不吃大鍋飯的真正原因，是他們不要吃村民（麻風病人子女）煮的飯菜。

羅局長的話令人難受，在越西幾年，我知道羅局長講的是現實，但我們在涼山奮鬥的目的，不就是要幫助麻風村的孩子們扭轉宿命，走出社會的歧視嗎？然而這次老師罷吃的事件，卻硬生生坐實了我們孩子連校園歧視都走不出去的殘酷事實。

回想這五年，為了給孩子們一個真正的希望，我什麼都忍了下來，沒水我們找水，沒電我們找電，沒飯吃我們拼了老命找錢，但那個晚上，不知道為什麼，吞了太多氣，我再也不想忍耐了，我衝動地打電話到學校，告訴所有住宿生，同學不聽話、老師又自私、官員又不支援，張阿姨已經心灰意冷不想管

了，要同學們各自努力，電話的那頭傳來學生的啜泣聲，我在電話的這端也紅了眼眶。

與羅局長和學生分別通完話後，我隨即發了傳真給越西教育局，表示協會既然只能捐錢不能介入管理，那麼學期結束後將撤離大營盤，建設也暫告停擺，希望把所有校務轉交給越西教育局。

發傳真那天是十月二十一日，事後我才知道，當天一大早中學生和六年級的學生已聯合罷課，學校陷入癱瘓，越西縣教育局副局長謝彬聞風趕到學校，面對一陣混亂，氣得直跳腳，呼籲學生停止罷課，承諾政府將照顧學生，而且吃、穿、住，一切都比張阿姨還要好，而學校老師也在操場集合所有學生，加以訓斥，其中數學老師殷爾隆形容張阿姨來自台灣，是另外一個國家的人，並揚言支援張阿姨就是情感背叛中國。

同時，學校老師鼓譟切斷學校電話，讓學校管理人員不得與協會聯絡，當晚學校電話即無故停機。

二十二日，先是與學校失去聯絡，後來才知道分管衛生、教育的吉差縣長、民政局長、新民公安、教育局、衛生局和統戰部一起趕赴學校處理，做成決議，政府官員先是指責學校管理人員管理過當，最後更莫名其妙把老師罷吃飯一事，升高為兩岸政治問題，把問題複雜和棘手化。

因為後續處理混沌未明，我在台灣等得好心急，遂於二十七日與小歐趕往西昌。其間並先急電與州台辦魯主任和對

外友好協會駱會長聯絡。二十八日時，更親自前往涼山州州防疫站拜訪張建華主任，並與台辦辦公室楊斌秘書溝通意見。二十九日抵達大營盤小學，隨即聽取村民們的意見。

趕抵學校時已經下午了，一進校門，老老少少村民已經在學校等候，大家臉上寫著不安，很多人用彝話竊竊私語著，迎面而來的是一幅橫跨校園的紅紙，斗大的字寫著：「請張阿姨不要放棄我們這群可憐的孩子」；教師辦公室門口還張貼著：「共產黨萬歲」「沒有共產黨就沒有新中國」兩個簡短的標語，如此「政治」的景象，在一向標榜「快樂、希望」的大營盤可是頭一遭。

我住進學校左等右等，但越西縣政府一直推說公務繁忙，抽不出時間，不安的情緒在整個校園醞釀發酵著，老師、學生、村民也在心中各自盤算著。

一月四日，小歐因突然接獲爺爺的死訊，一大清早趕回台灣；當天我便催請大營盤小學羅校長盡速訂定與越西縣政府開會的時間，下午吉差縣長、教育局長、民政局長、大屯鄉鄉長和書記終於出現了。大家總算面對面就此事開誠佈公討論，並做出決議。

決議後，我很痛心地就此次大營盤老師罷吃學校大鍋飯一事，向越西縣吉差縣長表示，原本這是件單純的事件，但後來事情的發展卻失焦失控，甚至無厘頭地升高成政治事件，坦白說，我是個沒有特別宗教信仰的人，也是一個沒有政治色彩

在麻風村開辦營養午餐需要絕對的勇氣與戰鬥力。

大營盤的小廚房，為了吃飯，曾爆發各種不同形式的戰爭。

的人，我來越西，純粹是一份人道關懷，但這幾年在越西的經驗真的太痛苦了，其中最大的痛苦莫過於被當作一個「敵人」來對待，尤其是不少越西的官員，看到我的第一句問候語就是「你們台灣要獨立，我們就要武力解放你們」，連我們為了建設學校向村民徵地，官員踏進校園第一句話就是罵我：「你好大的膽子，你要搞革命，你要造反了呀」，諸如此類的「政治語言」不絕於耳……最後，我告訴吉差縣長，出生在台灣，不是我的錯，國民黨與共產黨的恩恩怨怨，要我一個女人來承擔，更是太沉重了。

協調會開完後我返回住宿樓，踏出辦公室時，我注意到校園似乎聚滿了村民，空氣中飄蕩著一股詭異的氣氛，後來校長和我在二樓商討會議紀錄時，樓下出現群眾吵鬧的聲音，聲音時大時小，期間校長忙著接聽幾通電話，最後一通時，校長表示教育局長請我親自下去協調。

我趕下樓一看，赫然發現官員的兩部車子被擋在校門口，而村民中扮演「擋人前鋒」的竟是幾位年紀大的老奶奶，她們像吃了熊心豹子膽似的，對著官員大哭大鬧，其中我們一位學生羅小琳整個身子趴在車子上，企圖阻止車子前進，我往前一看，原來端坐在車子前面的正是羅奶奶，當年麻風村的第一大美女，儘管年紀七十，卻不減地主女兒的架勢，她臉上毫無懼色，嘴裡嚷嚷著「如果你們要趕走張阿姨，我也不想活了，開車撞死我吧」，平時我看到官員們應付村民的方式都

是一副嚴峻命令的口吻，此時卻出現難得的沉默，他們坐在車裡，關緊門窗，臉色鐵青，任由村民此起彼落的叫囂怒罵。

　　眼看天都要黑了，怕官員們下不了山，也怕事情再繼續惡化，驚動公安前來鎮壓，我焦急地上前勸退諸位老人家，其中羅奶奶看到我時哭了起來，她拉著我的手，要我不要走，否則她寧可死了算了，我被老奶奶的盛情嚇得有些手足無措，本來伶牙俐齒，一時間語塞起來，只能笨拙地回答：我不會丟下孩子不管的。

　　如此僵持十五分鐘後，羅家老奶奶終於肯起身讓路了，眼看路障移除，官員的兩部車子趁機加速離去，像甩掉什麼大麻煩似地落荒而逃。

　　好一會兒，村民漸漸散去，我請學生們護送老奶奶回家，我一個人走在校園，十二月的天，蕭瑟得很，幾天前高掛的紅布條，已經被寒風吹得零零落落，我邊走邊哆嗦著，腦海裡閃過一個又一個的畫面，內心滋味五味雜陳，全都翻攪在一起。

　　表面上，老師自行開伙引爆的二次吃飯革命，似乎已畫下了休止符，校長贏了，在工地開伙成功，我也掙回了一些尊嚴，擁有村民的堅強後援。但我心知肚明，歷經前後兩次「吃飯大革命」的震撼，我的內心不僅受了重傷，大營盤的未來更是傷痕累累。

大營盤小廚房

　　我懷疑大營盤的孩子人人有個伸縮自如的肚皮。

　　每天學校開飯的人次吃飯超過兩百人，一天要吃掉百斤的大米，一個月的菜錢也要萬把人民幣，連城關菜市場都知道大營盤小學是除了「軍隊部隊」外最大的客戶，怪的是如此採買大手筆，孩子們的肚皮總是撐不飽。

　　孩子們的飯量有多少？平均說來，不管男女，一餐大約要吃著兩個碗公的米飯，個兒高的甚至有人吃到四碗飯，換成包子、饅頭或是洋芋，吃上十來個則是稀鬆平常之事。不少台灣友人第一次看到大營盤孩子拼命吃飯的模樣，無不甘拜下風，大呼驚人。

　　儘管每天得開上百人的飯，但大營盤的廚房迷你得很，沒有乾淨的流理台，沒有一件像樣的廚具，至今還在用三心煤球爐做菜，一切簡單原始，但廚房從早忙到晚，全年無休，不僅最受學生歡迎，也是大營盤附近狗兒的天堂，每天聞香前來，趕都趕不走。

　　一盆湯，兩道菜，是學校營養午餐的標準菜色，所幸這些

馬鈴薯養大的孩子們胃口奇佳，廚房出什麼菜，他們都來者不拒，加上學校明文規定不准浪費食物，所以學校每頓飯菜幾乎都吃乾抹淨，鮮有廚餘。

在麻風村，白米飯並非人人吃得起的食物，土生土長的主食就是馬鈴薯，幾乎每家每戶都有堆積如山的土豆，酸菜馬鈴薯湯、白水煮馬鈴薯，或烤馬鈴薯，則是麻風村最流行的食譜。

廚房草創之初，做飯跟打仗沒兩樣，沒水還得僱用小馬車拉水，洗把青菜最高的紀錄是四小時，因為水是一滴一滴從水管滴漏下來的，停電時也常常在搖曳的燭火中埋鍋造飯，甚至靠著爐火摸黑炒菜，才能炒出一鍋油油黃黃的青菜，由於鮮肉擱不得，伙食團剛開張時，一個星期才吃兩次肉，得現買現吃，後來中共推動農網改造計劃，電力進入偏遠農村後，大營盤也受益了，雖然三不五時斷電，但我們購買了一個冰櫃，將食物保鮮，另外，為了改善孩子們普遍營養不良，肚大如鼓的現象，我們終於順利讓孩子們至少一天有一餐吃肉。

在大營盤吃肉，肉少「僧」多，能吃進嘴巴的肉塊很少是完整的，而且肥的多瘦的少，我常常一頓飯吃下來，吃不到肉，只看到零星的肉屑，有一次我親自「押」了一大塊肉到廚房，目睹它被肢解成肉丁，加到大鍋湯熬煮，結果等到湯好了，我發誓肉真的不見了。

吃肉已是享受，但大口吃肉，則是大營盤孩子們最衷心

十元營養午餐，兩菜一湯是標準菜色。

的盼望，我記得有一次大胃王阿布石鐵半開玩笑地說：「張阿姨！好想吃肉」！我回罵他：「不是每天都吃肉嗎？」「我指的是一大塊看得見又吃得到的肉。」阿布石鐵的話乍聽讓人好氣又好笑，不過他講的確實是實話。

從大營盤開伙以來，我像君子一樣遠庖廚，一來怕煤氣中毒，二來怕菜油的煙膩味，然而最重要的原因是我不會做菜，一旦進入廚房，我便找不到自己的位置。

長這麼大不會做菜，我常歸咎於我有一個很愛做菜也很會做菜的媽媽，從小到大，即使是婚後，我都跟媽媽同住，有媽媽坐鎮廚房，我和先生還有孩子們的吃全交給媽媽，媽媽的能幹「造就」了我的無能，所以每次到大營盤，即使吃不慣彝族的口味，我只能當作減肥餐，盡量少吃就是了，似乎對改變菜色束手無策。

怪的是一到大營盤，人會變得飢餓，大概是學校沒有零食可吃，而三餐又無可期待之菜色，所以任何零食都會使人嚮往，嘴饞時真教人垂涎三尺。有一次整理圖書館時，小歐翻出一本介紹高檔海鮮美食的彩色圖鑑，那本小冊子立刻大受歡迎，台北年輕志工視為「葵花寶典」，每天早晚攻讀，而且熱情的討論，看圖片大啖美食的畫面，這也是去過大營盤的人才能意會的特殊體驗。坦白說，我雖沒有年輕人的瘋狂，但有一陣子我晚上的精神食糧，就是閱讀幾位美食大師好友出版的「好吃」又「好看」的書，然後帶著想像的美味入睡。後來看

書也滿足不了我的口慾，只好在笨重的行李中塞進幾包速食料理或台灣特色的醬瓜、肉鬆等勉強打打牙祭。一直等到二○○六年帶著新的工作夥伴長駐麻風村這一次，我刻意不帶任何救援的食物進入大營盤，我想試試看，我到底能餓多久？能不能小試身手來個自力救濟？

我先是連吃了幾天的白稀飯，培養了幾天的情緒，終於湧現進廚房做菜的衝動，本來，廚房是伙食團的地盤，敢進廚房當然得有三兩三的本事，但憑著在家吃香喝辣的經驗，我還是鼓起勇氣，自我請纓上陣。

我進廚房第一件事就是挑戰肉的煮法。彝族的習慣吃法就是白水煮肉，然後蘸辣椒調料，我們廚房的廚工們都習慣把豬肉切丁就直接炒菜，連爆香都沒有，每次吃到嘴裡總是滿嘴肉腥味，口感有點噁心，為此我「特令」廚房，以後炒菜一定要用蒜或薑或辣椒爆炒一下，果然肉香四溢，大受孩子們歡迎；此外，我又找出志工營隊留下的滷包及麻油，按著記憶中媽媽的口味，複製台式滷肉及麻油雞，反正孩子也沒吃過，在我的逼供下，他們都說「好吃極了」。

因為會的菜色實在有限，我連續幾天把所有的菜以煮火鍋的方式熬煮湯，勾芡成羹狀，推出大營盤什錦燴飯，孩子們也覺得新奇有趣，我也幾乎煮上了癮，一天煮馬鈴薯濃湯，一天煮南瓜濃湯。孩子們看我興致勃勃，竟然對我有了期待，一看到我出現在廚房，會問我：「張阿姨，今天要煮什麼？」有一

波蘭來的馬克在大營盤小廚房動手做菜。

天，我實在變不出花樣，正好看到人家送我一堆蘋果，我腦中
閃過「何不做個蘋果派」？怎麼做呢？我記得宣一曾經做過，
好吃得不得了，我也記得在麥當勞吃過，我用力想了很久，決
定自己創新，我把蘋果切碎後煮一煮，然後用麵粉裹一裹，
放進油裡炸一炸，我想這樣應該也可以算是「蘋果派」吧；又
有一次，學生送了好多生的葵花子，學生們輪流剝了幾天，我
望著堆了滿滿一大碗的瓜子仁，想到了披薩，幾位來自北京的
修女自願擀麵皮，因為沒有烤箱，我們先把瓜子仁炒熟後嵌在
麵皮上，然後用油煎一煎，這是大營盤第一次吃披薩，樣子像
蔥油餅，口味也像蔥油餅，然而不管它叫什麼，大家都又吃又
玩，享受了創意的快樂。也因為孩子們的熱情捧場，我也就越

做越得意，天天往廚房跑。

聽慣了學生的讚美，我真的覺得自己走路有風了，有一天我在廚房揮汗如雨時，一位替五保戶送飯的村民透過學生告訴我：「張阿姨，五保戶已經連罵幾天了，說學校的飯菜很難吃，湯不像湯，飯不像飯，簡直給豬吃的」，我一聽頓時火冒三丈，立即從廚房抽身，直奔五保戶，請他們說請楚講明白，那位說了重話的五保戶原本喝得醉醺醺，看到我氣呼呼的前往，酒醒了一半說對不起，唉，我想老彝胞的胃口一定吃不慣台灣的燴飯，但真正讓我下不了台的是，我一直以為我煮得很好吃，沒想到五保戶對我精心烹煮的燴飯，竟然直言批評說是給豬吃的。

豬食事件過後，我內心受傷頗重，還來不及撫慰自己的心情，廚房三位廚工為了一些芝麻蒜皮的事吵架，阿被阿依先辭職，阿爾阿沙和吉瓦鐵石也說不幹了，整個廚房稿的烏煙瘴氣，戰火從三個人延燒到三大家族，到最後更從吵嘴到打群架，廚房差點分崩離析。

以前聽人說，彝族為了一個雞蛋可以說個三天三夜，這次廚房三個女生的戰爭真的讓我體驗到彝族磨人的吵架工夫。

事情是這樣的，有一天一早阿被阿依來找我，說她父親長年在打工，母親一人做不來農活，她是家中長女，只好回家幫忙，我同意了阿依的辭職，不料阿依走後，不知為何伙食團的氣氛詭異，村裡閒言閒語多了起來，鐵石和阿沙似乎氣瘋了，

原來村裡正在流竄著耳語說：「阿依是被鐵石和阿沙欺負走的」，又說「她們三人煮飯不小心打破了一個鍋，結果只有阿依被扣五十元」等等。起初我不以為意，第二天吉布衣布來找我，說她的媽媽在新民街上聽到學校伙食團的事，不想讓他的妹妹在學校廚房幫忙，一來怕她被欺負，二來怕她因粗手粗腳打翻廚房的用品，結果揹上不名譽之「罪」。我一聽覺得事態嚴重，一個廚工單純的離職事件，怎麼會變得謠言滿天飛，而且這種不實的傳言正以迅雷不及掩耳的速度傳到了新民街上，摧毀學校的形象。

阿沙和鐵石不願承受不白之冤，決定找上村長討回公道，不料這些大男人不願插手小女人之間的是非，袖手旁觀，三個女孩只好各說各話，各自找來親友團撐腰，我還聽說因為扯不清，三人到後來揚言要喝農藥自殺。

眼看雪球越滾越大，我強迫村長召開協調會，約定第二天展開三方家族大談判。

隔天一早，阿依的家族來了一大群人盤據在學校大門口，鐵石和阿沙的家人則圍聚在校園內教室前，雙方僵持了一個上午，沒人越雷池一步。我等得不耐煩，遂走出校門，請阿依進來學校直接和阿沙、鐵石談一談，沒想到三人見面竟然分外眼紅，才簡單講了三句，隨即破口開罵，三人的吵架聲先是引來三方家族的騷動，大家你一言我一語，後來，鐵石竟然出手打阿依，阿沙也不甘示弱追上去，眼看三人扭打成一團，說

時遲那時快，本來在一旁叫囂的親友，尤其是女人們，竟然不分老老少少，拳打腳踢，演成全武行來了。阿被家族的比比和阿爾家族的阿姬最是厲害，兩人抓住對方的頭髮，狠狠地扯來扯去，衣服破了，指甲斷了，連頭髮都被扯下來一大把。我被大家突如其來的暴動給嚇傻了，回過神來很想「對空鳴槍」，制止失控的場面，但苦無「武器」，加上我的普通話在此起彼落的彝話中，根本「雞同鴨講」，我趕緊跑到宿舍樓前找來一支拖把，火速加入戰場，揮舞著拖把。我也不知道那來一股吃奶的勇氣，變得力大無窮，硬把雙方拉扯的人馬掃出一條「停戰中線」，村民畏於我的瘋狂，暫時收起了拳腳，但四、五十張嘴巴同時火爆對罵，一時間魔音傳腦，響徹校園，讓人聽到膽顫心驚。

幸好此時，村長和一些村裡的幹部，終於恢復「男人本色」，開始勸架，爆笑的是村裡那名從來不多話的會計，勸架勸到面紅耳赤，還激動得跳來跳去，但總算漸漸穩住了場面，到後來只剩下幾個女人零星的叫罵聲及哭泣聲。

在混亂中，阿依、阿沙和鐵石早就被架離到一旁觀戰，等到人群漸漸散去後，我把她們三人全喊到樓上，再度關室密談，三人又是舊恨新仇，狠狠對罵，一直罵到沒有力氣為止，我記得三人最後撂下的話語是「這輩子當不成朋友了」。

阿依離開學校後，鐵石和阿沙也嚷嚷著不幹了，因為她們的家人擔心兩人變成全村的公敵，堅持要兩人離開學校。搞了

老半天，伙食團即將崩解了，為了學校廚房必須運轉，我不准鐵石和阿沙辭職，強制兩人休假三天，學校也暫時停伙三天，除了遠方住宿的學生外，跑校的學生午餐暫停，住在一二三四組的學生也一律趕回家吃飯。

那三天，一肩扛下救援工作的就是十四歲的小阿依和十五歲的小伊哈，兩個廚房的小工。

大人不在，小鬼當家，讓我詫異的是，這兩個當初就讀成人班的小女生，初挑大樑，儘管手忙腳亂，卻還能準時將三十幾個住校生與職工的飯菜開出來，讓人刮目相看的是，小阿依緊張到胃病發作，整個臉都扭成一團，要她休息，她卻依然固執堅守崗位。

那三天，幾個還寄宿在學校的學生，不分男女，一放學就進到廚房幫忙，洗菜的洗菜，切菜的切菜，並幫忙打飯收拾等等，堅持了三天，幾個住在三、四組的中學生忍不住哀號：「張阿姨，今天可以吃飯了嗎？」我才知道，原來有幾個住在三、四組的中學生因為路途遙遠，根本沒有回家吃飯，借錢在村裡小賣部買了泡麵吃，一包泡麵怎麼能填飽他們的大胃，據說已經餓到眼冒金星，兩腿發軟了。

為了搶救學生的飢餓問題，我只好敦請村長出面協調，召開緊急村民大會，由於開會前突然下了一陣大雨，加上正逢農忙，村民來得不如預期，但我還是慎重其事向村民提出三點宣示，一：三個女孩的戰爭至此落幕，村民不得再背後議論是

有朋自遠方來，我們也跟村民一樣，宰隻豬來吃坨坨肉。

彝族的坨坨肉就是長這個樣子的。

非，否則捉到造謠者罰款一百，還得為其嘴巴不乾淨雙倍處罰；若因造謠演變成打架鬧事，動手者罰款五百，更甚者導致學校廚房停伙，肇事者必須揹起破壞學校運作的罪名，送交公安處理。

村民面面相覷，似乎都知道事情的嚴重性，為了以昭公信，我要村民蓋下手印，形成文件，在食堂公告三天。那天共來了四十五個村民，也按下四十五個手印。

散會後，看到鐵石、阿沙重新回到廚房掌廚，幾個餓昏了的中學生高聲吶喊：「萬歲！今天晚上可以吃飯了。」

當晚七點半才開飯，足足比平常晚了一個半小時，外面又黑又冷下著大雨並停電，學生們壅塞在飯堂，在黑暗中勒緊肚皮耐心守候，直到熟悉的飯菜味道氤氳飄香在大營盤的小廚房，歷經這幾天短暫的瘋狂，看著學生們埋頭努力加餐飯的模樣，我總算稍感欣慰，因為大營盤又恢復了表面的正常。

兩份奠儀

　　那天在整理手邊的資料，翻到其中一頁，我的內心不禁好痛，記憶頓時拉回二〇〇四年那個寒冬。大概要過舊曆年的時候，我打了一個電話到學校，王老師的女兒翠蘭說她爸爸有急事外出，因為有學生意外死亡，我一聽心裡一震，到底怎麼一回事？在大營盤幾年，還沒碰過這種事，好不容易聯絡到王老師時，他說二年級學生的日伍呷上山砍柴，不慎從山崖墜落當場死亡。

　　的日伍呷，這個名字很模糊，她長得什麼模樣？為什麼我想不起來呢？那個晚上我帶著沉重的心情輾轉難眠。

　　第二天，我衝到辦公室打開學生檔案，找到了的日伍呷，照片中的她看起來好小，帶著羞澀的笑容，她的成績似乎一般，老師對她的評語是「該同學尊敬老師、團結同學，但語文基礎較差，上課管不住自己，愛講話東張西望，作業不太認真，熱愛勞動，望下學期改正錯誤，努力學習」，我拼命在腦海中搜尋，或許在記憶深處曾有過這麼一個小女孩吧，但我硬是想不起跟她互動過的點點滴滴。

接連幾天，我老是想起這個來不及長大的小生命，我甚至自責，她還沒有吃過一頓學校的營養午餐呢（大營盤的孩子，三年級以上學校提供一頓營養午餐，一二年級僅提供旺旺餅乾早餐）。帶著若干遺憾，一直到二○○五年三月再度來到大營盤。

　　那是三月底一個周末的下午，我突然萌生「想去看看伍呷」的念頭，住校生說也很想一起去，於是我們一行人浩浩蕩蕩往三組走，我記得當時滿山遍野開滿了索瑪花，學生們沿路摘著花，有白的有粉紅的，他們說，要到伍呷的墳地獻花。

　　到了伍呷家，我第一次看到她的媽媽，個子十分嬌小，身邊圍繞著幾個小孩，一個穿著藍色校服的男孩衝著我叫了聲「張阿姨」，是「的日克的」：「伍呷是你的妹妹呀？」聽到我這麼說，男孩猛然掉淚了，我被請入了伍呷的家中，她的媽媽用彝語邊哭邊講，同學們七嘴八舌幫我翻譯，我對整件意外發生的經過，總算有了輪廓，原來，一月的某一天，的日伍呷和兩位學校的同學阿布鏡石、的木阿依約好上山砍柴，上山砍柴對大營盤孩子來說，是稀鬆平常的差事，只是那年冬天下了好大的一場雪，山上的路變得相當難走，三個小女生早上十一點出門，砍了好多柴，正要揹回家時，伍呷腳一滑，加上背上的柴太重，讓她失去重心，失足墜落兩百米高的山崖，兩個女孩目睹慘劇發生，拼命喊著伍呷的名字，可是除了空蕩蕩的回音外，山谷裡一片沉默，兩人嚇得哭著回家求救，回到山下已

一家人合影獨少一人，小
女孩的悲劇，是我在大營
盤第一個接觸的死亡。

母親在女兒的墳地悲愴地
痛哭。

經五點多了，伍呷的爸爸不在家，左鄰右舍趕緊出動四個大人
到處找人。兩個鐘頭後，伍呷被發現了，她掉落在山腰的一棵
大樹上，救下來時早已氣絕身亡。

　　按彝族規矩，意外死亡的人屍體不得搬進屋內，所以伍呷
被揹回家後，只能停放在屋外，那晚雪下得有點大，白布覆蓋
著她小小僵硬的身軀，據說她已面目模糊，也斷了一隻手，身
上穿的是學校兩年前發的那套黑紫相間的運動服。

雖然伍呷家很窮，可是還是舉行一個體面的喪禮，請來畢摩誦經，法事做了四天四夜，期間親友共送了一頭牛、兩隻豬、三隻羊、一條狗和八隻雞來招待客人，三組幾乎大大小小人都來了，的日家並湊了三百元買了全套傳統的服飾作為伍呷的壽衣，同時也花五十元買了羊毛氈條裹住她的屍體。為伍呷合上眼閉上嘴，整理最後儀容的是她的外婆，伍呷的媽媽哽咽地說著，外婆在旁也是老淚縱橫。

　　小伍呷最後被抬上一塊小木板上，放在柴火堆上燒了，連個棺木也沒有，陪著她一同火化的只有她揹了兩年的大營盤書包。

　　當我聽到伍呷的悲劇時，我的心都哭了。我請伍呷的媽媽帶我去看她的墳地，伍呷的媽媽幾乎是邊走邊哭的，她嘴巴裡嘟嚷著我聽不懂的話，尾隨著這位傷心的母親，我不知道如何安慰她。

　　走了約五分鐘，我們來到一片小坡地，周遭雜草叢生，中間有一塊地，明顯的是除過草整過地的，小伍呷就在這裡被火化的，除了遺留下一小塊焦土痕跡外，連個隆起的小土堆都沒有。我不清楚伍呷火化後骨灰被放置到那裡去了，是撒到空中，放在山裡的某處或是被帶回家中去了。

　　那天下午風很大，伍呷的媽媽用著哀嚎般的聲音呼喊著她的名字，她的外婆也加入哀悼的行列，兩人淒厲的聲音在風中迴旋，學生們神情一片肅然，有些女同學已經哭了起來。從

伍呷火葬的山坡望去，視野遼闊，一片好山好水，再見了，伍呷，我內心衷心祝禱著：願你在祖靈的帶領下一路好走，升天後要繼續來當大營盤的學生喔！

返回學校的路上，遇到伍呷的外婆，老人家似乎刻意等在那裡似的，我經過她時，她竟然起身向我跪謝。我扶起老人家，兩眼含淚，趕緊跑回學校，心裡好沉痛。

兩天後，伍呷的媽媽和外婆又來學校了，她的媽媽交給我一張破舊的保險單，那是學生平安定額保險單，意外傷害或是疾病死亡的賠償金額是三千元，簽單日期是二〇〇二年十一月，我告訴伍呷的媽媽，保險單已經過期好久了，領不到錢，她沒說什麼，眼神充滿無奈。

離開大營盤時，我特別交代校長一定要送去奠儀五百元，同時也規定以後每年新學期開始，學生一定要購買學生保險。

送出去的第二份奠儀想都沒想過是給村長馬什坡的。

二〇〇五年八月，學校剛辦完一個盛大的志工營，結束後緊接著舉行新住宿生的魔鬼訓練營，幫助六年級生適應住宿新生活，就在營隊結束前一天，一大早一群住校生湧入我的房間，拉馬伍且坐在沙發上，雙手緊緊抱住一個小抱枕，怯生生地問：「張阿姨，我可不可以請假？」「發生什麼事？」他沒說，只是看起來神色怪異，一旁的同學焦急地說：「他爸爸死了。」

馬什坡死了！昨天我們在學校派發衣服時，他還站在一旁幫忙點名維持秩序，好端端的一個人為什麼死了。我正在納悶中，隨即到來的王老師說：「馬什坡死了，今早喝農藥自殺了。」「爸爸都死了還不趕快回去。」小歐話還沒說完，拉馬伍且拔腿就跑。

　　拉馬伍且，今年剛上六年級，個子十分矮小，腮幫子鼓鼓，有著大門牙，長得像土撥鼠一樣可愛，為此，他的綽號叫「土撥鼠」，而長相酷似的一家人也順理成章成了「土撥鼠家族」。

　　馬什坡（亦即拉馬什坡）剛選上村長沒多久，前不久還借貸六百元來請鄉村幹部大吃大喝慶祝他的當選，到底是為了什麼自殺？為了解開謎底，那天早上我們到處詢問人，只知道農藥是馬什坡前幾天上街買的，據說買來要除山豬的。死亡前一晚，他跟幾個朋友一起喝酒，由於喝醉了當晚沒回家，他也無流露任何輕生的跡象。第二天一早，他從友人處返家，好像走在半路便仰頭把藥喝

馬村長自殺的原因，至今仍是個謎。

了，走到吉伙家已經跟蹌倒地，後來又歪歪倒倒走到家，把手機留給他的女兒後，隨即倒地。

他的弟弟用馬車送醫院急救，但已經回天乏術，馬什坡沒有留下任何遺言，也沒人知道他究竟為何結束自己寶貴的生命，他死時才四十出頭。最殘忍的是，那天是八月八日，拉馬伍且六個姊弟竟在父親節當天變成孤兒。

馬什坡死的那天，剛好是學校第一屆十六個畢業生準備謝師宴的當天，學生們親自採買下廚，做了豐盛的一桌菜，準備宴請師長和我們，請客的地點就在布西家，要到布西家一定要經過馬什坡家，我們一行人不敢喧嘩，路過他家時，我偷偷看了一眼，他家聚集了一群村民，各路親戚也分批趕到，從屋內傳來畢摩的誦經聲，音樂聲，並夾雜著女眷此起彼落的哭聲。唉！突如其來的打擊，我想土撥鼠一定也哭得很傷心吧。

那天，夾雜著複雜的心情，吃了一頓五味雜陳的謝師宴。

第二天返台前，我特別交代羅校長代表學校打兩斤酒前往喪家致意。

馬什坡擔任村長幾年了，只記得他老喜歡穿著解放軍的外套，臉黑黑，牙齒被煙燻得黃黃的，個性算是溫和客氣，處理事情也滿明快的，但因喝酒喝得凶，毒癮也不小，為此，除了公事外，私下我們不敢多所往來。

儘管交手不多，但是馬什坡的死，卻依然牽動我的神

經，尤其翻閱大營盤的老照片，總會在某個角落出現他的身影，畢竟他曾是學校回憶的一部分。

十月的某一天，那天天氣濕濕冷冷，我和小歐帶著五百元的奠儀前往馬什坡家，那是我第一次正式拜訪拉馬家，屋內就像典型的彝族建築，沒有開窗的客廳一片黝暗，我們的到來，讓拉馬家人嚇了一跳，等到眼睛適應黑暗後，我才看清楚了，原來屋內堆滿一堆玉米，也滿滿一群人，大家都正在忙著剝玉米粒。馬什坡的太太趕緊請我在火塘邊坐下，我表明來意後，拉馬太太就哭了起來，她一哭空氣也為之凝結，大女兒巫甲跟著哭了，奶奶也在掉淚，土撥鼠則把頭埋得低低的，她簡略地交代馬什坡的葬禮。我被那種沉重的感覺壓得有點喘不過氣來，把慰問金留下後，趕緊打道回校。

當天晚上，我收到馬什坡大女兒的一封信，這是拉馬巫甲第一次寫信給我，用字遣詞並不通順，但可以感受出內容的誠懇，她的信是這樣寫的：「親愛的張阿姨：您好，張阿姨您今天來到我家，送我們家好大的一筆錢，我們真的很感謝您。張阿姨您知道嗎？我心裡藏著我爸爸的事情，我一直很想跟您說，爸爸說他當村長是為了讓我們能夠讀到書，爸爸當村長已經二十五年了，可是他想不通才會丟下我們六個孩子不管。我太想念爸爸了，現在沒有了爸爸，卻有了張阿姨，我真的不知要怎麼感謝您才好。我們村子裡的人都喜歡爸爸，沒有一件事是我爸爸辦不成的，我們家在爸爸死後很困難，可是在張阿姨

的幫助下已經不困難了。

「張阿姨，我媽媽要我跟您說一句話，謝謝您給我們五百元，我們說這五百元到時候給我們交學費，張阿姨謝謝又謝謝，我說多少感謝都不能報答您給我的五百元。張阿姨再見！拉馬巫甲謝謝張阿姨。」

看完這封信，我好傷心，傻巫甲，不要感謝我，那筆錢可是爸爸的奠儀啊。

直到現在，馬什坡的死儘管眾說紛紜，諸多揣測，仍舊是一團謎，我不曉得馬什坡喝下農藥時，他的腦袋到底在想些什麼？腹痛如絞一路掙扎回家時的心情又再想些什麼？如果時間能夠逆轉，他還會選擇自殺嗎？

按理來說，自殺對彝族來說，也是不光彩的死法，喪事的進行應該要低調辦理才是。不過馬什坡當了二十幾年的村長，人緣一向不錯，而彝族又十分重視厚葬的風氣，相信給死者亡靈祭獻越多，得到的恩賜也越大，所以馬什坡的喪禮，宰了好幾頭牛、羊和豬，全村都出動了，送他上山火葬，沿路放了好多的鞭炮，辦得體面風光。祝馬什坡一路好走，回到諾蘇祖界，與先人們團聚。

生日快樂

　　從三十五歲以後，我幾乎不過生日了，一來是感傷年華的老去；二來不愛吃蛋糕；為此這幾年來，除了媽媽的豬腳麵線外，我都是一個人，獨守著年齡的秘密，悄悄過生日。

　　二○○六年五月，我人在大營盤，儘管平素不愛過生日，但人在異鄉吧，我竟然對即將到來的生日有些莫名的感傷，當然，我並沒有跟任何人提起過生日這檔子事，正巧一名學生家長幾天前送來一隻雞，我遂交代廚房五月八日宰了這隻雞，作為學校工作人員的犒賞。

　　五月八日那天，學校施工隊的蔣師傅請我們幾個人到他家作客，知道他家有兩個小孫子同住，我們特地到越西一家新開的超市買伴手禮，看到麵包店的蛋糕，內心突然湧起一股衝動，順手挑選了幾種小蛋糕，我想儘管不過生日，但好歹買個蛋糕應應景，尤其那些蛋糕看起來素樸，沒有鮮奶油蛋糕那種油滋滋又甜膩膩的感覺。

　　我開心地在蔣師傅家吃了豐盛的一餐，席間蔣師傅要他的兩個孫子開口叫我「張婆婆」。

「婆婆」，天啊，這些年來，我在大營盤可是老老少少都喊我「張阿姨」呢！怎麼就在我生日當天意外升格為「婆婆」呢，對於一向害怕真實年齡曝光的我，當時真是答也不是，不答也不是，心情尷尬到極點。

在返回學校的路上，我先是發現車上多了兩個蛋糕，我的生日竟然曝光了！有人偷偷透露了秘密，結果布都託開車師傅王強買了一個蛋糕，王強不好意思，也買了一個同等大小的蛋糕，一下子，我有了兩個奶油生日蛋糕。

蛋糕已成既定的事實，總得吃掉它吧，怎麼吃呢？跟誰吃呢？一轉念，想到今天莫名升格為「婆婆」，乾脆請村內的「公公婆婆」「爺爺奶奶」吃蛋糕吧。

蛋糕饗宴就訂在下午五點。

一回到學校，我趕緊發出請客令，並趕緊上樓翻箱倒櫃，找出去年辦園遊會時，從台北帶去的各式美麗的餐盤，並拿出港龍航空公司捐贈的刀叉，再把超市買來的蛋糕切塊，擺得美美的，然後要學生們將餐桌搬出餐廳，一切準備妥當後，就等著貴客臨門了。

五點過後，幾位公公、婆婆、爺爺、奶奶陸續到了，看得出來，有人刻意打扮了，有人披上察爾瓦，有人穿上彝族背心，其中有兩位老奶奶，從漢族區走上來，還抱來兩隻雞作為禮物。

第一次作客，老人們都很拘謹，我讓住校生充當翻譯及服

務生，我則準備大顯身手親自切蛋糕，正在忙裡忙外時，在新民走讀的中學生回來了，機皮藥布手上也拎了一個蛋糕回來，說是中學生合送的，我要他們把蛋糕一起放在桌上，告訴他們說：「謝謝囉，不過今天是『婆婆日』，我們要請村裡的老人吃蛋糕」。

當我把一個個蛋糕盒子掀開時，蛋糕的模樣露了出來，由鮮奶油妝綴而成的花朵鮮豔地綻放著，讓生日蛋糕看起來既可口又華麗，第一次目睹生日蛋糕的老人家全都瞪大了眼睛，接著眉開眼笑，我略過吹蠟燭唱生日歌的階段，直接拿起水果刀狠狠的切下去，每個老人一塊大大的蛋糕，沒有來的老人家我請學生送去，三個蛋糕讓村裡的老人心滿意足，他們說，這輩子沒有看過這麼漂亮的蛋糕，更沒有吃過這麼好吃的蛋糕。

跑校的學生看著老人吃蛋糕，一嘴鮮奶油滿足的神情，也拼命在一旁吞口水，我要住校的學生拿出原本在超市採買的蛋糕請大跑校生，每個人分得了兩小塊，迅速吞了下去，一副意猶未盡的模樣。慢些趕來的跑校生雖沒吃到蛋糕，但也花錢集資購買餅乾和飲料送我，說實話，他們好意花錢買禮品送我，於情於理我不好拒收，但我堅持如數給錢，包括中學生購買蛋糕的二十八元錢，我的理由很簡單，就是不希望學生花錢買禮物，畢竟生日是我個人的私事，不該衍生成為學生間的社交大事。

那個晚上我收了不少禮物，一共「買」了八十九元的餅

請村子的老人吃蛋糕，那樣子過生日很溫馨。

乾、汽水、啤酒和兩串鞭炮，更收下了一百一十六個生雞蛋、十一個熟雞蛋、六個鴨蛋、四隻公雞和一隻母雞。

生日禮物收到鞭炮，對我也是新鮮的經驗，按越西漢人過生日的模式是過生日前必須放一串鞭炮，生日結束前再放一串鞭炮，所以我也入境隨俗，前後在暗夜施放兩串鞭炮，趨吉避凶，圖個平安。

在鞭炮聲中，我把剩下的蛋糕稍作整理，跟住校生們一起唱著生日快樂歌，儘管每個人只有分到一小口，吃得不甚過癮，但大家的情緒還是很high，臨睡前幾乎所有的住校生都貼心地送來一張張卡片，一筆一畫寫下他們對我的祝福，那一疊厚厚的卡片可是我在大營盤收到最棒的生日禮物。後來我才知道彞族不過生日的，很多學生根本不知道他們的生辰八字，這點跟漢人也是大不相同。

總之，那個生日在大營盤過得有點另類，是第一次也是唯一的一次。

而說到在大營盤過生日的勁爆回憶，那就不能不提起王老師那一年過生日的事了。因為「王老師的生日」引爆了「白只格逃跑事件」，對我而言，簡直是前所未有的震撼。

故事得回溯到二○○五年十二月十三日的那個晚上，我有事到上海出差，返台前打了一通電話回學校，沒想到意外得知一個驚人的消息──「白只格跑了」，乍聽此消息，我一顆心直往下沉，說真的，我想都想不到，一向乖巧的白只格會是大

營盤第一個不告而別的學生。

二○○三年八月，就在我們舉辦第二屆兩岸志工營時，從涼山州最偏遠的金陽縣的麻風村，來了十五位跨縣就讀的學生，他們分乘兩輛麵包車，雖然已經坐了兩整天的車，下車時，我仔細打量他們一張張陌生的臉孔，在神情上瞧不出有何特別的疲憊，倒是眼神透露著好奇、疑慮，也夾雜著幾許的不安。

在這十五名學生中，白只格是唯一一位不曾上過學、連自己的名字也寫不起的孩子，我對他印象很深刻，因為他相貌堂堂，而且漢語講得還算流利，直覺他應該是個可造的人才。後來，證明我的觀察是對的，他擔任一年級的班長，不僅做事勤快，人緣極佳，而且功課也都保持第一。

寒假過後，當初跨縣就讀的十五名金陽縣的學生，歷經一番波折只回來八個，不回來的，有的埋怨在學校吃不飽，有的說學校管太嚴，但無論如何，有七個不回來是不爭的事實。

有一次，我跟白只格聊天，他說他差一點回不來了，因為原本他的父母叫他別念了，可是白只格堅持不放棄，他在過年期間找了一份打工的工作，硬是賣了一個月的包子，才賺到一百元回越西的交通費，這才回到了大營盤。

白只格為了念書的努力讓我感動極了，從此以後，我特別留意起白只格這個孩子。

我住在學校時，幾乎每天一早，都會看到他第一個出現在

學校打掃校園的身影，他也常常出現在廚房幫忙洗菜，燒熱水等等。由於他優異的表現，學校只針對二年級以上成立的樂生獎學金，還破例頒發兩百元的特別獎學金獎勵他。

一年級畢業後，白只格提出了一個要求，他強烈希望跨級就讀，直接升入三年級，問他為什麼？他才透露他年齡的真正秘密，原來他十五歲了（入學時資料寫十二歲），如果按部就班讀完六年級，預計就二十一歲了。考慮他的年齡、成績，我們同意了他的請求，就這樣白只格搖身一變成了三年級的學生。

進入三年級的白只格成績也不錯，有一次，我下去晚點名時，抓到幾名偷溜到校外遊玩的學生，三名逾矩的學生中，白只格赫然名列其中，我深感意外，也十分痛心，難以接受白只格違規的事實。我扣了他的獎學金作為薄懲，後來，他寫了一信給我，說他對遭受處罰一事不會後悔，只要求我不要扣他的獎學金，算是他向我預支的借款。

我知道他身上沒有錢，所以扣獎學金一事並沒有嚴格執行，被警告過後，有一陣子，白只格似乎又恢復以前的那個乖小孩的樣子，看到他的改變，本來內心還頗感安慰的，卻沒想到這一次，我前腳才離開越西，白只格後腳便收拾行囊回家，那種情感的傷害，讓我有幾天的時間，連想起白只格的勇氣都沒有。

白只格翹校事件的導火線，起源於王老師的生日。王老師

白只格（戴帽者）
逃跑事件，至今在
我內心餘波盪漾。

是大營盤小學最資深的老師，當了十八年的代課老師，後來因
為台海兩岸的記者陸續播報大營盤小學的故事，跟著成了火紅
的人物，二〇〇五年十一月，王老師終於獲地政府破例任用，
轉為正式老師。

　　王老師轉正後，我讓王老師一家搬回高橋，駐校管理工
作則轉交給扶貧團體的修女會來承擔，由於王老師一家走得匆
忙，孩子們有些不解，加上對「修女」身分的陌生，在胡亂揣
測下，學生們把王家的走歸咎給了新來的修女，有人已經開始
鼓譟作對的情緒，正巧王老師生日到了，他的三個女兒為了幫
轉為正式老師的爸爸慶生，準備幫他舉辦一個驚喜的party。

　　幫王老師慶生是人情義理，本來無可厚非，但這件事後續
發展全亂了套，首先是王老師的女兒私下找來初中生湊錢買蛋
糕，六年級集資買可樂，還有學生硬向家人借錢買香菸，把王

村民送給我的雞鴨，我一定跟學生門大快朵頤一番。

老師四十九歲生日搞成了大營盤的社交大事；再者學生們不顧
修女們的建議，派學生代表送禮就好，反而悄悄地不假外出，
等到晚上開飯，眼看一桌桌熱騰騰的飯菜由熱變冷，修女們苦
等不到學生，這才發現所有的住校生都跑到王老師家裡慶生，
而且王老師為了招待他們，臨時去親戚家借了一條豬來宰殺。

　　我接到修女埋怨的電話時，對學生的不懂事深感抱歉，
但抱歉中最大的錯愕是「白只格跑了」。原來那天晚上，修女
首度以「違反學校住宿規定」處罰了他們，雙方鬧得十分不愉
快，很多學生不反省自己違規在先，反而一再吵鬧為何不能幫
王老師慶生？其中尤以白只格最是不服，為抗議修女的管教，

他竟然半夜收拾行囊逃離學校。

白只格的逃跑，讓新上任的修女既擔心又尷尬，王老師夾在中間更是左右為難，大家心情都陷入低潮。我因擔心白只格的安危，回到台北後，趕緊催校長打電話到金陽找人，一直打到第三天，白只格才回報，說他已平安到家，但被父親狠打了一頓，他承認自己有點衝動，不過回家打工賺錢這個念頭已經醞釀很久了。

是嗎？我不知道這是不是白只格的真心話，但，即使要休學，為何不能再等一個月，等到這學期結束再走呢？逃學是重大違規事件，連後悔的餘地都沒有，為整肅學校紀律，羅校長最後還是做出「開除」的決定，我與白只格的緣分自此畫下句號。

而對王老師來說，當了十八年的代課老師，轉正後的第一個生日，就引爆大營盤第一件學生逃跑案件，那個生日應該刻骨銘心吧。我不知道以後他的生日是怎麼過的，可以確定的是，再也沒有學生爭先恐後去送禮，而他也不必再自掏腰包殺豬請客了。

木基條款

　　在大營盤小學，由於孩子多，再加上他們彝族的名字不好記，我老是支支吾吾叫不出名字，要不就是鬧出張三李四的笑話，後來，住宿樓蓋好後，因為朝夕跟住校生相處，終於可以一一喊出他們的名字，並進一步了解學生的背景，我赫然發現，天啊，大營盤小學還真是遠親近鄰全校一家親。

　　在少數民族中，彝族對待麻風病人素來以殘酷嚴屬聞名。從我開始在大涼山奔波這幾年，就已聽聞過不少麻風病人淒涼坎坷的生命悲歌。對敬畏鬼神的彝族人而言，麻風病是婚嫁中的禁忌條款，他們稱麻風病人為麻風鬼，得靠唸經驅魔來治病，為此，家族中有出現麻風病史的，很難跟一般社會人士論及婚嫁，麻風病人的子女只好相互嫁娶，被迫繁衍成所謂的「麻風大家族」。

　　我早就聽聞村民有訂娃娃親的習俗，偶爾也會開開那些六年級已經訂親學生們的玩笑，直到「木基娶親」事件發生，我才正式認真思考麻風村子女的婚姻問題。

　　二〇〇五年寒假過後，學校傳來新學期的學生報告，其中

因為意外，我們永遠失去二年級的的日伍呷，但另外四年級的木課阿依中途輟學的原因竟然是「嫁人去了」。

三月中旬我到學校時，特別去了伍呷家致意，此外我也好奇木課阿依嫁人一事，王老師言詞閃爍，沒有正面回答到底四年級的木課阿依嫁給誰；加上中央電視台的人正在學校製作專題，我一忙也就忘了追問，有一天電視台的人告訴我，在我進到學校前兩天，他們剛好去參加一場學生的婚禮。「那個學生？」「就是曾經去青島職訓的那個人。」喔！那不是毛木基嗎？他結婚了？怎麼沒人告訴我？我趕緊追問王老師，他才說出毛木基結婚了，娶的新娘正是四年級的木課阿依。

這真是一個勁爆的消息，我們學校六年級的學生娶了四年級學生，我竟然是最後一個知道的；另外，木基不是早就訂親了嗎？為何新娘突然換成了木課阿依？既然都已決定結婚，明知道我就要來了，也不等我參加婚禮，不請我喝喜酒？被當「外人」的感覺讓我很火大。

木基知道我曉得他的秘密後，直說對不起，他解釋說實在「父命難違」。原來，木基早就定親了，也分期付了女方三千元的聘金，不料這回他從青島職訓回來，在學校半工半讀念六年級時，不知何故女方堅持退婚了，而且還把聘金還給他，木基的爸爸因為近年疾病纏身，怕這筆退還的聘金很快花掉，便趕緊又幫木基找了門親事，逼他把婚結了，盡了為人父母的責任。

由於木基和新娘子都還在大營盤讀書，木基對這件婚事有些不好意思，怕成為學生們的笑柄，因此口風緊得很，連他同寢室的布都還是結婚前夕才發現，其他師生更是在木基結婚當天才恍然大悟，原來木基請假是因為他「要迎親去了」。

　　坦白說，二十四歲的木基是該結婚了，只是新娘木課阿依才十六歲，儘管長得漂漂亮亮的，感覺上卻還是個小孩子，同樣身為女人，我真的希望她能念到小學畢業，待身心成熟點再結婚，可是在彞族的生活禮儀中，十三四歲的小新娘比比皆是。

　　當了新嫁娘的木課阿依白天穿梭兩家幫忙勞動，每天晚上則抽空來成人班上課，我送了新娘一些小飾品作為結婚禮物，並偷偷觀察她和木基的互動，我發現有趣的是，她跟木基兩人似乎還沒圓房，她打算兩年後再正式過門，或許因為如此，她和木基婚後各住各的家，而且彼此之間不太講話，像個陌生人。

　　也由於木基偷偷的娶親事件，我開始積極調查學生婚姻的狀況，又發現另一名學生吉布依布也在寒假期間結婚了。吉布依布家中有八個兄弟姐妹，他排行老大，十九歲了才唸小學五年級。寒假期間，他們家人到美姑縣親戚家作客，親戚家的女兒看上這個帥小子，吉布依布也喜歡人家，兩家父母遂說定了婚事，隨即結成了親家，按規矩吉布家必須付給女方六千元的聘金，吉布家已賣了一頭牛先付了一千元頭期款，兩年內他必

娃娃親在麻風村還是主流的婚姻方式。

須付清所有尾款,新娘子才會正式過門。

　　我問依布,「想不想繼續讀書,如果要拿到小學文憑,畢
業前不准中途輟學去結婚」,成績不錯的他靦腆地點頭答應。
第二天,我再請吉布的媽媽來學校一趟,特別解釋給她聽,
指出學校有一定的規矩,學生在校期間不准結婚,否則一律開
除,並告訴她,吉布依布是個聰明的孩子,前途比婚姻重要,
一定要支持他拿到小學文憑。他媽媽似懂非懂的看著我,一句
普通話也不會說,聽完吉布依布的翻譯,她又笑了笑,不置可
否。

　　先是木基,接著又是吉布依布,我不知下一個會是誰。

因為六年級的普遍都已訂了親，而且不少人已經面臨結婚的年齡，像機皮藥布、吉潘木牛等等，我一方面把「在校生禁止結婚」正式納入校規，這即是所謂「木基條款」的由來，另一方面又趕緊找來家長一一溝通，忙著阻止我們大營盤的學生結婚。看我忙著破壞人家的婚事，小歐有時會笑我：「張姐，會不會管太多了？」不過當她知道我們一二年級學生訂親的也不少時，她也開始緊張起來，「張姐，你知道二年級機皮約哈的未婚妻是誰嗎？是一年級的各期依布。」關心孩子們的前途，我決定「木基條款」一定要好好倡導與執行。

木基條款訂定後，因為忙著準備大營盤小學首屆的畢業典禮，加上忙著與越西教育局周旋，將畢業生送入中學就讀，所以木基條款訂立後有好一陣子並未付諸實行，直到十一月，「木基條款」終於開鍘了，首要目標就是已經上了中學的機皮藥布與吉潘木牛。

一向被公認口才最好的機皮藥布，被我點名時，儘管心裡有數，但一聽說我要他先跟未婚妻商量，再請雙方父母前來學校解決婚姻問題時，卻還是紅著臉口拙了起來。他的未婚妻巴莫阿依是大營盤六年級的學生，已經十七歲的她長得亭亭玉立，由於兩人是親戚，從小指腹為婚，年紀相當，外表又登對，求學期間在父母主張下有幾次差點成了親，兩人結婚雖然沒有成功，但已成了同學取笑的對象，兩人的關係有些尷尬又有些難堪。

機皮藥布是個有思想的年輕人，天資聰穎的毫不掩飾他追求知識文化的企圖心，在他小學畢業那一年，他主動跟父母抗婚過幾次，但抗婚歸抗婚，對於退婚一事，卻不抱任何希望。因為對彝族來說，退婚意味著賠錢，誰家先提退婚，誰家就要賠錢。

　　藥布和阿依坐在客廳裡，兩人的表情都透露著靦腆和不安，我直說「按學校規定，在校生一律不准結婚，要讀書就不能結婚，要結婚就離開學校」，藥布說：「我要讀書」，阿依低頭不語，功課普通的她，其實對上中學毫無信心。我知道若要成全藥布，對阿依來說將是委屈和不平，但事情本身就這麼無奈，我最後要求他們通知大人們前來處理。

　　兩天後，藥布的媽和阿依的媽依約前來，大家坐下來認真地討論這對兒女親事的未來，之前兩家母親早就聽聞學校要讀書就不能結婚的「木基條款」，後來又發生阿爾阿沙和吉瓦鐵石轟轟烈烈的離婚革命，加上藥布的弟妹、阿依的弟妹都在學校就讀，兩位媽媽無條件答應解除兩人的婚約，倒是看到藥布和阿依分別簽下特別合約，宣告兩人正式離婚時，兩位媽媽卻拭淚了。

　　處理完機皮藥布的婚姻後，隔一天吉潘木牛的父親和岳父也來了，兩位父親也是無條件同意解除婚約。木牛的岳父是大營盤村的老村長，木牛得喊他一聲舅舅。木牛的未婚妻是學校三年級的阿爾依布，坦白說，木牛這個孩子不僅功課好而且人

大營盤的新娘子，美麗的背後有傳統宿命的悲歌。

品佳，我常常看到阿爾依布對他充滿仰慕的眼神，聽說，村長實在捨不得這個乘龍快婿，但身為舅舅，為了外甥的前途，他也只好忍痛成全。

我沒有想到機皮藥布和吉潘木牛兩人的婚事能如此快速又順利的解決，事後，木牛特別跑來找我，我說：「氣不氣張阿姨趕走了你的新娘子？」他說：「不，我來就是要特別謝謝您，您知道嗎？沒有婚姻的枷鎖，我以後可以沒有後顧之憂的讀書。」

聽著木牛的話，我內心頓時五味雜陳。

面對不合時宜的娃娃親，「木基條款」就是大營盤的尚方寶劍，我希望寶劍永遠不要出鞘，所有的問題都能迎刃而解。

「木基條款」執行過後，學校的確風平浪靜過了一陣子，要結婚的都是離開學校的中輟生，直到二〇〇八年，那一年暑假過後，從喜德縣來了五名跨縣就讀的六年級生，其中兩名是棄兒，三名是村長的女兒，長得很漂亮，像三朵花，大的那個十七歲，個性活潑大方，叫吉依達新，我私下有些納悶，不知她訂親了沒？後來聽說她訂親了，但結婚了沒，倒是一個謎，因為當事者一直言詞閃爍。

〇八那個過年，聽說男方家要達新回去講迷信，她刻意躲到大營盤五組山上不肯回家，最後她父母讓步了，答應她可以不去男方家，她才下山回喜德。按彝族的規矩，我們終於「肯定」達新結婚了（因為結婚後，男方講迷信，女方不可以缺

席）。就這樣，達新結婚的事實，變成大家心照不宣的秘密。

達新小學畢業後，順利升上新民中學。

二○一○年，我為學校整地一事，三月來到學校，那次，我一來就聽說另一名棄兒吉布伍加退婚了，在親戚幫忙下，湊了九千元賠錢了事。有天晚上，我找來四個喜德縣的女生聊聊，問起伍加退婚之事，驚訝這位瘦小的十七歲女孩，根本還沒發育，遑論結婚這檔子大事，聊著聊著，勾起達新內心的痛，她首度鬆口談起自己的婚姻，表達了對包辦婚姻的不滿，情緒十分激動。

過後，連續幾天學校來了不少客人，我沒太注意到達新的情緒，有一天晚上，就在理事長辛姐和佳勛要離開的前夕，熄燈時間已過，我在二樓洗澡時，突然聽見樓下傳來一陣吵鬧聲，下去一看，才發現女生二寢室燈還亮著，房間有些零亂，我把三個肇事者叫到二樓要她們罰站思過，三人上來後，一直安靜不下來，達新先哭了，說三人吵鬧是因為心情不好，喝酒澆愁。酒是達新從新民返回學校的途中買回來的。她一哭，其他兩人也哭，可能是酒精作祟的關係，三人情緒失控，哭得癱倒在地，其中喝最多酒的達新幾近崩潰，痛苦吶喊著，她活不下去了，她不要這個婚姻，她要自由，要活出自己的人生。

由於她已經醉得失去理智，又是打人又是罵人，還賴在地上哭成一團，我怕她們驚動隔天要早起趕飛機的客人，硬是勉強她吃下半顆鎮靜劑，她直嚷嚷著：「我好痛苦喔，沒有人

明白我的心」，胡言亂語了二十分鐘，才逐漸安靜了下來，最後，桂芳和另外較清醒的兩人，一個人揹身體，一人各抬一隻腳，這才把達新抬下樓，結束這場鬧劇。

第二天，我還在睡覺，闖了禍的達新前來道歉，我要她放學回來再說。達新這一鬧，同樣身為女人的我倒是很有感觸，畢竟面對一個不愛的男人，一個不能選擇的婚姻，是女人一輩子最痛苦的枷鎖，我跟桂芳商量過後，決定打電話給達新的父母了解狀況，達新的父親表示，這椿婚事是長輩的主張，他是晚輩，遵循習俗而已，明知道女兒不愛，可是無力賠償，達新十七歲時，在男方要求及女方家之壓力下，還是逼她嫁人了。「離婚得賠多少？」「男方要求五萬，要不就得替他們再找一個媳婦。」「不賠的話怎麼辦？」「那身為父母的我們也沒臉活下去，只好去死了。」

五萬！簡直是詐欺嘛，我告訴她父親，我在越西處理過不少退婚賠款，沒有這麼貴的行情，如此無厘頭的賠法不值得，乾脆拖著吧，看誰耐得住，撐得久。

晚上跟達新談起她娃娃親的始末，她說，她出生五個月時，她的叔叔和一位乾爺爺喝了兩斤酒，說好三千五百元代價，決定了她的婚姻。

長大後的達新，凡事自有主張，聽多也看多了包辦婚姻的不幸，她開始認真思索自己的未來，她不願意自己被當成婚姻的商品，她渴望自由戀愛，小學時，她曾對當時是同班同學的

男方提出抗議，結果被對方拿籃球丟，一氣之下，個子高大的達新還把對方海扁了一頓，以後，男方搬離痲瘋村，兩人更成陌路人。

一聽說要結婚，個性剛烈的達新跟父母大吵過好幾回合，眼睛不知哭腫過幾次，但父母始終以死相逼，達新說結婚當天，母親要她穿上新娘禮服時，達新哭著哀求著不要，母親也一起陪她掉淚，因為哭得過度傷心，以至於誰揹著她這位新娘到婆家她已不記得，她不像一般新娘喜氣害羞，反而哭喪著一張臉，連婆家的床也不坐，穿著新娘禮服就往地上坐，結婚的那個晚上，她是靠在哥哥的肩上睡覺的。

儘管婚都結了，但來到大營盤，聽聞「木基條款」，達新更加決心想把這門親事退了，一下子想去打工還婚姻債，但又不忍捨棄就學的機會。多重矛盾交加折磨下，達新的情緒才會像一顆未爆彈。

我坦白告訴達新，她的離婚我無從幫起，一來我跟她父母素不相識，二來男方家更是完全陌生。為此我要達新好好念完中學再說，如果在這期間男方硬來搶人的話，就逃吧。逃得越遠越好，反正天無絕人之路。

搶親記

　　剛忙完畢業典禮，把第一屆畢業生順利送到山下的新民中學唸書，本來想稍作休息，不料十月學校來了遠方的客人，包括西班牙、法國、阿根廷的神父，上海百貨業的鍾維明總經理，和遠自美國矽谷高科技新貴趙建平夫婦，在忙著招呼客人的同時，學校照例發生很多新鮮事，其中高潮迭起又充滿戲劇變化的，要算是親手搶下阿爾阿沙和吉瓦鐵石兩個準新娘的故事。

　　先說阿爾阿沙吧，她是大營盤第一屆畢業生，原本考取了新民中學，獲得半額補助的獎學金，不料當我們一行人浩浩蕩蕩前往大營盤辦完畢業典禮，回到台灣還陶醉在小小的喜悅中，一天下午，我打了電話問畢業生的狀況，王老師竟然告訴我，阿爾阿沙不上中學了，她要結婚了。乍聽此消息，我簡直要氣暈了，接著我有情感被背叛的感覺，在電話裡我冷冷的說：「要嫁人就隨她去罷」，可是放下電話，我內心卻充滿了不捨。

　　在第一屆畢業生中，阿沙始終不是一個會讓人特別注意的

女孩，胖胖的臉蛋，圓圓的身材，過去成績不好，但六年級時卻明顯看出她的努力，回想當時的她為了完成小學學業，還把一頭長髮剪了賣錢籌款住校，她怎麼可以這樣不說一聲就嫁人呢。

後來我斷斷續續聽說阿爾阿沙的事，據說她已經結婚多年了，但因為尚未正式過門當家，所以無論學校如何調查，她一直不敢說明真相，本來她想跟婆家商量念完初中再過門，但婆家堅持不答應，揚言不嫁人就賠錢，並親自上門來逮人，最後阿沙被迫放棄了升學的美夢。

十月再赴大營盤，我站在住宿樓陽台時，望著圍牆的那個缺口，缺口的那端就是阿爾阿沙的家，想像著她帶著一臉憨笑如同往昔，心裡真的萬般感嘆。到校第二天，小歐拿了一封信給我，是阿沙的信，這是她第一次寫信給我，看了信，我眼眶紅了，心情又一次翻攪。下午阿沙來看我，一開口直說「張阿姨對不起」，她啜泣地說起自己二歲訂親的過去，並強調一旦不履行婚約承諾，婆家將要求賠償八千元，對他們來說，八千元是天價，母親實在賠不起，她只好嫁了，對方是大她七歲的表哥，沒上過一天學。

我認真的思考過表哥表妹近親通婚實在不宜，我問阿沙：「真的想過門嗎？」她搖頭，怯生生地表示「我能再上中學嗎？」我回答阿沙：「人家中學都已經開學了怎麼上？想回到學校唯一的方式就是回來擔任職工，但首先必須解決你的婚

阿爾阿沙（右三）一家人。

姻問題。」

　　婚姻在麻風村真的是一個棘手的問題，彝族習慣訂娃娃親，十五六歲就結婚，加上彝族人素來最最鄙視麻風病人，麻風村病人的子女，只能相互嫁娶，難與外界通婚，以大營盤村來說，幾乎全是親戚，是個一般人匪夷所思的麻風大家族。

　　阿爾阿沙回去跟母親商量後，決定離婚來擔任學校的職工，學校也決定先貸款給她讓她恢復自由。兩天後，在村長擔任調人來回溝通後，阿爾阿沙的公公出現了，大家說好，最後毀約離婚的賠償金是六千元，並在校長見證下，與阿爾阿沙簽下一紙五年的職工契約，六千元貸款則由每個月職工薪水扣

除，斡旋了三天，學校總算搶下阿爾阿沙。

比起阿爾阿沙的離婚，吉瓦鐵石（王鐵石）的離婚談判可說是坎坷慘烈。

吉瓦這家人挺有意思的，鐵石的爸爸過去是個老村長，自從學校開放晚自習和成人班後，他們一家人除了大哥木福外，在大營盤就讀的雙福、衣福、果福晚上一定來參加晚自習，鐵石和鐵福、鐵杵則在成人班就讀，難得的是他們家住在四組（第四生產大隊），離學校走路約四十分鐘（按他們的腳程計），但卻依然風雨無阻。學校熄燈後，我有時站在二樓觀察住宿生就寢的情況，抬頭遠眺山上，在一片漆黑的山中，我都會看到隱約閃動的手電筒光，我知道吉瓦家兄弟姐妹還在回家的途中，心中總有深深的感動，為此，我曾特別請吉瓦家父親來學校，向他們一家勤奮求學的精神致敬。

鐵石這個女孩，之前我對她並無特別感覺，隱約知道她嫁人了，但尚未過門還住在娘家。直到小歐探訪四組後回來直誇王家好乾淨，鐵石很會持家，至此，我對鐵石總算有點印象。後來，學校要找村民幫忙煮一二年級的課間餐，我第一個想到鐵石。鐵石原本也答應了，來學校實習了一天後，卻託人來請辭，讓我有點錯愕，當時模糊的理由似乎是她婚姻出了問題，但因我要趕回台灣，事情也就不了了之。

後來，我總算找機會親自問鐵石一個明白，「你的婚姻到底出了什麼問題？」普通話講得不好的鐵石突然激動起來說：

鐵石（左二）是一個勇敢的女人，她用實際的行動拒絕了父母的包辦婚姻。

大營盤的女生讀了書後，有些已經學會思考自己的婚姻自主權。

彝族女人非常辛苦，在父權思想壓制下，面對命運只能逆來順受。

「張阿姨，我真的不想結婚，我不愛他」。

鐵石的表白，出人意料，以我在大營盤多年的認知，痲瘋村的女人好悲哀，面對男人的好吃懶做，只能默默承受著宿命的苦，但我在鐵石身上嗅出了一種堅強的味道，我開始認真面對鐵石的問題，鐵石說她的婚姻是父親從小訂下的娃娃親，她長大後發現自己並不愛那個男人，可是一來是無錢賠，二來是鐵石的大哥已經娶了阿約家的大女兒，所以按雙方家長當年交換婚姻的議約，吉瓦家族中的大女兒亦必須嫁給阿約家的大兒子，也因此長大後的鐵石，即使不愛阿約作枝，她還是十七歲就成了新嫁娘。

跟阿約作枝比起來，鐵石並不是特別漂亮，我曾好奇問她：「鐵石，阿約作枝是我們村裡最帥的年輕人，你為什麼不愛他呢？」鐵石說了一個理由讓人不禁莞爾，她說：「張阿姨！你不知道嗎？他真的好笨喔。」因為阿約作枝的笨，儘管鐵石嫁給了他，但總是無法愛他，一直到現在二十一歲了，還在逃避正式過門當家。

由於鐵石的坦白，我告訴鐵石，歡迎她來學校擔任廚工，但跟阿沙一樣，必須先解決她的婚姻問題。

當天晚上，鐵石的父親來找我，她父親滿臉愧疚地說，都是他的錯，他願意面對鐵石的決定，正式出面與對方商討離婚賠償（據悉這場婚姻說好九千元，男方家已付四千五百元）。

我以為事情就這麼敲定了，卻在此時，半路殺出來一個程

咬金，那就是鐵石的婆婆，阿約作枝的媽媽。

素聞鐵石的婆婆是個厲害的角色，直到跟她交手的那一天，我才知道她吵架的工夫不是蓋的，跟她前來理論的丈夫成了跟班似的，聽不到聲音，從頭到尾，她一個人扮演了所有的角色，將一哭二鬧三上吊的本事發揮無遺，連擔任翻譯的布都皆被罵到臭頭，她先是態度堅決的不准鐵石到學校打工；後說如果鐵石非要來學校打工，學校必須連阿約作枝一起僱用，還要蓋一棟房子給他們住；又說，要談離婚可以，離婚賠償金要價四萬，最後又說，鐵石敢來的話，她就喝農藥死給她看。

我看到鐵石的婆婆如此鴨霸，終於忍不住火冒三丈：「鐵石就算是你的媳婦，她也不是你的奴隸，你的財產。」「只要鐵石願意離婚，我絕對挺到底，你要自殺沒人攔你。」說完我就走人，留下一臉錯愕的她。據說，她還是用著彝話，繼續狂飆了半小時，最後被兒子和丈夫拖回家。

鐵石為了逃出婆婆的手掌心，展現了無比的魄力，回家後隨即收拾細軟投奔學校尋求庇護，她的婆婆眼看大勢已去，逼著女兒和鐵石的哥哥吵了好幾次架，有一天還拿著農藥打算到後山自殺，鐵石的爸爸又氣又急，眼看兩家為離婚延燒出的戰火越燒越烈，逼不得已，村長趕緊跳出來熄火，奔走兩家拼命斡旋。

突然有一天，鐵石一臉興奮地跑來找我：「張阿姨談成了。」「多少錢？」「一萬一千一百五十元。」

鐵石的離婚代價打破了大營盤有史以來的紀錄——七千元。她簽下了四年的工作契約，贖回她的自由。

搶回鐵石後，我問她：「賠錢就沒事了，婆婆會不會反悔呢？」鐵石說，按彝族的規矩，講定離婚後，兩家都不能再衍生任何枝節或再生異議，否則就算毀約，屆時誰先講破誰家就要賠錢。

歷經阿沙和鐵石的離婚革命，對於彝族的娃娃親真的不敢恭維。雙方父母兩斤白酒下肚，就可以決定兒女的終身，但離婚的唯一條件就是「賠錢」。然而不管結婚或離婚，所有的過程都是說了算，不需白紙黑字，也不需法律證明，這在講究自由戀愛的現代文明社會，實在是一種另類的婚姻奇蹟。

超生游擊隊

　　第一次拜訪大營盤，讓我最shock的是一個如此荒僻的麻風村，怎麼會有那麼多小孩，而且一個比一個小，一個比一個髒。

　　後來我才了解，位於越西縣高橋村的這個麻風村是涼山州十七個縣中最大的一個麻風村，當時近七百人中（二○○五年人數破千），登錄的麻風病人約百人，其他都是病人第二代，甚至第三代子女，粗略統計下，光十八歲以下的青少年就有三百人之多，是一個相當年輕化的麻風村。

　　我當時很好奇，在中國大陸「一胎化」政策不是很雷厲風行嗎？就算農村的少數民族最多也只能生三個，可是在一個受衛生單位管控的麻風村，竟然生育計畫完全起不了作用，甚至淪為超生游擊隊的大本營。問題是孩子這麼多，全跟著父母被流放在麻風村，他們的未來在那裡？

　　再調查後，更進一步發現涼山州十七縣的麻風村盡是幽靈行政村，麻風村孩子個個是黑戶，像越西高橋麻風村幾百個病人的子女，不管是第二代或第三代，根本沒有人擁有正式的身

分證。悲哀的是由於社會根深柢固的歧視，加上文盲造成的無知，這些麻風村孩子根本不知道他們到底喪失什麼？該爭取什麼？反正走不出麻風村，命運其實跟放生的雞鴨差不多，倚著荒山，吃不飽餓不死，一天挨過一天就是了。

以越西來說，過去生育計劃的人員從來不進麻風村，而按彝族的傳統，訂娃娃親的比比皆是，婚姻對孩子來說，父母說了算，孩子還沒來得及長大，便糊裡糊塗被送進洞房，生下孩子，當個無知的父母。

對彝族父母來說，孩子等於勞動力，孩子多，表示勞力強，基本上，男人不過問生孩子的事，生孩子變成女人的責任，新婚夫婦幾乎都是從年輕生到老，就算孩子的夭折率高，但不懂避孕的他們，也只能孩子一個接一個生，一對年紀不過四十出頭的夫妻，擁有七八個孩子是稀鬆平常的事。

看到大營盤孩子那麼多，我的煩惱也跟著多，我拜託村民「不要生了」，看到官員時，更忍不住抱怨「叫村民不要再生了吧」。

終於，二〇〇五年六月中旬的一天上午，學校來了一位意外的訪客，他是計生局局長阿里木機，他來學校借場地，準備召開大營盤村的計生大會，由於這次計生大會是有史以來的第一次，計生局有備而來，鄉長、書記和計劃生育工作幹部都來了，中飯過後村民陸續抵達，鄉長把貼上標語的紅布條懸掛在教室門口，也帶來幾張海報作為宣傳。

由於正逢午休時間，學生們都駐足圍觀，中午的太陽正熱，大人都坐在樹蔭下，男人一圈，女人和小孩一圈，趕不走的學生則頂著艷陽站在最外圈。

　　大會開始，由阿里局長親自開場，除了複雜難懂的生育計畫政策外，也祭出超生的處罰條款，有趣的是，擔任過校長的他講得口沫橫飛，但底下卻吵鬧成一團，男人抽菸的抽菸，聊天的聊天，女人們則忙著安撫嬉戲的小孩，結果聽得最認真的反而是大營盤的學生們。

　　聽完了彝語的演講，接著上場的是大屯鄉的計生幹部，她用漢語講的是避孕的重要性，最後，亮出避孕藥下台一鞠躬，輪到副鄉長上台，未婚的副鄉長臉紅脖子粗的隨便掰了兩句，也匆匆下台，阿里局長只好奮勇披掛上陣，蜻蜓點水式的解說如何吃避孕藥及使用保險套。

　　計生大會結束後，工作人員把保險套和幾盒避孕藥放置

越西計生委第一次到大營盤進行生育宣導。

在樹蔭下，開放村民免費索取，有十分鐘左右，大家反應冷淡，場面有些尷尬，正在此時，大營盤村書記一

家人和鄉幹部不知何故吵了起來，雙方越罵越凶，由於都是彝語對罵，透過學生翻譯，我約略知道他們正在為大營盤村候補書記的人選吵得不可開交，大家越罵越凶，最後村幹部拂袖而去，計生局長本來還趕來禮貌性地道別，誰知正當我們兩人握手寒暄的當兒，不知哪個小孩跑來地上拉屎，而村外的野狗也趕來湊熱鬧，將就地上剛出爐的屎吃了起來，而樹下的那幾盒避孕藥也在一場混亂中被搶一空，剩下撕爛的空盒子攤撒在地上。

一場計畫生育大會，搞到荒腔走板，幹部落荒而逃，村民罵成一團，小孩玩得不亦樂乎，最最荒謬的是，傍晚時小歐對我說：「張姐，我看到小朋友在玩保險套，有的把它塞到嘴巴裡面吃，有人則它當成氣球吹。」

記取了計生會的狼狽教訓，暑期志工營隊時，我特別為村民開辦衛教課，教他們認識自己的身體，青春期的教育及生殖教育三門課。男生部分，我們交給越西教育局防疫站的戴醫師負責，婦女部分，我則請台北光啓高中的校護莊美華負責，兩人事先都準備了豐富的教材和教具，希望大營盤村民第一堂「性教育」課，能夠在自然、健康及快樂的氣氛下進行。

由於性教育課對大營盤村來說是頭一遭，起初大家彆扭得很，男生女生不肯一起上課，只能男生上男生的，女生上女生的。

戴醫師行醫多年，儘管對男人瞭若指掌，可是老男人講起

課來正經八百，拿著講義照本宣科，大人們在底下，聽得昏昏沉沉，有人還睡到流口水，相較之下，隔壁的女生們在美華生動又活潑的教學下，笑聲不斷，上得有聲有色，最後一堂課，美華終於突破禁忌，讓男生和女生變成「同班同學」，同時也跟戴醫師同時站上講台，開講如何使用保險套。

　　有趣的是由於沒有道具，兩位老師只好跟廚房「借」，先是借來小黃瓜，老了不夠挺，再借蘿蔔，又小了，男生不服氣，第三次廚房主動送來下午才從學校實驗農場採收的茄子，這下子大家可是目瞪口呆，接著笑岔了氣，因為今年的茄子實在太壯碩肥美了，不切實際。然而，大總比小好吧，茄子終究雀屏中選了。

　　跟年近六旬的戴醫師比起來，三十出頭的美華實在勇猛又勁爆，言談犀利又詼諧，示範如何使用保險套利落又迅速，女生儘管紅著臉低頭猛笑，男生們可都high到不行，最後還出現兩名志願者示範演出，兩人的獎品當然都是保險套，而且made in Taiwan，不少男生好奇台灣的保險套和計畫生育用的保險套有何差異，東摸摸西瞧瞧，兩相比較下，大家對超薄觸感好、一撕就開的台灣保險套十分驚豔，直說若是計生局的保險套有這麼好用，那他們就算天天披甲上陣，孩子也不會生這麼多。

　　在村裡超生游擊隊第一名就是吉布家族，這名超級媽媽十七歲嫁人，三十八歲時已經是九個孩子（八男一女）的媽，

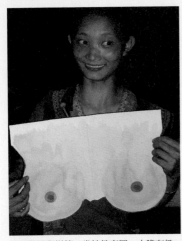

志工營隊舉辦第一堂性教育課，大膽有趣。

讓人印象深刻的是，她的孩子不管男女，長得都與她十分神似，而她一臉無辜又隨時傻笑的模樣，創造了吉布家的統一長相。

排名第二的是阿布家族，八個孩子中老大和老八是男的，其他六個都是女娃兒。

我比較好奇的是，到處都是超生兒，不知有沒有人被罰款過。

後來聽村長說，早年大營盤超生的確沒人管，但自從我在二〇〇〇年底造訪大營盤過後，越西政府被迫面對麻風村高生育率的問題，二〇〇四年進行人口普查時，據說首度祭出重罰，超生兒一個罰款三百元（偏遠農村少數民族可以生三個娃兒），而罰款最多的一家竟然不是吉布家族，而是遠在跑馬坪五組的馬海一家，村裡幹部親自到他家察訪蒐證的結果，看到大小子女共十人，脫口說出「簡直像下了一窩豬」。

那次大普查，大營盤不超標的不超過十家，上繳政府的罰款高達七八千元（帳面上）。

我曾就麻風村超生問題問曾在西昌防疫站工作的桂芳，她說就她記憶所及，涼山州好像只有美姑麻風村進行過一次計畫

生育的嚴厲措施，那一次挾帶行政命令，美姑婦幼保健站醫師一共做了九個引產手術，其中有人已經懷孕七個月了。

越西麻風村似乎沒有那種恐怖的經驗，學校廚工拉古說，她十七歲嫁人，二十歲生小孩，到三十二歲先生過世，她的第六個小孩還在肚子裡，她說，村裡生孩子都是老人幫忙接生的，她沒有聽說過「避孕」這個名詞，只知道不要生小孩就不要跟男人睡覺，她沒有吃過藥，上過環，連口袋（保險套）也沒見過，問她何不結紮一勞永逸，她搖頭又擺手，「喔！不，我們彝族不紮的。」

拉古的弟弟曲木拉基是大營盤村的計生員，對於大營盤這一兩年來的生育狀況沒人比他清楚了，因為他的工作就是隨時掌握大營盤村育婚婦女結婚、懷孕、生育、節育的實際狀況，並及時上報出生人口，根據二○○八年，麻風村首次建立的人口花名冊，○九年大營盤一共出生十五個嬰兒，「比以前少了一半」。

關於生孩子的問題，老彝胞有句順口溜：「共產主義什麼都好，就是管生小孩不太好。」有半世紀了，大營盤麻風村的生育問題沒人管，如今被納入人口計畫生育政策內，村民很不習慣，直抱怨連生個孩子都得填寫申請書，經過政府批准才能生，而且超生還要被催繳「社會撫養費」，實在太煩人了。

美其名為「社會撫養費」的超生罰款，按規定，大營盤○九年，需繳納的金額高達十萬九千九百一十四元（超生一個以

一千元計），但至今收到的「現金罰款」只有一千二百元，其他都是賴帳。讓人想不到的是，創下超生罰款最高紀錄者是大營盤村的會計，他因生第五個女兒，被罰了二千五百元，理由是「身為幹部不自覺」，而他賴帳了好幾年，最後逼得書記出面擔保，直接由鄉辦從黨務津貼中處理掉。

我追問拉基，收不到罰款怎麼辦？他說，曾有一位住在四組的民眾超生，因付不出罰款，被拉走了一頭老母豬和沒收一台VCD，但現在政府規定不可拉牲畜，也不准抄房，村民不繳，只能眼睜睜被老百姓賴帳，政府唯一制約的法寶，就是「不准違法超生兒上戶口」，不過，這一招對麻風村不管用，「因為沒有戶口的日子，大家已經過慣幾十年了」。

我一直很好奇，現金罰款必須上繳給政府，大營盤唯一被拉走的老母豬下場又如何？是不是祭拜鄉幹部的五臟廟去了？拉基替我解開謎底，他說那隻老母豬他花了兩百五十元買下，當下宰來宴請親朋好友吃掉了。

小孩多如放生的雞鴨，是大營盤麻風村的人口特色。

美國狗——Kerry

　　Kerry是隻不怎麼純的牛伯利頓，高大的身軀，黑亮亮的皮膚，還有永遠垂掛在兩腮的口水，她雖然不是大營盤的學生，卻是學校不可或缺的一分子。

　　Kerry十個月大的時候才來到大營盤，之前她是待在一個典型的美國家庭，主人叫白大衛、白蘇珊。

　　已經不記得第一次是誰告訴我，越西搬來一家外國人，先生在民族中學教英文，他們有五個男孩和一隻長相奇怪的狗，每次上街時，都會引來一陣側目。

　　「美國人和一隻奇怪的狗」，這是我對白大衛一家最原始的印象。

　　二○○三年，我去西昌參加涼山州對外友好協會舉辦的第二屆NGO組織會議時，遇見了他們一家人，晚會時五個小孩正好坐在我的後方，我主動遞了口香糖，孩子們起先有點訝異，可是聽到我從台灣來，也在越西工作時，他們的臉上露出驚喜的表情。當晚，我隨即跟白大衛打了電話，並約他越西見。

David在越西的家，是拜託越西教育局出面承租的，外表是普通兩層樓的民宅，進到屋內，才有外國人特有的品味，他們告訴我，家具是從台北的住家搬過來的，我很驚訝原來白家在台灣住過多年，夫妻兩人都是宣教士，他的太太蘇珊似乎還唸過台灣的護校，是個有執照的護士，更巧的是他們的孩子都在台灣長大，而且他們的教會就在內湖，離我家只有十分鐘的車程。

　　在越西，一個台灣人絕對陌生的地方，我和白家卻有如此奇特的緣分，這樣的巧合立刻拉近了我們的距離，我們很快成為好朋友。

　　我在David家一邊聊著，一邊喝著台北星巴克咖啡豆研磨的咖啡，David還從廚房端出現烤的餅乾，濃郁的香味讓白家的五個兒子全衝下樓，這時我終於看到了傳說中那條長相奇怪的狗。

　　Susan正式跟我介紹了Kerry，她說：「這是我的女兒，也是我第六個小孩」，幾個小孩也爭相介紹Kerry，他們說，「Kerry常常忘記她是一條狗，每天晚上都要上床跟我們睡在一起。」「Kerry最厲害的武器是她的口水。」「Kerry什麼都吃，除了餅乾是她的所愛外，她最愛吃原版的CD。」在大家七嘴八舌中，我仔細端詳了Kerry，她有點優雅有點頑皮，而且她的口水真的特多。

　　後來，白家回台北休假時，我還特別邀請他們一家到家裡

Kerry曾是越西有名的美國狗。

作客。

　　我與白家的緣分中，還有一段奇特的插曲，那就是我在他家巧遇的一位民族學者馬林英，大家相談甚歡後，馬林英先告辭了，走到門口時，突然大喊一聲倒地，我嚇了一跳，當時學護理工作的Susan隨即展開急救，我們三人趕緊將昏迷狀態的馬林英合力架到沙發上，據說，馬林英剛動完手術不久，而且平素工作忙碌，又才從成都搭火車前來，眼看她腦袋昏沉、全身發冷，David急得拿起電話報警，我也急電越西衛生局副局長請求救護車支援，幾經折騰，馬林英漸漸甦醒，手恢復了溫度，斷斷續續道出親友的電話號碼，等待救護車的同時，我看

到白氏夫婦雙手緊握，幾近歇斯底里地向上帝禱告，急急的禱告聲和馬林英絲絲的呻吟聲，當時的氣氛詭譎極了，尤其過了午夜，眞的令人不寒而慄。等到最後，救護車沒來，倒是副局長來了，檢查過後，他喊了一輛三輪車，親自送馬林英到人民醫院。

　　馬林英被安全送走後，一臉慘白的Susan終於哭了起來，她告訴我："Vickie, something evil."，等到她情緒平穩後，我才略知梗概，原來，她認爲馬林英昏厥的原因不單純，可能是撞邪了，因爲她接觸到馬林英身體的刹那，直覺到那個邪靈入侵的力量，由於不知所措，她只好拼命禱告。

　　聽完一個來自西方、接受科學教育洗禮的護士，堅信不疑地講起那種超自然的鬼魅和不可思議的現象，我渾身發毛地回到旅館，看著空蕩蕩的房間，決定立即吞下一顆安眠藥，埋頭就睡。

　　第二天一早，Susan約我上醫院探望馬林英，正要出門時，副縣長來了，我也邀他們前往，副縣長還特地買了一束鮮花，一行人浩浩蕩蕩到了醫院，結果醫院告訴我們馬林英半夜就出院了，探病的一夥人當場愣在那裡，後來才知道當這位民俗專家的親戚趕到醫院後，不管馬林英是否還在輸液，請來彝族大法師——也就是俗稱的畢摩來作法，當場宰了雞灑了雞血，說也奇怪，本來體力不支的馬林英居然不藥而癒，當晚立即出院。

帶著沮喪的心情離開，我和Susan走回旅館，正巧在縣政府門口遇到馬林英，更神奇的是她神清氣爽，與昨晚判若兩人，我和Susan面面相覷，半晌說不出話來。

　　經過馬林英事件，我和白家的感情又多了一份革命情誼，偶爾共飲星巴克咖啡，聊起那晚的撞鬼事件，詭異迷離的感覺至今餘悸猶存。

　　二〇〇三年夏天，David突然告訴我，他的工作必須要提前結束，因為Susan的爸爸身體狀況不好，他們全家必須趕回美國，他們唯一擔心的是Kerry怎麼辦？五個兒子都捨不得，但是Kerry真的無法隨行，我向他們建議，何不把Kerry交給大營盤小學，至少每天有上百個小孩相陪，她不會覺得寂寞的。

　　白家開了家庭會議後，決定包車前往大營盤小學參觀，David並帶了他父親在美國親自打理的五彩毛線帽，作為伴手禮，幫Kerry做好十足的公關。

　　Kerry第一次出現在校園時，簡直迷倒了全校師生，因為這裡的村民除了當地的土狗外，沒見過其他狗兒，因此全都目不轉睛盯著這隻身材高眺、黑黑亮亮的狗兒，David的兒子們看著Kerry變成萬人迷的模樣，終於決定將Kerry送進大營盤。

　　他們又摟又抱的親過Kerry後，我把她帶到教室鎖起來，不讓她目睹白家人的離開。有足足三天的時間，看不到熟悉的人事物，Kerry似乎受到重創，躺在教室，渾身無精打采，也幾乎不吃任何食物。不忍看到Kerry受折磨的樣子，我跟她講

Kerry是大營盤的一分子；玩遊戲、搶球，擔任校警，樣樣都是她拿手的絕活。

了好多話，也刻意留了好吃的骨頭安慰她。一段時間下來，Kerry總算熬過了風暴，認命地過起她在大營盤的新生活。

回到台北後，常常掛念著Kerry，好笑的是，有一天我接到一份傳眞，這是我第一次接到越西縣新民教辦的傳眞，內容是詢問我：「學校那隻狼狗，一天的口糧要打多少錢？」我記得當時秘書葛淑玲回了一份傳眞「比照學校其他狗兒的待遇」，當時因爲王老師一家人守校的關係，學校狗兒最高的紀錄高達七隻。

Kerry並沒有中文名字，一開始大家叫她美國狗，有一次我聽到王老師叫她「凱爾威」。

從一隻美國狗要融入四川農村，Kerry得習慣川話，另外還得適應又麻又辣的川味，這點Kerry付出了代價，起初她實在吃不慣學校的大鍋飯，所以餓了好幾天，後來大概是餓壞了，將就吃了點，也或許還在調適的階段，幾個月後，我在學校再見到Kerry時，嚇了一跳，因為她黑亮亮的皮膚竟然變成了咖啡色，我開玩笑地問王老師，「Kerry是不是染頭髮了？」王老師尷尬地解釋說，「應該是塵土吧！Kerry喜歡在黃泥沙裡打滾」，然而我的直覺是Kerry絕對是營養不良所致，不管學校其他的狗兒會不會心理不平衡，我硬要王老師買些大骨給Kerry補充營養，果真，多了些油水後，Kerry又恢復了從前的美麗。

Kerry來到學校時，還是個黃花大閨女，由於艷名遠播，很多人都來說媒，本來我都沒答應的，但終究越長越大，每到發情期時，村子裡的公狗簡直瘋了，天天圍繞在她的屁股後面打轉，眼見女大不中留，我想幫她找個婆家算了，正在打量中，我發現Kerry懷孕了，逼問下，王老師招認，他把Kerry和一隻不知名的狼狗送作堆，我心疼這樁莫名其妙的婚姻，可是生米已經煮成熟飯，只好祝福Kerry準備當媽媽了。

後來聽說在一個下雪的日子，Kerry生了一個女兒，可愛極了，又不久，聽說小狗狗凍死了，他們推說是Kerry不會照顧的緣故。總之，事情發生時，我都在台灣，令人感傷的是，Kerry只當了兩天的母親。

痛失愛女後，Kerry整個性格大變，變得狂野、暴躁，有一次她竟然咬死了高橋村一家人的羊子，害學校賠了四百元，學校老師把羊的屍體帶回來後，趁機大快朵頤一番。

Kerry除了咬羊外，也去咬人家的鵝，追逐人家的豬，有趣的是，除了台灣的訪客和學校的學生外，只要陌生人（包括村民）一旦踏進校園，Kerry一定用她巨大的身軀，將人撲倒在地，撕裂人家的衣裳，用她的口水把人家舔得腥臭味十足，由於Kerry捍衛校園的本事十足，村民看到她都敬而遠之。

Kerry活潑好動，熱愛學校各種球類運動，尤其是羽毛球和足球，只要小朋友一玩，Kerry就成了人來瘋，將野蠻霸道、高空截球的本事發揮無遺，一旦她搶到了球，小朋友就甭玩了，Kerry會強硬地叼咬著她的勝利品，回到她的狗窩把玩，也因為Kerry的劣行，學校埋怨過多次，球都被她給咬爛了；有一次我兒子庭宇從台北帶回來二十個飛盤，大家扔擲得正高興時，Kerry又來湊熱鬧了，這回她的本事可讓大家大開眼界，因為她不僅跳得高、咬得準，除了用嘴巴接飛盤外，也有本事用頭去頂飛盤，像皇后帶了頂后冠一樣，好看極了。

從進入校園後，Kerry一直是學校小朋友的忠實夥伴，跟大家也處得相安無事，只是有一次她無意間闖了一個大禍，原來她在玩耍時，跟一位學前班的小朋友對撞，Kerry毫髮無傷，但小朋友卻倒地不起，送進醫院時還是不省人事。學校急電台北說，可能要出人命了，我心想有好多個萬一，萬一孩子

成了植物人怎麼辦？Kerry會不會被抓進公安局？她會不會被判殺人罪，然後被遊街示眾，當場格斃？幸好，小孩醒了，從越西轉送西昌醫院進行電腦掃描，折騰個把星期，花了二千多元醫藥費，小孩終於平安無事。

儘管Kerry並不清楚她犯了什麼錯，但為了給受害學生一個交代，Kerry被鐵鍊鎖在樹上，一天放風一次，足足被關了一個月以示懲戒。

Kerry的故事真是說不完，我的朋友們來過大營盤的，也始終念念不忘她。然而幾年下來，Kerry早已擺脫了美國狗的角色，徹底大營盤化了，現在的她老是一身灰，跟附近的土狗也產生了革命感情，唯一遺憾的是，她的感情至今仍是一場空，有一陣子見她和王老師家的小土狗——狼牙，常出雙入對著，可是王老師一家搬回高橋後，兩人漸漸疏遠，最近也不相往來了，偶爾熱鬧玩耍過後，看到Kerry形單影隻在校園開來逛去的身影，也頗讓人為她的終身大事傷腦筋。

白家回到美國後，像斷了線的風箏，我不知道他們是否安好，一家人是否又轉往那個第三世界的國家，實踐他們的宣教使命，想告訴他們的是Kerry一切安好，有空請來大營盤看看她。

二○○六年第四屆兩岸志工營時，又見到Kerry了，只覺得她似乎胖得有點離譜，而且意外的懶散，倒是一位志工朋友眼睛雪亮地說：「Kerry懷孕了，而且就快生了。」我瞪大了

用女人的眼光看，Kerry的一生算是歷盡滄桑。

眼睛仔細瞧瞧，才發現這是真的，但baby的爸爸是誰呢？謎底至今懸而未決，不過，爲了Kerry這位準媽媽，廚房總是把特大的骨頭留給了她。

尤其這次志工營隊辦了一個村民的盛宴，我們買了一頭將近三百斤的大豬，由學生自行宰殺，熬夜煮了一大鍋可口的紅燒肉，而那個讓大家不知如何處理的大豬頭，就整個慷慨的交給Kerry大快朵頤去了。

或許產前補得好，八月中，從學校打電話來說Kerry生了，而且一口氣生了八隻健康的小狗，黑黑亮亮地，像媽媽一樣漂亮。遺憾的是，Kerry可能不會當媽媽的關係，她既不會餵奶又會亂咬小狗，八隻小狗最後都慘遭餓死。

沒隔多久，Kerry又懷孕了，這回她下了十一隻，記取她不會當媽媽的經驗，王老師建議只留下幾隻較爲健康的，其他都用當地的方式解決了，那個當地的方式就是把瘦弱的狗兒丟進糞坑淹死，這件殘忍任務就交由王老師執行，我不敢聞問。

先經過物競天擇，再秘密制裁過後，留下五隻小狗，其中兩隻夭折，兩隻送人，學校僅留下了一隻最健康的小公狗，由於毛色偏黑，我喊他Black，學生乾脆叫他「布雷克」。

第四次聽說Kerry生了十四隻小狗，越生越多，她簡直成了大營盤最會生的女人。

不過Kerry算是命運坎坷的女人，前前後後生了三十幾胎，卻幾乎沒有子女承歡膝下，眾多子女不是凍死、餓死，就

是丟到糞坑溺斃，而幾隻活下來的小狗不是送人就是下落不明，唯一待在身邊的，就只有長得跟她不像也不親的Black。

孩子生多了，Kerry體態明顯變了，在校園閒逛的身影顯得臃腫懶散，有一次幾個廚房阿姨們打賭她的重量，竟然拿出廚房的大秤，把Kerry五花大綁起來秤重，高達九十斤，大家直呼Kerry得減肥嘍。

儘管身材走樣，但Kerry仍是大營盤最佳的迎賓狗，任何客人到來，她都會親熱地跟上跟下，隨侍左右，是個討人喜歡的bodyguard。

二〇〇八年十一月六日，我在台北聽說Kerry被砍傷了，原來貪吃的Kerry跑到人家工地上的廚房內覬覦人家的豬肉，她其實只是在一旁吞口水，並垂涎到地上，可是忙著做飯的廚師嫌她礙眼，揮刀砍去，正中她的頭蓋骨，當場血流不止，緊急送醫縫了三針。桂芳氣得找工地的人理論說：「Kerry是上過中央電視台的狗，萬一她有個三長兩短，是會破壞國際形象的。」廚師被嚇得賠錢了事，並被請出學校工地。

Kerry傷口好了以後，出現了骨頭增生的後遺症，傷口癒合處凸了一塊，好像長了「頭峰」一樣，臉相變得有點畸形，更不可思議的是她的行為舉止也變了，不再溫馴聽話，開始亂咬人。由於那陣子農村流行狂犬病，有人開始懷疑她是不是得了狂犬病，急忙找來獸醫打針，Kerry竟然又咬了人家一口，害學校倒賠了不少醫藥費。

學校放寒假，桂芳因爲身體欠安返回西昌過年，她把Kerry託給阿比一家人，並留下Kerry的口糧。臘月三十晚，桂芳接到阿比電話說「Kerry好像不行了」，桂芳請王老師到學校看看，王老師到學校的老廚房看到躺在地上哆嗦不已的Kerry。「又冷又餓又髒又臭」是王老師對Kerry的最後印象，Kerry還記得王老師，勉強對他叫了兩聲，兩眼並流出了眼淚，讓王老師好心酸，他請阿比的爸趕緊燒了柴火，一把抱起瘦得剩下一把骨頭的Kerry來烤火，可是Kerry已經奄奄一息了。

　　二〇〇九年大年初一一早，Kerry死了，我在台北接獲電話後，特別囑咐將她葬在校園圍牆內的邊坡上，隨時守護學校。

　　三月初我進到大營盤時前往弔唁。Kerry的墳就是一塊隆起的小土堆，墳上還種了一棵楊柳樹，回想Kerry的一生，從踏入大營盤時的風華煙雲到凋零時的慘慘戚戚，我內心湧起莫名唏噓，只有默默祝禱「Kerry，永別了」。

　　Kerry死後至今，學校門口偶爾還是有人慕名前來，想要親眼目睹這隻有名的「美國狗」，聽到她死了，都不禁脫口說出「可惜了」。

Hi! Mr. & Mrs. Wa Pu

我常在學校看到沙馬瓦坡夫婦。

瓦坡先生，長相有點抱歉，給人的感覺是從不刷牙洗臉或梳頭。

瓦坡太太也好不到那裡去，蓬頭垢面，經年累月頭上綁著花頭巾，逢人便露齒呵呵笑，三十出頭，身材算是壯碩的她，是六個孩子的媽媽了，看到她時，她的標準配備就是手上牽一個，懷裡抱一個，背後又揹了一個。

起初，我對他們夫妻倆印象不佳，因為兩人以髒聞名，後來，我漸漸認識他們，兩人同是孤兒，從小歷盡滄桑，瓦坡先生才二十七歲，足足比瓦坡太太小了好幾歲，據他說實在太窮，所以一直娶不到老婆，而瓦坡太太則因為第一任丈夫死了，帶了四個拖油瓶，很難再嫁，最後在好事者撮合下，才共組一個家，這也是瓦坡家六個孩子，為什麼有姓「曲木」有姓「沙馬」的。

會注意瓦坡這個人，是在學校蓋住宿樓的時候，監工的藍師傅總愛誇他，說他是個勤勞又可靠的臨時工，但一直等到學

校徵地準備興建希望學園時，我才對瓦坡有了進一步的認識。

　　瓦坡的家就在校門口旁邊，本來就是學校徵地的範圍，有一次我到學校時，看到瓦坡家已經拆了一半，新房子也打好了基礎，儘管他是全村第一個響應學校擴建的村民，但當時就地價、土地徵收問題還在跟越西政府纏鬥不休，因此，在一切未定的情況下，對於瓦坡提出來的一萬二土地及房屋補償款，覺得價格實在偏高，後來我們決定先付五千人民幣，讓他把新房子打完，從此，瓦坡家覺得吃了大虧，來學校找王老師理論了好幾次，每次都不歡而散，搞到最後我也只好撂下重話：「真要一萬二，他家中四個孩子就不要繼續到大營盤讀書了。」要錢還是要讀書，瓦坡太太那個晚上選擇了錢，不料，過了兩天，王老師跑來找我：「瓦坡夫妻被罵了，他的女兒說，寧可讀書也不要錢。」瓦坡的女兒曲木巫沙，這個在學校一向安靜的小女孩竟然不鳴則已，一鳴驚人。瓦坡家終於讓步了，瓦坡太太領走五千元不再吵鬧，但要學校簽下一份同意書：「如果有一天學校養豬，一定要優先僱用瓦坡」。

　　後來當學校創辦成人班時，我很訝異看到瓦坡來上課，直覺上，瓦坡是個好工人，但不是塊讀書的料子，果然上了好一陣子，除了能勉強寫出自己的名字外，其他就鴉鴉烏了。不過，他老實木訥的個性在成人班是個開心果，有一次，我們發放人家捐贈的舊衣物，那些花花草草的衣服沒人敢穿，瓦坡被點名充當模特兒站在講台上，一下子身披夏威夷衫，一下子套

上解放衣，有時還會套上女裝，當我請他「Mr. Wa Pu！轉一圈」時，他就會目瞪口呆，露出一臉靦腆，搞得全班哄堂大笑。大概是我喊得太順口了，Mr. Wa Pu 這個名號便在學校流行起來，老老少少都能朗朗上口。

瓦坡自從大受歡迎後，我發現他不僅上課上得更勤快，最重要的是，他把穿了半年已經又黃又髒的襯衫換掉了，除了衣服穿得比較整齊外，偶爾也會把臉洗乾淨，整個人感覺精神多了。

那陣子把瓦坡改造成功後，我與瓦坡家的距離更近了，有事沒事會去他家串門子，有一次還特別去參觀他的新家，他的新家是個黃土牆屋，進了門就是空蕩的客廳，由於沒有窗戶，室內相當黝暗，角落裡三個石頭架個鍋，日夜不熄的篝火，那是彝族人做飯取暖的地方，右側是瓦坡家的臥房，八個人兩張小床，一床各睡四個；左側更絕了，住的有一窩豬，一頭牛和幾隻到處散步的雞，人畜共居，小孩嬉鬧聲，雞啼豬叫聲，瓦坡家顯得很熱鬧。

瓦坡的個性隨和，幹活又認真，學校後續擴建的工程，學校的施工隊伍都找上他，在蓋教學樓期間，瓦坡更是每天從早忙到晚，晚上還睡在工地守夜。

有一次，中央電視台面對面節目從北京到學校來採訪，我帶著記者李衛華在校園閒逛，正好碰到要回家吃晚餐的瓦坡，「Mr.Wa Pu，晚餐吃什麼？」「掛麵吧。」於是我們跟著瓦坡

回家吃晚餐。

那天晚上瓦坡家的晚餐其實不是掛麵，瓦坡太太先端出一大盆白米飯，然後大家用湯瓢分食，瓦坡家幾個小孩乾脆用手抓，瓦坡太太掀開一旁的鍋蓋，舀了一盆黑溜溜的湯，看到我好奇的眼光，瓦坡太太揭開謎底「是酸菜雞肉湯」。我打趣說：「吃這麼好啊！今天是什麼大日子？」瓦坡先生趕緊解釋：「因為家裡前兩天突然死了一隻雞，只好煮來吃。」原來那一鍋湯是「酸菜死雞肉湯」。

看著瓦坡一家人坐在地上吃得津津有味，北京的記者也認真的捕捉這份好畫面，然而當瓦坡的兒子從湯裡撈出一隻雞腿滿足地舔來舔去，從一個人獨享到拿給鄰居家的小男孩分享時，我內心突然忐忑了起來，我很怕小瓦坡會拿著那隻雞腿的殘骸請「張阿姨」吃，最怕的是在鏡頭面前我該接受還是拒絕？天曉得那隻雞暴斃的原因是什麼。越想越不安，幸好兩個小男孩實在吃得太開心了，完全無視我的存在，我趁機落荒而逃。

瓦坡家的鮮事還不少，像我就不懂瓦坡太太為何喜歡搶她女兒的制服，而且每天大剌剌地穿在身上洗都不洗。第三屆志工營期間，我們請來光啟高中校護美華幫村裡的婦女上衛教課，由於彝族婦女幾乎不在公共場所討論那種私密事，因此為了號召這些姐姐媽媽來上課，我們祭出「來上課的人，都可以獲得一份神秘小禮物」，希望重賞下能請出勇婦。

瓦坡先生的長相
讓人過目難忘。

　　果然那個晚上出席了三十來人，連瓦坡太太都抱著小孩
來「趕集」。有些問題，女生們只是摀著嘴笑個不停，可是不
太聽懂漢語的她卻「有問必答」，跟瓦坡先生一樣，天生是個
開心果，美華講到清潔衛生時，特別問她：「請問你平均多久
換一次內褲？」「兩個月。」「多久洗一次澡，」「十天。」
「請問你有幾條內褲？」「一條。」

　　瓦坡太太老實的回答引來全體大爆笑，尤其當她撩起上
衣，秀出她灰撲撲的內褲時，她自己都笑到岔了氣，彎了腰。
不過瓦坡太太勇敢的回答，還是讓她拿到一包嬌生衛生棉，她
對這種玩意兒很好奇，認眞的學習如何使用。

　　上完這堂課後，「瓦坡太太只有一條內褲」跟Mr. Wa Pu
一樣，不脛相傳了。爲此，我看到瓦坡的時候認眞的告訴他：

瓦坡一家人刻苦
耐勞，只是不愛
乾淨，教人無法
恭維。

「領到工錢時，一定要送太太禮物——一條內褲」。

　　瓦坡後來還是沒有送給他愛人一條內褲，倒是工地李師傅的哥哥買了自己的內褲時，順便送了一條內褲給她，所以瓦坡太太獲得了一個新禮物，是一條男生的內褲喔。

　　與瓦坡家熟稔了以後，我對瓦坡先生這個人更加深了輪廓，他本來住在丁山自然村，是個遺腹子，母親在他十二歲時也過世了。由於父母都是麻風病人，加上舉目無親，瓦坡成長的過程很卑微也很辛酸，他每天像個乞丐在村裡流浪著，為了找飯吃，他晚上偷割人家的穀子，偷拿人家的糧食，後來跟著村裡的一個老人和另外一名孤兒組成偷竊三人組，他們幾乎什麼都偷，也常常被抓，三不五時也打打零工賺點零錢。有一次他到一家民宅附近撿垃圾賣了三角錢，結果被人舉發偷了二千

多元錢，他被逮進中所派出所關了六天，最後證實是誣告一場，對方倒賠瓦坡四千七百元。鮮的是，為了慶祝出獄，瓦坡挨家挨戶請大家吃吃喝喝，幾千元就這麼吃掉了，他自己只留下一百五十元，算是失去六天自由的代價。

曾經問過瓦坡，當時村民流行賣毒，他為什麼沒有加入賣白粉的行列呢？至少賺的錢多一點，瓦坡回答說，他天生膽小，腦筋又不靈光，小賊都幹不了，更何況是毒梟。

瓦坡從小就忙著找飯吃，沒時間要朋友，加上一窮二白，所以晃到二十三歲，還是孤家寡人一個，當時瓦坡太太（亦即吉伙媽麻），她的前夫曲木石則因仰藥自殺，留下四個小孩，生活苦到不行，為此村長馬什坡和長老曲木約黑兩人出面說媒，將沙馬瓦坡送進曲木家，當一個現成的「上門女婿」。

丁山村為了祝賀他結束單身歲月，大家湊了六百元作為賀禮，雖然沒有大肆鋪張舉行婚禮，但還是請了畢摩來做法事，祝福他們百年好合，簡單完成了婚禮。

總之，瓦坡「嫁」給吉伙媽麻，一共花了八百元，四百元付給曲木家，四百元請大家吃豬肉，而瓦坡則一夕間多了一個老婆，四個孩子，另外曲木家的三畝地則由他來「耕種」而非「繼承」。

婚後，瓦坡變了一個人，不再遊手好閒，他像拼命三郎似的幹活，成為全村最勤勞的人。尤其他的兩個兒子出生後，

他更像牛一樣地從早幹活到晚，從來不休息。在學校施工隊伍的眼中，他更是最佳的小工，因為他有個「吃虧就是佔便宜」的哲學」，別人開價一塊，他只要五毛，而且別人不肯幹的重活，他做起來總是任勞任怨；難得的是瓦坡太太也是夫唱婦隨，有些小工程，他們更是全家一起出動，上下一心，搶錢工夫一流，為此，瓦坡先生和瓦坡太太雙雙贏得了「挖土機」和「裝載機」的美譽。

從一個孤兒到現在六個孩子的爸爸，瓦坡說，現在的擔子雖重，但他不後悔這段婚姻，他也不在乎愛人長得好不好看，兩人結婚至今，鮮少吵架，反正瓦坡太太是一家之主，她的嗓門永遠高過瓦坡，而且掌控家中的經濟大權。瓦坡一天的零用錢就只有一包菸和二兩酒。直到現在，曲木家的四個孩子還是不肯喊他爸爸。有時村民聊起來，難免嘲笑瓦坡像個小男人，瓦坡總是咧著他的黃板牙笑了笑，「沒法的啦」，但是他承認喜歡現在人多熱鬧的感覺，因為「從前一個人實在太寂寞了」。

挨著學校工程，白天幹活，晚上守校，瓦坡其實賺了不少錢，怪的是瓦坡一家依然窮得苦哈哈，原來有些丁山的小孩或是太太家的親戚來大營盤讀書，會窩在他家吃飯，他們家開伙，一天最多是十個人吃飯，光白米就要吃掉兩斤。而瓦坡一家人毫無金錢管理的觀念，有錢時大口吃肉，一天吃兩百多塊，沒錢時一天吃一兩塊，反正日子就這麼過下來了。

我住學校時，每晚從二樓小廚房的窗口望去，都會看到瓦坡暫居的小工寮，一盞燈泡守著偌大的校園，常常看到他在學校晃動的身影，有時我很想跟他多聊聊，但是瓦坡總是一知半解，似懂非懂，每次問他什麼，他都回答「是的」，很難談出具體的內容。

　　才二十七歲，瓦坡看起來像五十歲，他的邋遢在村內是大大有名的，瓦坡說過他從來不照鏡子，也不清楚自己長得什麼樣子。最近村民終於可以申辦身分證了，他上街花了三塊錢理個新髮型，第一次從鏡子看到自己的尊容，瓦坡都被嚇了一大跳，說著說著，他拿出花了一百零五元，第一次代表自己的身分證亮相一番，照片裡的他看起來真的很陌生也很爆笑，我覺得Mr. Wa Pu 還是不修邊幅比較親切自然。

跳蚤媽媽咪呀

　　有人形容涼山地形複雜，海拔垂直差異大，氣候屬於獨特的立體型氣候，套句他們的話形容，「一山分四季，十里不同天」。

　　我個人的親身體驗，的確如此，在大營盤一天可以分四季，不管氣象報告如何，我沒有一次帶對衣服過，後來乾脆在學校置上四季的衣服，熱了就脫，冷了就穿，瀟灑自由過著春夏秋冬。

　　台灣朋友初次到大營盤作客，由於早晚溫差大，山裡的暴雨驚人，閃電一來就停電，而春夏交替時，一到下午還會颳起飛沙走石的怪風，不是上吐下瀉就是頭昏無力，每當他們出現這些「水土不服」的現象時，我就會安慰他們，說這只是大營盤待客之道的序曲而已，因為這都不是大營盤最經典的，大營盤有「恐怖迎賓三部曲」，讓人聞風喪膽。

　　大營盤的首部迎賓禮，就是與跳蚤的擁吻！

　　鐵打的身體，鋼鐵般的意志，大營盤的跳蚤可以像支荷槍實彈的「涼山部隊」，毫無預警地入侵，如鬼魅般神出鬼沒，

大營盤孩子不愛洗澡，每天跟髒亂爲伍。

如幽靈般陰魂不散。

　　我個人跟跳蚤有幾次交手的經驗。別看跳蚤小不拉嘰，對
人的威脅不下於洪水猛獸，雖然手無寸鐵，咬人時可以迅雷不
及掩耳，一旦發作，癢起來直要人命。

　　爲了止癢，我在大營盤試過各種偏方，幾乎隨手抓到什麼
就擦什麼，一下子塗牙膏，一下子抹藥膏，曾試過白酒療法，
甚至用煙燻火烤，怪的是大營盤的跳蚤似乎特別凶狠，擦這個
也癢，擦那個也癢，癢到深處，還會忘了什麼叫做矜持，當場
袖子一捲，褲管一拉，就狠狠地東抓西扯，那種力搏跳蚤的狠

勁與表情，旁觀者看了也忍不住全身發癢。

　　有一次我的右手臂被咬了好大一圈，癢得直跳腳，最後我乾脆把整隻手臂用力插到一鍋熱水中，想用滾水把跳蚤這個王八烏龜蛋淹死燙死，但燙到整隻手熱呼呼紅通通，跳蚤的餘威猶在，該癢時還是癢、癢、癢。

　　一進大營盤，想到惱人的跳蚤，我的內心就七上八下，害怕逃不過跳蚤的魔掌，尤其身體出現第一個紅疹時，我的頭皮便不由自主地開始綳緊發麻，因為第一個小紅點，意味著後面一拖拉庫的小紅點，牠們大剌剌遊街示眾，不管在脖子上築著頸圈，或是在腰圈繫個腰帶，小紅點行進的路線，就是牠們勝利的路線。

　　這就是大營盤的見面禮，幾乎無人倖免，除非你天賦異稟。

　　既然逃不掉，我建議我的貴客們，迎戰跳蚤的方式就是不理牠，萬一被咬，晚上睡覺前擦藥膏，吃止癢藥再加吞一顆安眠藥。睡了再說。

　　大營盤迎賓二部曲是與蒼蠅愛的抱抱。

　　密密麻麻揮之不去的蒼蠅，是大營盤的景觀特色。尤其是夏天一到，什麼東西蒼蠅都要來沾光，黑壓壓的一片，讓人看得眼前一片黑，內心湧起一陣噁心。蒼蠅太多，應該要多注意環境衛生，但是學校沒水，又是老舊茅坑，蛆蛆爬來爬去，已成校園一景，我拿牠們沒轍，只好逃之夭夭，眼不見為淨。

曾有外國朋友到校造訪，看到食物表面停滿了烏溜溜蠕動著的蒼蠅，驚得目瞪口呆，用力一揮，群蠅竄起猶如群魔亂舞，他們被嚇得驚聲尖叫，筷子一丟拔腿就跑，說實話，外國人就是「見不多」才容易大驚小怪，我早已習慣成自然。還記得剛到痲瘋村時，覺得這裡的小孩好奇怪，每個人臉上都長痣，有的還一長就十來個，一次近距離接觸才發現，孩子臉上會緩慢移動的不是「痣」，而是「蒼蠅」。

　　二〇〇五年的志工營，我們營隊來了一個蒙古大夫，他叫哈多吉，祖籍蒙古，在台灣出生長大，朋友都笑他是「蒙古大夫」，這位蒙古大夫有個特色，就是痛恨「蒼蠅、跳蚤、頭蝨、蛆」，他來到學校觀察後，興致勃勃來找我，說他要向蒼蠅宣戰，先來堂「除蠅課」再辦「打蒼蠅比賽」。

　　哈多吉的除蠅課，不是一般的陳腔濫調，他可是創意十足，唱作俱佳，他一出現，小朋友立刻笑翻天，他的左右兩肩各插一支蒼蠅拍，腰間也綁了一支，像個耍大刀的武士，黑板上兩張海報，其中一張是「打蒼蠅比賽．比賽規則」：

　　一、不可以拿拍子互相打

　　二、不可以把拍子放在嘴吃

　　三、蒼蠅死了不可以拿來吃

　　四、不可以用手抓要用袋子

　　五、不可以搶別人的蒼蠅

　　六、打死蒼蠅要說對不起 I am sorry！

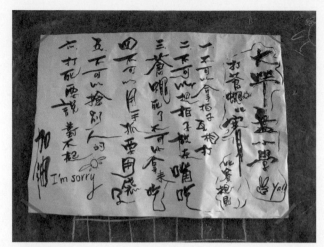

打蒼蠅文告。

台灣來的蒙古大夫，教大家打蒼蠅、講衛生。

笑聲過後，哈多吉端正臉色，神情肅穆的指著另一張海報說：「蛆，是從大便跑出來的，蒼蠅是從蛆蛆變成的，蒼蠅吃完大便又吃食物，所以，小朋友，你們要吃大便的食物嗎？」他淺顯易懂的比喻把小朋友嚇得瞪大眼睛猛搖頭，接著他宣布打蒼蠅比賽開始，優勝者可獲維他命C一瓶。

　　有半個時辰的時間，校園內只見小朋友一手拿蒼蠅，一手拍穿梭來去的身影，一下子進廁所，一下子鑽廚房，一下子又來到寢室，人人對著蒼蠅窮追猛打。其中抓蒼蠅冠軍好像是白只格，他身手矯捷，一共抓了上百隻，他得意的拿著塑膠袋向我炫耀，我不敢仔細看，只見黑壓壓的一片，還慢慢在蠕動。除了白只格外，其他孩子戰利品也不少，哈醫師看到戰果如此豐盛，龍心大悅，人人有獎。至於那些付出生命代價的蒼蠅，哈醫師則一把火燒成灰，掃到土裡變堆肥。

　　大營盤至今一到夏天還是蒼蠅的天堂，怪的是大營盤的蒼蠅還特別笨，很容易讓人一打就中，打死討厭的蒼蠅，我不會說對不起，I am sorry，我掛在嘴邊的是Dam you，乎你死。

　　大營盤的迎賓三部曲是恐怖撲鼻的臭味。

　　很多台灣朋友初到大營盤，都被臭到退避三舍，抱怨連連。大營盤的臭不是單一的味道，而是茅坑、不洗澡加上嚴重的腳臭，三者混合而成，找不到詞彙形容的臭，總之，味道天下無敵，只有身在其中才能體會那種滋味。

　　自從二樓宿舍蓋有座式馬桶後，我始終沒有勇氣踏進茅

坑一步，所以茅坑的味道，平常不會威脅到我，而學校處理水肥時，通常是選擇我不在的時間，唯一一次碰巧我從普格縣返回大營盤，由於茅坑早已滿溢，附近農家也不需要自然肥，校長只好吩咐學生把挑出來的水肥倒入栽植多年的松樹下，屎尿的騷臭味立即瀰漫了整個校園，我無處可逃，只得暫時停止呼吸，整整臭了三天，臭氣才漸漸淡去。

　　不洗澡則是大營盤孩子渾然天成的味道，以前辦志工營的時候，我都會把低年級和村裡的嬰幼兒洗澡的事納入工作的內容，一年難得洗一次澡，這不是新聞，而是事實。幫他們洗澡才會發現孩子們的頭髮長滿了蝨子，有些更是糾纏到無法梳理，而身上的污垢，更因為長時間的不清洗，已經長成皮膚的一部分，稍微用力洗刷，會見到斑斑血跡，不僅孩子們痛得哇哇叫，志工們也是洗得膽戰心驚，由於小朋友們實在太髒，所有志工們洗完後幾乎都要癱倒在地，更慘的是還被跳蚤襲擊，咬到體無完膚。

　　在大營盤長頭蝨，不是女生的專利，男生一樣頭蝨在髮間遊來蕩去，起初，我不懂彝族的規矩，看到有些小男生前額有一撮胎髮，打從出娘胎後就不剪，那種獨特的髮型叫「天菩薩」，本來「天菩薩」像葫蘆一樣垂吊在眼前，應該是可愛的，但不講究衛生的結果，「天菩薩」看起來就像一撮髒亂糾纏的爛線頭，隱藏太多傳染源，上學後，我會要求「統統剪掉」，但後來有知情的人告訴我，彝族的規矩，「天菩薩」是

靠近大營盤的小孩，會被跳蚤無預警的襲擊。

一年好好大洗一次，每年志工營擺出的洗澡大陣仗。

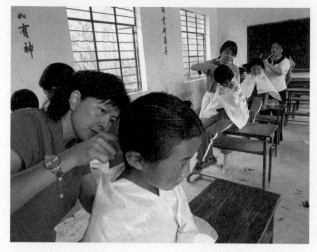

每年的志工營
都要上演洗頭
剪頭戲碼。

「女人」碰不得的。

學生長頭蝨嚴重的，學校會勒令他們自行處理，通常最後的手段就是「理光頭」，男女都一樣，然後戴上帽子，一邊遮醜，一邊等待頭髮長大。

至於頭蝨不是那麼嚴重的，我會要求男生理個三分頭，女生則剪成妹妹頭。每次說要剪頭髮，女生就要掉淚，她們的說法是剪頭髮「家人」會生病，我當然不是不尊重彝族的規矩，但沒道理嘛，難道彝族女人一輩子都不能剪頭髮嗎？為此，不管女生一把眼淚一把鼻涕，我要志工心一橫，將學生逮來剪髮，麻袋一套，或是報紙挖洞，剪刀兼剃刀，將儀容打理乾淨，我也會跟女生約定，要留美美的長髮，唯一條件就是不能長頭蝨。

而讓志工們一聞，立即退避三舍的腳臭味，也是大營盤的特色，一方面當然是孩子們生活習慣不良所致，另外就是他們沒有勤換襪子的緣故。我們大營盤的孩子不喜歡穿襪子，鞋子又常破破爛爛，自然腳臭味四溢，尤其打球過後，所有的味道結合發酵，跟學生近距離接觸，容易噁心嘔吐。有一次我注意到一位住校生穿著一雙新雨鞋，令人耳目一新，後來覺得不對勁，因為他一連穿兩個禮拜，一天他腳受傷了，哭得很傷心，卻硬是不肯把鞋脫下擦藥，好說歹說，連他媽媽都出動了，他才勉強把鞋脫下，這一脫可把大家嚇得倒抽一口氣，原來他的腳已經髒到像穿了一雙黑色的雨鞋，簡直蔚為奇觀，更可怕的是腳丫子好薰人，連他媽媽也當場掉頭掩鼻呢。

　　每天檢查宿舍時，更需要極大的勇氣，儘管孩子們把穿了一天的鞋整齊擺好，但八個人一間的寢室，味道大大不好，我得暫時停止呼吸，匆匆進，倉皇出。引人好奇的是，孩子們喜歡躺在一起睡，曾經一張床睡四個人，兩個頭對上兩個腳，小腳就湊在鼻子旁，我不知道他們怎麼受得了？難道他們的鼻子構造異於常人嗎？

　　有一度為了維持二樓宿舍的乾淨，我讓學生們上樓前要脫鞋子，實行一陣子過後，我自己先舉白旗投降，尤其跟學生一起看電影時。幾個大一點的孩子其實也聞得出來自己的異味，上樓前都會設法先去洗腳，甚至噴上花露水，不過那種已經入味三分的腳臭味，怎麼洗也洗不掉，為此大家關在一個房

間看電影，我都不敢用力呼吸，實在憋不住再奪門而出，電影散場後，更得大開門窗，噴灑殺蟲劑，以「毒」攻「毒」，以「臭」制「臭」。

有一次爲了處罰兩個不講衛生的初中生，我祭出新鮮方法，就是要他們把自己的腳抬起來，湊到自己鼻子前好好聞個夠，那一次兩個學生不到一分鐘就呼喊救命，直嚷嚷：「太臭了，會死人」，我趁機告訴他們：「這就是你們的味道，張阿姨這幾年就快窒息了」。

總之，貴客臨門妙事多，大營盤恐怖的迎賓三部曲，並不是每一個人都能消受得起，如果你是一個不怕跳蚤，愛打蒼蠅，又屬於海畔逐臭之夫的人，大營盤隨時歡迎你。

馬桶的怒吼

　　這幾年東征西討大小涼山的麻風村，難倒我的絕不是那些荒山小徑，黃泥爛路，而是在麻風村不能自在方便的大問題。

　　初到大營盤時也是如此，全村找不到廁所，連校內那兩間破爛的小教室也是，教室門口處處有「黃金陷阱」，幾次到大營盤時，我幾乎不敢喝水甚至進食，常常憋了一整天，為此，有機會重建大營盤時，我最大的心願就是要蓋全村第一座廁所，至少改掉學生到處野放的壞習慣，那時我並沒有想過有一天，我會在大營盤小學「住」下來。

　　二○○二年八月，大營盤小學重新開學時，廁所也落成了，白牆小青瓦，從外觀看起來，像一間獨立的教室。

　　有一次，有兩位西班牙青年來學校參觀考察，兩人好奇的問我：「位於校園角落那棟有點特別的建築物是什麼？」我笑著說：「那是廁所」，直到現在，我都還記得兩人一臉驚訝的表情。

　　美其名大營盤有了全村第一間現代化的廁所，但說穿了，就是用水泥蓋成的「茅坑」而已，但在當時這已是最前衛

牛棚上的讀書歲月。

的作法了，在台灣對於廁所有點潔癖的我，爲了大營盤的後續發展，也不得不狠下心學習與茅坑共處。

不知爲什麼，我對蹲茅坑似乎天生有障礙，每次都是搖搖欲墜，時間一長，腿就發抖發麻，連起身站立都有困難，要命的是老是蹲錯方向，鬧出不少笑話；蹲茅坑已經是種挑戰了，偏偏小朋友進進出出，每個人都會叫「張阿姨好」，場面更是尷尬，我曾要求學生在門口把關，不准「閒人」闖入，沒想到時間久了，我竟也入境隨俗，自然跟學生在茅房閒話家常了起來。

然而，一直克服不了的是茅坑的味道，往往非得忍到最後一刻，我才會用衝百米的方式，屏住呼吸，再用迅雷不及掩耳的速度，完成任務，隨即褲子一提奪門逃出。

還記得有一次志工營時，一一九讀書會的好友們來學校，當時學校住宿樓尚未完工，校園猶如一片狼藉的工地，我那些在台北尊貴的好友們，盼不到馬桶的完工，只能將就蹲茅坑，有一天，她們愼重其事的提出建議，爲了尊重隱私權，最好茅坑入口加個門帘，也裝上門，另外，廁所的味道實在太臭了，我苦笑著說：「忍著點吧，這可是村裡最棒的廁所囉」。隔天，她們到街上去趕集，回到學校後大家埋怨聲小了，因爲街上付費的廁所更薰人也更嚇人。

大人提起茅坑都已經敬謝不敏了，小孩對茅坑的恐懼更顯得不知所措，我的兒子庭宇第一次參加志工營時，住的是縣

裡的賓館，第二次則住在學校，那也是他第一次接觸農村的茅坑，起初三天，他都不吭聲，直到第四天洗澡時他突然哭了起來，先說肚子痛，接著才說不會蹲茅坑，已經三天沒上廁所了。

我請國彰帶他到男廁，庭宇還是哭個不停，他說不會上，後來我只好帶他到女廁，先清場，再幫他把外褲脫掉，選個乾淨一點的坑，教他蹲下來，衛生紙抓在手上，輕掩口鼻，一切準備妥當後，我們再轉過身，一邊跟他講話，一邊跟他打氣，最後，他終於「大大」成功。過後，只要我跟庭宇講起他蹲茅坑的第一次經驗，他就會說：「媽媽你騙人，是你騙我說學校有沖水馬桶了。」

的確，我想要有沖水馬桶已經很久了，因此當要興建宿舍樓時，儘管學校水源十分不穩定，我還是強烈要求工作人員住房，一定要有座式的沖水馬桶，不管教育局是否面有難色，我很堅持沒有馬桶就沒有住宿樓。

二○○三年九月，樓上四個座式馬桶全部完工了，我滿心歡喜從台灣來到學校，準備迎接馬桶時代的來臨，然而氣人的是管路竟然不通。

天天看著馬桶卻不能使用的日子，挨過兩星期後，我又冒火了，天天催教育局，天天催施工單位，有一天藍師傅跑來跟我說：「張小姐，馬桶可以用了。」「真的嗎？」「我保證。」

人畜共居是村民的生活習慣，隨處便溺，處處都有黃金陷阱。

當晚，我決心親自上場試試，遂抱著期待、愉悅，又有點緊張的心情坐上了馬桶，果真，按下去水「刷」一聲的感覺太令人感動了，不料當我還在感動時，馬桶突然劇烈的搖動起來，接著馬桶發出了低沉恐怖的怒吼聲。我動也不敢動，直覺馬桶生氣了，它正在向我抗議，過了五分鐘，馬桶不動了，我跳起來落荒而逃，驚惶失措地跑去找藍師傅：「太可怕了，馬桶要爆炸了。」

　　藍師傅聽我轉述後笑了，「別怕，應該是新啟用，管路有空氣跑進去的聲音」

　　就這樣，我安慰自己，那是新馬桶的怒吼聲。

　　一段時間下來，馬桶基本上運作正常，只是沖水閥常常壞了，只能提水備用，要不就是鬆了，水漏個不停，但直到現在，馬通已經啟用兩年多了，怒吼聲卻依然存在，三不五時就要發作一次，發作時間長短不一，有時一吼起來可是長達三四天。

　　馬桶的吼叫，在白天時常會被學生的嬉鬧聲蓋過，可是一到晚上夜闌人靜時，馬桶的聲音頓時明顯了起來，我會安慰學生，甚至向訪客解釋：「如果在深夜聽到一種像是巨石滾動，低沉、粗獷又帶點憤怒的聲音，別害怕，那是我們學校馬桶的聲音。」

　　總之，隨著學校的發展，我的「方便」問題是解決了，但是學生還在使用茅坑，加上學校常常停水，一到夏天，學校美

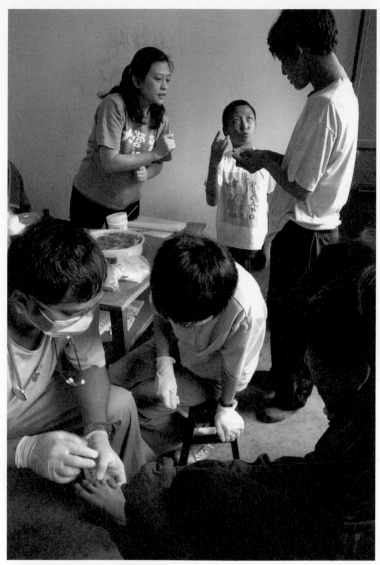

台灣醫師的麻風村義診，不管有病沒病，村民都爭著來看醫生。

麗的星空下，迎面而來的卻是薰人的臭氣。有時白色蛆蛆還會入侵到教室，嚇得女生哇哇叫，雖然在教室周圍撒滿了石灰，靠近茅坑的教室仍舊揮不去蟲蟲的危機。

畢業典禮那一次，台灣來了蕭嘉榮和哈多吉兩位醫師，義診過後，發現學生肚子實在很大，而且肚子痛相當普遍，他們為此開玩笑說：「大營盤有三多，跳蚤多、蛆蛆多、蒼蠅多」。其中蒙古籍的哈多吉醫師更指出，學校衛生的最大亂源是蒼蠅，而蒼蠅最愛的溫床是茅坑，他認為如果要維護學生的健康，一定要消滅蒼蠅，消滅蒼蠅就是要強力整頓茅坑，改善學校的公共衛生。

想到夏天，趕都趕不走的蒼蠅，又看到小朋友挺著大肚子在校園晃來晃去，我終於再度做出驚人的決定，我要興建一座全越西最棒的校園浴廁，作為痲瘋村改善公共衛生的示範點。

豪語雖出，我的內心卻忐忑不安，儘管越西縣已經承諾將痲瘋村的飲用水納入政府既定的建設計畫，不過我對當地的計畫總是抱著半信半疑的態度，只能一邊擔心一邊研究在水源不穩定的狀況下如何管理廁所這一塊。坦白說，我已經做過好幾次噩夢，因為屆時不是馬桶的怒吼聲，而是屎淹大營盤的慘劇。

二〇〇六年，浴廁中心終於在殷殷期盼中建設完成，外表看來雅致搶眼，雪白的牆壁，深藍的琉璃瓦，男廁以藍色磁磚為底，女廁則以粉紅磁磚為底，除了乾淨明亮的洗澡空間外，

觀光廁所自從興建完成後，就因缺水從未開放使用。

為了配合學生的打蟲計畫，廁所一律採用白色襯底的現代化蹲式馬桶。

開放前，我還特別前去試用一下，看到水沖出來的剎那，我自己感動得差點掉下淚來。

不過，那是僅有的一次，我的夢想迅速破滅。水沖式馬桶耗水甚多，加上新建完成的飲水工程「無山曉路用」，十有八九處於停水狀態，我想來想去，為了避免屎淹大營盤的慘劇，決議暫緩使用。就這樣，先開放了浴室，反正學生挑水洗澡不成問題，而廁所部分則祭出鐵腕措施，上街買了一串鐵鍊，直接串起來後上鎖，嚴禁學生擅自使用。

前後耗資十四萬的浴廁，雖然只能洗澡不能上廁所，但大營盤小學有個六星級廁所的創舉還是不脛相傳，幾乎每個來到學校的官員或朋友，總會「慕名」前來瞧一瞧，上了鎖的廁所意外成了大營盤有名的觀光景點。

關於這個觀光廁所的笑話不少，其中最爆笑的是，有高橋村民說，「張阿姨修的廁所好先進喔，大便完了，會有機器自動幫你擦屁股。」

可能很多人無法想像，經過了三年了，那個上了鎖鍊的廁所不曾再被打開過，因學校水荒的問題，至今仍深深困擾著大營盤，變成學校揮之不去的鬼魅。而這個鬼魅也一直潛伏在我的腦海裡，三不五時在我夢中出現，夢中畫面驚悚，屎尿不斷溢出馬桶，像土石流般淹沒大營盤。

大營盤的婆婆媽媽

　　俗話說老狗學不會新把戲，我初次拜訪大營盤時，已達不惑之年，因此對於闖入另外一個世界，雖然心情有種莫名的興奮，但對於重新學習一個嶄新的語言，卻變得十分智障，老是學了後句就忘了前言，最後我乾脆放棄，抓學生充當翻譯，解決語言不通的問題。少了直接對話的管道，我和大營盤的婆婆媽媽，通常見面僅能微笑致意，勉強寒暄幾句，進入不了她們的靈魂深處。據我所知，大營盤女人十分辛苦，早早進入婚姻，然後就是生孩子，一輩子幹農活，生活苦不堪言，相較之下，大營盤村的男人們好命多了，不想幹活就到處遊手好閒，不是蹲在路旁曬太陽，就是縮著頭抽著菸，要不白酒當水喝，鮮有清醒的時候。

　　在大營盤眾多女人中，老中青三代各有經歷，但老人中讓我印象最深的首推羅家奶奶！

　　她已經七十多歲了，一臉滄桑但氣質出眾，聽過不少人傳說她的故事，據說當年的她十分美麗，屬黑彝，解放前是個貴族的女兒。雖然家世顯赫，可是麻風病卻讓大家對她充滿了

恐懼。回憶當年，老人淚眼婆娑，只說，十六歲時她就聽從父母的話嫁人，十七歲生了個兒子，十八歲時先是發現有些腳麻，拖了幾年開始掉眉毛，她自己很害怕，卻不敢究明真相，然而村民卻議論紛紛，認為她是可惡的麻風病鬼，要脅要趕她出村，她戰戰兢兢度日，但村民仍舊不願放她一馬。二十五歲時，眼見情勢逼人，她趁著月黑風高逃出家園，只帶著三個饅頭，在森林裡躲藏了三天，後來在甘洛麻風村落腳，那時甘洛麻風村約百來人，她挨著每家討飯，也挨著人家打打零工，過了三年，勉強攢下四百元錢。二十八歲時，她來到越西縣高橋麻風村，繳了四百元正式落戶，大家一起吃飯，一起工作，結束她到處流浪的歲月。

歷經幾年痛苦經歷，身上殘留著麻風病痕，慶幸的是五官美貌依舊，才搬進大營盤不久，一位解放軍的軍官看上了她，他就是羅家的爺爺，由於同是天涯淪落人，兩人婚後感情好得很，這段婚姻讓她擁有一個兒子三個女兒。

在越西麻風村長達四十年的歲月，羅奶奶說，麻風病人實在太可憐了，到處被欺負。或許外人視麻風村為禁地，但她完全認命，麻風村就是她最安全的家。

嫁個軍官日子固然好過了些，但地主女兒的家世，還是讓她在文化大革命時難逃被鬥爭的命運，白天幹著各種苦活，晚上還得被吊起來問罪，幸好她夠堅強，熬過了三年這般求生不得求死不能的歲月。

羅家奶奶身上流有貴族的血液。

　　老人家說鄧小平改革開放後，麻風村的日子稍稍好過，但麻風村一樣是被社會大眾遺忘的。

　　說起來，我跟羅奶奶會發展一段忘年之交，其中蘊藏一椿傷心往事呢。

　　我們學校曾經為了老師是否與學生一起開飯的問題，鬧出不少糾紛，有一次事情鬧到差點無法收拾，政府官員來到學校協調，村民怕我受到委屈，大營盤的婆婆媽媽們自組了一支娘子兵團主動支援，不僅坐在校門口抗議示威，還將縣長及教育局長的車子圍堵了近一個鐘頭，那次領軍的就是羅家奶奶。

　　當時我被羅家奶奶的熱情感動，決定親自去向她老人家道

謝，老人家用著有限的漢話說：「張阿姨，我一輩子都會記得你，因為你關心過我的孫女伍呷。」

是啊！的日伍呷，我怎麼可能忘記她呢？那個深烙在我內心的小女孩，小學二年級時，因上山砍柴，不慎墜崖慘死。聽老人家這麼說，我才恍然大悟，原來她是伍呷的外婆，我們不僅見過面，而且老人家還等在半路上跟我磕頭道謝！我的腦中快速閃過這層記憶，內心頓時心酸莫名。

伍呷的悲劇，讓我和羅家奶奶從此建立忘年之交，如今歷經多年困頓的歲月，她老人家也總算苦盡甘來，少了伍呷，她還有十二個孫子，她曾感嘆說，希望唯一的兒子能在連生六個孫女後，替羅家添個男孫，如今這個願望也在二○○七年落實了，看來羅家奶奶應該可以安心含飴弄孫了。

羅家奶奶是大營盤老一代的典範，那個叫做伍姑嬤的女人可又是另外一個故事了。

第一次聽說那個女人，是在希望學園徵地時，學校建設需地孔急，第一批徵收十四家民宅，原則上村民都痛快答應了，為了下一代教育，大家決定共築希望學園，唯有伍姑嬤一家採取不合作態度，別人家一畝地補償三千元，她家要價五千元，為此不知跟學校吵過幾回，變成教人頭痛的人物。

我看過她家房子，跟左鄰右舍破舊的民宅比起來，更顯搖搖欲墜，我不懂她憑什麼要價比別人高。後來我才知道伍姑嬤是村內有名的潑婦，不僅罵人工夫一流，並常常拿自殺來威脅

人，動不動就要到人家家裡喝農藥自殺，為此，全村大大小小都怕她。

聽多了她的野蠻事蹟，我對她有了高度的好奇，也曾在遠處觀察過她。

有一回，我終於有機會近距離跟她接觸。那是一群婦女在五保戶聚居處聊天，雖然我一句彝話也不懂，看到伍姑媸，我還是忍不住用普通話劈頭問她：「為什麼不配合徵地？」她一臉茫然，然後哇啦哇啦說一堆，把我搞得也是一臉茫然，只能眼睜睜看著她的嘴巴張張合合，腦子陷入一片空白，映入眼簾的盡是她蒙著層層污垢的臉，五官髒得有些模糊，錯綜複雜的皺紋縫裡勉強擠出稍白的膚色，她衣著狼狽，牙齒黑黃，更教人瞠目結舌的是她耳洞被耳垢塞爆了，耳屎垂掛在外，我站在距離她三十公分處，拼命屏住呼吸，心裡嘀咕：「天啊！這個女人怎麼搞得這般模樣？」再往下一看，她腳踩解放鞋，大拇指處破了個洞，露出腳踝部分，好黑好黑，我顧不得她在嚷嚷些什麼，趕緊要一旁的布都問伍姑媸：「多久洗一次澡？」布都笑彎了腰就是不敢問：「她連臉都不洗了還洗什麼澡。」

第一次直接交手，我跟伍姑媸各說各話，不過我對這個不洗澡的女人有了進一步認識，返回學校後，我找來她已成家的兒子，「曉以大義」後，硬要他接受村民的協議價，同時送了一些學校的舊瓦片，讓他翻修新房子用，我以為這樣子問題就解決了。

伍姑嫫創下的婚姻紀錄至今無人能及。（穿白色披肩者）

　　幾天過後，校園開始整地，推土機來了，順利推倒第一、二間民宅，不料當天下午，推土機師傅氣急敗壞地來找我，「推不下去了，一個可怕的女人擋在她家屋前，尋死尋活就是不給推。」我直覺一定是伍姑嫫她家，「錢不是給了嗎？為何還橫生了枝節？」我立刻衝出校門找她「理論」去，由於事出突然，我連翻譯都沒找，一個人隻身前往，就在她家門口碰到了她，我用普通話質問：「錢不是給了嘛？為何還不給徵地？」她先是一臉訝異地望著我，接著哇啦哇啦用彝話說了一堆，我們兩人就這樣雞同鴨講「理論」了十分鐘，眼看旁邊

看熱鬧的人多了，我有些失去理智，這時她略懂普通話的女兒出現了，要她媽媽別再鬧了，我也放出狠話：「明天一定拆屋」，不料那個女人竟然放聲大哭並嚷嚷要自殺，坦白說我沒想到她會使下「眼淚攻勢」這一招，只能更硬下心腸說：「要死就去死吧！」

我記得這場吵架最後一幕是她女兒打圓場不成，變成她在「罵」她的媽媽，也不知那個女人後來怎麼想開的，第二天一早悄悄搬了家。推土機在中午時分，一把推倒了她的家，一直到所有土牆夷為平地，伍姑嫫像人間蒸發了般，我沒再見過她的身影。

本來以為我和伍姑嫫的故事應該就此結束，不料我們又碰上了。

那是伍姑嫫帶給我的另一次驚訝，原來這個終年不洗臉不洗澡的女人，竟然是村內婚姻次數最高的紀錄保持者，她一共嫁了五個丈夫，這不禁又引起我高度好奇，決定再一探這個女人的究竟。

不知那位放話者把「那個終年不洗臉的女人」的話傳開了，再見伍姑嫫的時候，她刻意洗了一下臉，不過裸露在衣領外的脖子依舊黑不溜湫的，不知是病痛的關係還是怎樣，她的臉色顯得意外的蒼白，才五十出頭，五官卻顯得十分滄桑，凶巴巴的神態不見了，取而代之的是一臉的靦腆，這次她可是我的座上賓，在她女兒的協助下，我們簡單的聊起她的坎坷婚

姻。

　　伍姑嫫二十五歲結的婚，育有一子，三十二歲麻風病發，婚姻亮起紅燈，幾番忍耐仍舊不見容於婆家，被丈夫掃地出門時，還挺著八個月的肚子，境遇悲涼，她落荒逃到麻風村，繳了兩百八十元上了戶，大女兒就在麻風村出生了。

　　伍姑嫫三十五歲時結了第二次婚，但命運之神仍舊刁難著她，結婚才四個月，丈夫病故，肚子又已懷有遺腹子，幾個月後女兒蘇姑嫫出世。

　　她的第三任丈夫姓沙馬，兩人婚姻歷時一年，按伍姑嫫的說法，因為沙馬人懶惰、愛喝酒又不幹活，為了不養他，她乾脆「休」了他，休夫的代價是一百五十斤穀子。

　　離婚後，村裡的幹部看到伍姑嫫一家孤兒寡母的，又主動幫她安排另一段婚姻。她的第四個老公叫阿西阿果，六十幾歲了，也是個病人，伍姑嫫說，當初介紹人說他什麼都會做，結果一結婚後，才發現他什麼都不會做。伍姑嫫一氣之下二度休夫，離婚贍養費她又付了一百元。

　　嫁了又離，離了又嫁，病死了一個老公，休了兩個老公，伍姑嫫成了村裡有名的悍婦，但說也奇怪的是，伍姑嫫的婚姻緣似乎特別火紅，她又梅開五度了，是已故村長馬什坡做的媒。五十四歲，一輩子不懂愛情，也沒談過戀愛的伍姑嫫這回嫁人的理由是「養老」，她的現任丈夫小她足足十一歲。老妻少夫配，兩人倒也相安無事，這段婚姻至今超過十年了。據

說，伍姑嫫悍婦本色依舊，用彝話罵人的工夫仍舊稱霸大營盤村，不僅村裡男女老少都怕她，連官員也對她動不動拿生命來威脅人的凶悍退避三舍。

大營盤的年輕婦女，讓我印象最深刻的就是阿爾阿姬了。

第一次見到阿爾阿姬，就讓我眼睛為之一亮。她的身材矮胖，牛仔短褲下一雙黑色網襪，再套上一雙白色高跟鞋，如此突兀的打扮出現在簡陋素樸的校園裡，實在很不搭調。後來我知道她不是大營盤的學生後，才鬆了一口氣，但隨之好奇的是，她是誰？是誰家的女兒？

再見到這名女孩時，她又讓我眼睛為之一亮。那是涼颼颼的早晨，我正站在二樓窗前瀏覽風景，一片綠油油的山坡，讓人心情大好。突然一個景象躍入眼簾，先是一頭牛在坡地上快跑著，後面有個女孩拿著一根木棍追趕著，我定睛一看，媽媽咪啊，這位女孩上身穿著一件厚毛衣，底下套的是短短蓬鬆的白紗裙，短裙下我本以為她裸露著兩條大腿，後來才知道她穿的是肉色的連身褲襪。麻風村內一個穿著芭蕾舞衣的牧牛女，那幅景象讓我的情緒一時錯亂不已，我趕緊喊國彰來觀看這個奇特的場景，個性拘謹保守的國彰說：「喔！大營盤怎麼會有這號人物？」

後來我知道這個女孩叫阿姬，是阿爾家的大女兒，她似乎在村外打工，每次返家都是來去匆匆，我們曾照過幾次面，她

阿爾阿姬的命運有些坎坷，活得孤單卻很顧家。

的打扮越來越勁爆，看得出來她努力追著流行跑。有一回她燙了一頭時髦的捲捲頭，有一回她更染了一頭黃金頭，這位阿姬小姐真的徹頭徹尾跟大營盤的女孩迥然不同。我也注意到她幾乎沒有朋友，不管是男是女，提到她總是一副不屑的口吻。

　　我終於決定找阿爾阿姬來個「女人私密的對話」。我們第一次面對面，她有些坐立難安，不停的把玩她那塗著紅色蔻丹的雙手。這次她的髮型染得有點豬肝紅，削得短短的赫本頭，

臉色白白的，又紋眉又紋眼線的，看上去整張臉有點假，雖然簡單穿著一件緊身的T恤，但卻披戴著一身假珠寶，除了一雙手幾乎戴滿了各式戒指外，她的右耳打了兩個耳洞，左耳打了四個耳洞，我笑著問她：「全身亮閃閃地，不怕被搶嗎？」

關於工作，起先阿姬有些難以啓齒，但突破心防後，她不諱言自己下海的心路歷程。

她坦承現在的工作很丟人，「但沒有文化，家裡又窮，我不知道還有什麼方式可以賺多一點錢。」

阿爾阿姬說，九歲時父親被火車輾死了，家裡僅有九分薄田，爲了生活，媽媽不得不帶著四個孩子改嫁，不料生了兩個小孩後，繼父外出打工從此失蹤，家庭所有重擔又落在媽媽一人身上。爲了分擔家計，十七歲的阿姬跑到成都一家火鍋店打工，由於文盲的關係，老闆連飯都不給她打，要她洗碗洗菜，每天從早洗到晚，洗到雙手發軟，雙腳發酸，月薪兩百元，儘管包吃包住，但這點錢實在幫不了家用，後來在朋友遊說下，她決定下海賣笑。

靠男人吃飯，一來要外貌，二來要身材，阿姬坦承自己長得不漂亮，不懂得打扮，也不知如何討好男人，所以有好長一段時間只有坐冷板凳的份。但在生活壓力逼迫下，阿姬決定豁出去了，她說：「什麼骯髒的男人我都得伺候，也常被客人拳打腳踢。」如此犧牲尊嚴，委屈求全，阿姬終於在這一行掙扎存活了下來。

幾年了，阿姬已經習慣了這種看不到希望的人生。本來她想在外面丟人現眼也就算了，但太想家人的緣故，她還是硬著頭皮回家。「我知道大家都在背後說我的小話，村裡大大小小沒人肯睬我，我的內心壓力真的很大，但我選擇這樣的人生已經回不了頭了，唯一的希望是好好栽培我的弟妹，希望他們能夠出人頭地」。

　　這是阿姬內心沉痛的告白，告別時她緊緊握住我的手，兩眼泛著淚光，謝謝我願意和她說話，望著她轉身離去的背影，我沉默無語。

　　阿姬的故事讓人心酸，我不知道在大營盤像阿姬這樣的女人還有多少？

　　往後的日子，我還是偶爾會在窗前，看見阿姬穿梭來去的身影，一樣穿著怪異，一樣獨來獨往。她是大營盤的村民，卻完全不像大營盤的村民，直到現在，阿姬小姐仍是所有婆婆媽媽中的「異類」。

乾媽的代價

　　那是二〇〇六年過完農曆年的事了，有一天我接到福寧修女的電話，她告訴我，吉布依布到甘洛縣挖礦受傷了，情況似乎滿嚴重的。乍聽吉布依布的傷勢我有些心慌，但後來聽說已經住院醫療，我也就暫時把心擱下。

　　二〇〇七年四月才踏進大營盤，關於吉布依布的傷勢，繪聲繪影的描述很多，有人說他傷及生殖部位，不能生了；有人說他肚子裝了鋼板，恐怕將來不良於行。不少他昔日的「同班同學」，也就是今年初一的學生輪流來懇求我，「張阿姨，你一定要去醫院看吉布依布，他已經住院兩個月了，好可憐喔」。

　　當天晚上，吉布依布的爸爸和舅舅來找我了，這兩人會聯手來找我，倒是新聞，尤其我跟吉布依布的爸爸交手過幾次，基本上那個人是個不講理的傢伙，難得的是這回他看到我，臉上表情不如以往僵硬，反而有點柔和誠懇，依舊不多話，蹲在一旁抽菸，幾乎從頭到尾都是依布的舅舅在發言，他不斷請託我一定要去甘洛醫院，因為礦場派出的談判代表欺負依布是麻

吉布依布的父親信教十分虔誠，孩子一生就是九個，居全村之冠。

風村的人，所以賠償金打算要賴，大營盤村的人爲此都很忿忿
不平，要我無論如何得出面替吉布依布討個公道。

　　我當下並未答應，因爲強出頭的結果，我得負責太多的善
後，但想到吉布依布的未來，我又不忍拒絕，四月十一日還是
親自出馬跑了一趟甘洛縣醫院。

　　一早出發，從越西到甘洛約三個鐘頭左右，一路上幾乎都

在翻山越嶺，我的思緒繞著車子盤旋著，腦中也不斷想著吉布依布這個孩子的二三事。

在大營盤眾多孩子中，原本我對吉布依布的印象普通，直到有一回我到學校時，聽說六年級學生有人結婚了，當時我對村裡流行的娃娃親並不認同，並嚴禁在校生論及婚嫁，沒想到竟有人跟學校的校規挑戰，後來才特別留意結婚的那個孩子叫吉布依布，是吉布家族的長子，已經十九歲了。因吉布依布明顯違反校規，我特地找來吉布依布的父親到校溝通，為顧及到孩子的年齡，加上木已成舟，我只希望依布的父親能讓兒媳婦晚點過門，至少讓吉布依布念完小學。我認真的表達完意見，只見這個男人木然的一張臉，一副不置可否的態度，讓我當下有「雞同鴨講」的挫敗感。

有一天，我忘了越西縣那個官員到學校考察，我跟他在村內走動時，竟然看到吉布依布穿了一身補靪的破衣裳，和他的父母正趕著一頭牛幹活去，因為正值上課時間，我問為什麼不上課？請假沒？他說家裡農忙所以不上課，我說學校有學校上課的規定，不能因你一人而破例，「那我不上學了」，當著官員的面前，吉布依布這句回答讓我尷尬到了極點。

為了吉布依布不上學，我氣了好幾天。有一天我跑去探望五保戶，結果穿著大營盤小學T恤的依布等在一旁，直跟我賠禮道歉，他說希望我再給他一個機會。看他一臉誠懇的模樣，我又讓步了，我跟吉布依布約法三章，無論如何他一定要堅持

到小學畢業。事後才聽說，吉布依布的舅舅狠狠罵了他一頓，說如果不讀書要狠狠地揍他，就這樣他才又回來上六年級。

吉布依布人是回來了，可是六年級那一年他唸得辛苦，為的是學校規定六年級要住校，專心準備課業，可是吉布依布的爸爸就跟其他家長不一樣，他不僅要求吉布依布要回家幹活，而且規定他每天得回家禱告。

說到禱告，那就不得不簡述一下吉布家族的背景。他們家不僅是超生第一名，孩子之多居全村之冠，而且跟其他彝族生病殺雞宰羊講迷信的傳統不一樣，他們家生病不看醫生的，無論大大小小的事一切仰賴禱告，一天至少要禱告四次，同時要學唱上帝的歌。據說，他們家信奉的是基督教，沒人清楚是什麼教派，只知道村民傳說吉布依布的媽媽相信人死後可以上天堂，所以曾經從他們家屋頂往下跳，天堂沒去成，一摔就摔掉半條命，加上吉布依布的爸爸信得走火入魔，碰到村民就要傳教，害得吉布家的小孩都被村民稱作「上帝禱告的兒子」。或許詭異的色彩濃厚，他們家鮮少跟村民深入往來，還聽說他們家牆壁掛有一塊「紅十字」，是信仰的象徵。

為了回家禱告，吉布依布常常兩頭奔跑，疲於奔命，但是他爸爸仍然要求他不准在學校自習，必須回家幹活，這使得六年級面臨學校課業重擔的吉布依布左右為難，尤其六年級下學期，他的媳婦提早過門，他的爸爸更直接挑明要家中這個大兒子放棄學業，回家「增產報國」去。

我曾好奇問過吉布依布爲何這麼早結婚，他告訴我，他從沒有想過「生涯規劃」這種事，那是五年級過後的那個暑假，他和家人到美姑縣親戚家玩，經由表妹介紹，他認識了他的老婆，由於兩人正值情竇初開的年紀，雙方家長看兩人相互意愛，當下決定結爲親家，吉布依布爸爸爲此賣了一頭牛，預付了六千元聘金中第一個一千元。吉布依布表示，原本他只想先訂親，可是他父親認爲像他們這樣有麻風病史的人，還可以娶到健康正常人家的女兒，機會難得，因此強迫吉布依布必須直接結婚。

　　吉布依布的成績一直保持在班上前三名，按理說升中學沒問題，但我心裡有數，以他的家庭背景以及他的婚姻問題，他能念完小學就算萬幸了。在父親與學校的夾縫中，吉布依布被逼得很可憐，有幾度他想放棄學業，我都不准，爲的是不忍他太早投入家庭，盼望他能多享受一下學生單純的生活，所以苦口婆心要他務必熬到小學畢業。

　　有一次，吉布依布又不能來上學了，我被惹毛了，決定親自去找依布的父親談判，那是我第一次踏進這個傳說「上帝禱告」的家。

　　一般彝族的黃泥巴屋都不開窗，家裡面黑黝黝的，吉布依布的家也不例外，我從外面白花花的陽光走入，眼前立刻一片黑，灰撲撲的味道撲鼻而來，稍微適應後，我終於見到那個傳說的紅十字。其實那是一塊大白布上畫著火紅的十字，在馬

吉布依布的中學夢，隨著他結婚生子早已夢碎。

鈴薯和馬鈴薯皮堆得比山高和到處披掛著衣服的凌亂擺設中，紅字顯得醒目也突兀，不過讓我更驚訝的是紅十字前坐的那個人，他穿著彝族傳統「察爾瓦」的披氈，眼睛緊閉，臉上肅穆，嘴巴喃喃自語，好像正在禱告的樣子。

　　從我進屋十分鐘左右，吉布依布的爸爸完全不睬人，幸好依布的媽媽熱情的招呼我，讓我沒有做出立刻打道回府的衝動，我在屋裡待了一會兒，吉布家的孩子一個個冒出頭，依布、呷布、拉布、克布、鐵布，老四的女兒叫伊哈，老八也是女兒叫阿牛，大大小小立刻讓屋裡充滿了生氣。我瞧瞧那一張

張黑不溜湫的臉，八個孩子，全部長得像「媽媽」，一雙剛睡醒的眼睛，笑起來傻勁十足，孩子們從屋外取柴火來生火，火光搖曳中，瞪著大眼睛的吉布依布的爸爸模樣有點猙獰恐怖，過了二十分鐘後，他終於轉過身來，對於我的「抗議」，他仍是那張木然的臉，雙手環抱在胸前，嘴裡抽著他的菸斗，不發一語，最後不知怎麼著，他點了點頭，我也如釋重負般倉皇逃離他家。

拜訪依布家過後，真的平靜了一陣子，但畢竟好事多磨。快要畢業考時，我在台灣接到福寧電話，又說依布爸爸又不給上學了，這下我真的火冒三丈，我要福寧及村裡的幹部去「警告」他爸爸，如果不讓依布順利考完畢業考，第一，要賠償依布六年的生活費，第二，吉布家族其餘的孩子在大營盤學校吃飯得自費，第三，要向公安舉發他信奉「邪教」。狠招祭出果真奏效，我跟吉布依布父親周旋幾個月的角力拔河，分出了勝負，他悶不吭聲的讓吉布依布完成考試，並參加畢業典禮。

歷經崎嶇坎坷，吉布依布畢業成績還是維持了第五名，看著他在畢業典禮上和沙馬爾地領銜演出話劇，又身手利落地表演伏地挺身，我的內心充滿了感傷！只能在心裡默默祝福他，畢業離開學校後，能過著順遂的人生。

十月我又進了一趟大營盤，回到台灣，立刻接到福寧電話，說我離開學校當天，吉布依布當了爸爸，他的媳婦替他生

了個兒子。

　　再聽到吉布依布的消息時，他已為了打工賺錢遭遇礦災。

　　翻山越嶺抵達甘洛縣時已近中午，甘洛縣雖與越西縣比鄰，但整個縣城建設得不錯，居民生活感覺也比越西好多了。據說，甘洛縣之所以富裕的原因是各式礦產豐富，也因此吸引很多外縣市的勞工，甘冒生命危險到甘洛挖礦賺錢。

　　在醫院已經住了兩個月的依布，臉色有些蒼白的倚靠在床上，看到我，他露出微笑，趕緊坐了起來，我問他感覺如何？他直說傷口已經癒合，好想回家，我坐在他的床沿，先是閒話家常一番，接著很快聊起了這場災難的始末。

　　他說為了多賺點錢，他和二弟才會來到甘洛鉛礦揹礦，一百斤一元錢，二月四日中午上工，第一天因為不習慣只揹了二千斤，第二天早上揹了三千斤。依布說，礦場的作業通常是晚上炸礦，白天挖礦，那天下午，大石坍塌時來得太意外了，他根本來不及有任何反應，幸好他站在邊緣區挖礦，大小石翻滾下來時，並沒有首當其衝，這才得以死裡逃生，但仍躲不過被大石擊中的命運，一顆大石把他打得當場跪倒，另外，身上也被碎石多處擊傷。

　　據悉，甘洛鉛礦已成立二十幾年，發生過多次礦災，這次礦災算相當嚴重的，死傷人數眾說紛紜，根據報載，當場死亡一人，兩人送醫搶救無效，三人重傷住院，三個輕傷無大礙。

吉布是三名重傷者之一，他前前後後動了幾次手術，在醫院住了兩個月。

由於這場礦災規模不小，越西縣府代表三名死者出面協商，死者每人各領補償金十七萬八千元，對於傷者部分，則交由家屬自行與礦廠協商，而這也成了吉布家族找上我的原因。礦廠代表似乎吃定了痲瘋村民好欺負，罔顧依布不僅一年後還得回醫院手術取回盆骨內作為固定的鋼板，同時未來一年內不可手提重物或做任何粗重農活，態度強硬地只願賠償六千元，否則請吉布依布直接告上法庭。

去甘洛前，坦白說我內心也有些掙扎，到底要不要涉入這次賠償談判，尤其氣吉布依布在他爸爸的壓迫下不能升學的遺憾，但想到吉布依布才幾個月大的兒子，我又硬不下心腸，去甘洛前，我特別抽空去看看吉布依布的兒子。

吉布依布的新家就在他父母家的隔壁，一樣的黃泥巴屋，一樣堆滿了零亂的衣物和農作物，這間黝暗的房子承載著吉布依布的希望和未來。那天吉布依布的父母都在醫院，他的老婆在田裡幹活，小孩則交給了妹妹伊哈帶著，伊哈十六歲了，還是一個發育不良的女孩子。她用細細的胳膊，抱著依布的小孩，顯得有點吃力的模樣，我仔細瞧瞧依布的兒子，瘦小的身軀，眼睛瞪得大大的，模樣神似吉布依布的爸爸，我握著他的小手，他也用力拉著我，那股小小拉扯的力量，在我內心淌過一股暖流，也增添了一份柔軟。

我想孩子也是吉布依布急著想賺錢的緣故。我問他：
「上工兩天賺了多少錢？」「五十元。」

　　後來我才知道，吉布依布一毛錢也沒拿到，他的工錢還寫
在他的工資卡上。

　　我跟依布聊天的當中，來了兩位協調員，都是彝族人，
據說他們都是依布家人請來的談判代表，在大家七嘴八舌的討
論中，我約略明白等一下礦方的代表會來，我的作用就是告訴
他們，吉布依布的「乾媽」從台灣來了，至於我什麼時候變成
吉布依布的「乾媽」？我望著吉布依布，他臉上露出靦腆的笑
容。

　　等著等著礦方代表真的來了，姓「皮」，他看起來不太
友善，一副想找人吵架的模樣，談判初期，皮老闆堅持只付
六千元，多了免談，而吉布依布家的談判代表則要求補償金十
萬元，價錢差天差地，眼看幾個男人吵到面紅耳赤，好幾次都
談不下去，整個談判從早談到晚，我等得快要抓狂，好幾次直
想殺入戰局。可能是看出我的意圖，吉布家一位談判代表來找
我，我正高興自己的潑辣終於可以派上用場，不料他把我拉到
一旁，拜託我千萬不要開口，不要捲入戰局。他說我的角色就
是扮演一個「神秘的有力人士」，為此，我只好意態闌珊退居
一旁。

　　吵到了四點鐘，據說談出了點「曙光」，賠償金已經談
到了三萬元左右。眼看天黑了不好趕山路，我決定先行離開醫

院，丟下那群人繼續談下去，

　　趕回學校已經九點鐘，睡覺前我接到了電話，「三萬元搞定，雙方簽下和解書」。

　　吉布依布第三天返家休養，他在弟妹陪同下，抱著一隻瘦骨嶙峋的老母雞來學校感謝我，我揶揄地跟吉布依布說：「原來這是乾媽的代價」。

　　後來我才知道三萬元的賠償金，大家各有代價，兩位協調員各分得一千元，依布的舅舅和村長也分到了一千元。依布告訴我，剩下的錢除了留作自己休養生息的營養費及第二次手術費外，他要全數存下來作為寶貝兒子的教育基金。他說：「我要我的兒子讀書，只要他讀得起，我做牛做馬也要供他讀。」

解放「小台灣」

　　我第一次到大營盤的時候，就特別注意到了一群年輕人，他們習慣性地把頭縮在衣領裡抽著菸，年紀雖然不大，但明顯過了就學年齡，有些人還會幹著農活，有些人明顯無所事事，每天都在村裡閒來逛去曬太陽。

　　逐漸在大營盤落腳後，我和這批年輕人見面機會多了，但可能普通話不夠好吧，他們只會問我「張阿姨身體好吧」，不會主動來找我聊天。

　　有一次一位年輕人向我提起，「張阿姨，我們能不能來學校念書？」我認為這是個good idea，該給這些年輕人一個「上進」的機會，遂嘗試辦了一陣子的夜間掃盲班。偶爾，我也會到課堂上跟他們聊聊天，儘管常常是「雞同鴨講」，不過看到他們農忙過後，飯還來不及吃，就來學校上課，也勉強學會寫自己的名字和學講一些普通話，我覺得這群年輕人其實還滿可愛的。藉著成人班，我終於喊得出他們的名字，建立了小小溝通的管道，也從他們口中聽聞了早年麻風村發生過的瘋狂事。

過去，高橋麻風村雖然是個行政幽靈村，卻是個治安死角，村民以無知、剽悍、野蠻聞名，打架、偷竊、販毒及搶火車都赫赫有名，麻風村為此被形容為「小台灣」，因為那是一塊神祕禁地，住了一群化外之民，無人可管，也無法可管。

　　翻開高橋麻風村的犯罪檔案，赫赫有名的是「鐵道游擊隊」和「掃蕩金三角」，這兩件事至今還在麻風村流傳著，越西公安局甚至把這兩次大規模的執法行動比喻為「解放小台灣」。

　　就說鐵道游擊隊的故事吧，那是發生在改革開放後不久，麻風村的年輕人因為好奇而嘗試走出禁忌之地，但沒有文化，沒有身分，他們出外打工的方式就是偷竊，從當扒手到夜盜民宅，到處流浪、到處遊走，其中混得最有名的就是阿爾鐵古和阿布爾子，其中阿爾鐵古是個病人，不到三十歲就死了，阿布爾子如今是六個孩子的父親。

　　有一天跟阿布爾子聊天，談起從前，這位以搶火車聞名的硬漢，竟也靦腆了起來，他說，「本來我只想出外打點小工，於是花錢跟別人租身分，但無一技之長，不久就下海當起了扒手，遊走了好幾個省份，見識廣了，膽子也大了，乾脆幹起搶貨車賣成衣的生意，由於有通路，加上市場有需要，往往一轉手，淨賺個三、四千不成問題」。

　　當時謠傳著兩人天天住賓館，花錢如流水，新民街上的人喊他們「老闆」，兩人偶爾返家時，更是走路有風，口袋裝著

大營盤青壯年，多數爲文盲，有身分證後，也只能到處流浪打工。

麻風村曾有剽悍的過去，是地方治安頭痛的死角。

滿滿的錢，又是買糖果給小孩吃，又是打酒給老人喝，搖身一變，成了村民口中劫富濟貧的「英雄」。久而久之，後面自然跟隨一群「有爲者亦若是」的年輕人，儼然成爲「火車幫」的老大。

當時搶火車似乎變成一種流行，只要搶得成，頓時可以致富，儘管鐵路當局祭出重罰，只要看到搶火車現行犯，格殺勿論，然而如此重罰，仍然無法抑止搶劫的歪風。阿布爾子和阿爾鐵古兩人儘管躲過了槍林彈雨，但躲不過自己的貪念，終於越搶越大，犯下了一件轟動涼山的大案。

那是一九九一年三月的時候，一輛從成都出發的列車，抵達西昌時，整節貨車的貨品全部不見了，由於遭搶劫的是學生的制服，這下西昌鐵路局顏面盡失，發誓此案非破不可，遂正式向「涼山鐵道游擊隊」宣戰。

本來阿爾鐵古和阿布爾子是名氣響亮的火車大盜，越西公安局早已全面盯上，但苦無證據，只能耐心等候，偏偏此時同夥在新民市場銷貨時被公安逮捕，兩人的犯行因而曝光。阿爾鐵古和阿布爾子知道同夥被捕的消息後，立即潛逃到成都，躲躲藏藏一年後，潛回越西，本想再轟轟烈烈幹上一票再逃，不料他們的行動已被公安盯上。在緝捕的過程中，阿爾鐵古逃了，阿布爾子與幾名公安纏鬥，被一記悶棍打昏之後遭逮，送到西昌鐵路局，由於沒有招出共犯，被嚴刑拷打一番，最後被判勞改九年，發配到普格縣喬窩監獄服刑。

阿爾鐵古雖然躲過牢獄之災，卻難逃死神的魔掌，他繼續搶火車，一直在犯罪邊緣鋌而走險。有一天，他為了躲公安，失足掉落在鐵軌上遭火車輾斃，據說，他的兄弟接獲公安通知前往認屍時，看到鐵古殘缺的屍塊，嚇到雙腿發軟，話都講不出來。他的屍體被裝在麻袋裡送回家時，按彝族的規矩，橫死者不能入屋內，屍體只能放在屋外，沒有人有勇氣打開麻袋整理鐵古的遺體，最後，只好做個假頭纏上頭巾，再用白布直接裹在麻袋上面，誦完經文後，抬到山上火葬。

　　阿爾鐵古和阿布爾子，兩個風光一時的「搶火車大盜」，一個死狀悽慘，一個發配勞改，兩人的下場，都讓村民不勝感慨，也讓年輕人當頭棒喝。最後「火車幫」瓦解了，也不再聽說有人去搶火車了。

　　至於吸毒的部分，早在第一次踏進大營盤的時候，我就聽說了，據說，村民因吸毒進出勒戒所的有不少人，其中最出名的毒梟叫做「阿里巴巴」，他在越西算是個狠角色，活躍了幾年後突然銷聲匿跡，有人說他失風被捕，被公安打瘋了，不知流浪何處。只有鐵基信誓旦旦地說，阿里巴巴死了，「他和一位朋友到眉山偷竊時，當場被群眾揪住活活打死了。」

　　鐵基是個三十四歲的年輕人，之前聽說他是個毒蟲又酗酒，鮮少跟他來往，學校正在興建住宿樓時，他曾來工地打工，與兩位外地工人結下樑子，有一次他拿刀進入校園追殺工人，雙方爆發肢體衝突，我親眼看到他們扭打成一團，最後鐵

基被抬到半空中狠狠摔下，鐵基掉落後半晌都沒有回應，過了好久才從地上爬了起來，全身狼狽不堪。那天晚上，鐵基帶著一身酒味和一身的傷來到學校擦藥，這是第一次他主動跟我聊天，其中有一句話深深觸動了我：「我是個孤兒，從小沒有人教過我『是非對錯』」。

在大營盤，村民吸毒的傳言沸沸揚揚，可是沒有人敢承認自己吸毒，倒是鐵基不避諱，人人都知道他曾是大毒梟阿里巴巴的好朋友。

鐵基第一次吸毒是在二十出頭時，是阿里巴巴請的客，據說他們買賣的海洛因是泰北金三角的貨，第一次吸食時他覺得想吐，幾次後他喜歡上這種吐的感覺，不知不覺也就上癮了。癮頭大的時候，一天要吃兩克左右（一克一百五十至三百元不等），不過，他平均一天賣毒三克，千把人民幣輕鬆入袋。他說：「阿里巴巴賺得才多呢，一天晚上可以淨賺一萬五。」

吃吃喝喝過了幾年荒唐的吸毒歲月，一九八九年鐵基栽跟頭了，他在乃托販毒時被五名公安逮個正著，關了五天，轉押越西勒戒所，他自己形容像「豬」一樣被關了一個月又三天，不僅三不五時會挨打，飯菜超難吃，最痛苦的是毒癮發作時，眼淚鼻涕齊下，只好狠狠地自己咬自己，該年五月二十五日出獄後，毒癮雖然戒了，可是他也差點魂斷拘留所。

一九八九年，他又在新民被逮，再度被關了七天。兩次被關的恐怖記憶，讓鐵基痛定思痛，加上阿里巴巴在外地被打死

的消息重挫了他，他竟然頓悟了。好幾個村民都因為施打毒品死了。回首前塵，毒讓他失去了土地，失去了房子，失去最好的朋友，更失去最寶貴的人身自由，他終於痛下決心戒毒，為了不再吸毒他改起了喝酒，他說，「以前吃毒一天要吃掉幾百塊，現在一天喝二兩酒才四角，日子也是一樣過。」

像許多麻風村一樣，大營盤儘管販毒的多，吸毒的也不少，不過打著「麻風」的金鐘罩，一向太平無事。直到一九九九年，一個下大雨的凌晨，整座山頭猛然出現將近百名公安，穿著雨衣，荷槍實彈，挨家挨戶的搜索，家中十八歲以上的男人無一倖免。有人聞風逃走，有人則迷迷糊糊被抓，一個早上下來，光一到四組，一共逮到四十幾個年輕人，再用繩子串成一串，趕到山下，趕進警車，逮進拘留所。那次大規模的搜索行動，村民形容「該抓的都逃了，不該抓的全都被抓進去了」。大約扣留了一個月，公安准予保釋，然而保釋金至少要一千五人民幣，很多村民因此向高利貸借錢，至今仍然債台高築。

搜山事件過後，毒梟的行動稍稍收斂，然而直到今天，村內年輕人仍有人在吸毒，入夜時也有神秘的摩托車前來穿梭交易，有一天，我還在學校碰見兩名公安前來關切村內的不法行動。不知何時毒品才能真的遠離我們村內的年輕人。

與麻風鬼對話

　　基本上我是個不怎麼迷信的人，對鬼神說雖有興趣，但不求甚解也少有研究，總覺得人鬼殊途，各過各的，最好老死不相往來。

　　千禧年過後，我在偶然的因緣際會下，開始從事涼山麻風村希望工程的工作，這個工作讓我中年以後的人生充滿了各種驚奇與挑戰，並讓我這位都市嬌嬌女被迫遠離塵囂，勇闖荒山僻野，深入人煙罕至的麻風村，演繹出另類的鄉野傳奇。

　　尤其是二○○三年，我在涼山的家，從城關的賓館搬進了高橋麻風村。

　　好友們起初聽到我住在麻風村，覺得不可置信，我自己也覺得不可思議，因為從小到大嬌生慣養，吃喝不愁，竟然會年過中年落入麻風村安家。

　　住在麻風村習慣嗎？跟第一次踏入村內一片殘破的景象相較，我覺得新建的學校宿舍乾乾淨淨，可媲美「六星級賓館」，然而畢竟座落在荒山野地，生活上還是不太方便，沒水沒電是常事，夏天曬死人，冬天又冷死人，入夜還有奇怪的昆

彝族事事問鬼神，講迷信已成日常生活的一部分。

蟲為伍，加上採買不易，總覺得度日如年。只是日子久了，似
乎也能找到一種自我安頓的方式，即使停電的夜晚，我會手腳
俐落地點上蠟燭，享受那微弱的光芒。唯一無力招架的就是
停水的問題，只要停水三天，不僅學校生活亂成一團，廚房停
擺，學生們不用刷牙洗臉，最可怕的是我一定抓狂。

　　除此之外，住在麻風村並沒有想像中的可怕。

在涼山，我闖盪過大大小小近十個麻風村，就地理位置而言，大營盤村不算太與世隔絕，因為它距一般農村只有一公里左右，由於村落通往外界的僅有一條崎嶇難行的小路，平常鮮有訪客，加上疾病特有的陰暗色彩，一般人更是怯而止步。據悉，從解放建村後，我應該是踏入大營盤村第一位外來的訪客吧。

不知為什麼，第一次進入大營盤後，這個全涼山最大的麻風村似乎對我有一種特殊的吸引力，我的腦海中常縈繞著大營盤，它像一塊苦難大地，雄偉的山，遼闊的地，出脫一份原始的美麗，美麗中又帶著詭異的宿命。麻風村內，病人的淒苦，生活的落後，會讓人心情一下子陷到谷底，而在谷底中，村子裡的小孩，一個個冒出的生命，卻又讓人在絕望中攀抓到一絲希望。

為此，從台北飛往大營盤，我的心情往往無所適從，一下子有殷切的期盼，一下子又莫名的失落，但就是那種莫名其妙的召喚，把我自己推向一個神祕的時空，我知道一旦進入麻風村，我將與主流社會脫軌，會搖身一變成為邊陲世界的一介幽靈。

在大營盤飄來蕩去，成天圍繞著學生，倒也不覺得無聊，不過一到了晚上，學校的燈光是唯一的光點，每當學生就寢後，校園頓時變得安靜可怕，四周黑黝黝的有說不出的沉重，鬼魅之說常不自覺浮上了心頭。

校園有鬼嗎？總有幾個學生繪聲繪影傳說著，我因為「沒看見」，會斥責學生的說法。不過，我不敢一個人睡覺，過午夜十二點，連房門都不出，更為了阻止自己的胡思亂想，睡前一定要吃一顆「柔眠」，一覺睡到太陽曬屁股。

校園有鬼嗎？學生的道聽塗說聽過就算了，但是秘書小歐的話，我卻認真地聽了進去。小歐跟普通人不太一樣，由於她的特殊經歷，我相信她有某種特殊的感應力，去年我們來去大營盤幾趟，每次一住至少兩三個星期，有一天她含蓄的告訴我，她看到某些東西，「到底什麼東西？」「在那裡？」小歐始終欲言又止，不做進一步的說明，僅說怕嚇到我，這種「人鬼交鋒」的經驗，小歐前後遭遇了兩次，有一次我好奇的問小歐：「你會講彝話嗎？」「你怎麼跟他們溝通？」小歐笑笑地說：「這種不需要講話的」，不講話怎麼溝通？總之，我天生駑鈍，實在想不出那種心有靈犀的境界。

從舉辦過第一屆畢業典禮過後，學校好像被詛咒似的，一點雞毛蒜皮的小事，都可以無限上綱變成一件大事，而且人際關係也開始變得紊亂複雜，職工來來去去，整個校園儘管維持表面的正常，暗地裡卻流竄著一股山雨欲來的亂流，我和小歐不管在台灣或在越西，都會被捲入是非而疲於奔命，小歐的精神越來越差，身體亮起了紅燈，我則脾氣越來越壞，變成一個惡婆娘。

第四屆志工營過後，小歐病倒了，返台後，她打電話來辭

職，理由是「沒有力氣」，怪的是小歐的苦我完全理解，尤其在協會工作了一年半，小歐對大營盤的用心我全都看見了，我相信一定是萬不得已，否則不會中途停下腳步。小歐離職後，我的元氣大傷，一向天不怕地不怕的個性變得軟弱猶疑，而過去用力過猛的力量似乎也一下子反彈了回來，有將近一個月的時間，我的心累到拒絕與外界接觸。

三五好友見我如此，紛紛勸慰，其中這幾年來退隱山林、挑戰神鬼的施寄青老師更是積極遊說，要我到山上修身養性，她並介紹我認識了一位通靈者，幫我消災解厄，通靈者有神祕的法眼，她看到了我看不到的「東西」，然後含蓄地告訴我：「你的身後跟了很多涼山來的，不過他們並無惡意」。不管有無惡意，我已元氣大傷。施老師又提醒我，所謂麻風村都是在偏遠山林，原本就有瘴癘之氣，加上住的又都是人家避之唯恐不及的麻風病人，一片不被祝福的土地，一群被疾病詛咒的人們，她建議我乾脆按當地的習俗，辦個宗教儀式，補拜個碼頭以後好做事。林林總總的事件終於讓我下定決心跟麻風村的神鬼對話。

就這樣，我這個平時不逛廟宇、不時興燒香拜拜的人，決定〇六年的那個中秋節，在大營盤「講迷信」，遵循彝族的規矩，請來功力高深的畢摩和蘇尼，不管是討好祖靈或是驅走惡鬼，入鄉隨俗一下，也趁機了解一下諾蘇世界的宗教儀式，讓我更貼近村民的信仰。

第一次在大營盤講迷信，可是村裡的大事，村長發動村民來幫忙，有人上山砍作法要用的樹枝，有人去買一隻山羊和綿羊，村長則負責找畢摩和蘇尼，並準備法器等等。

畢摩和蘇尼在彝族的宗教信仰中，都是屬於擁有執行力的宗教中介者。畢摩地位崇高，因為他們有閱讀和抄寫經文的能力，在儀式進行上被賦予正統的地位，在社會上享有特殊的地位和聲望，我聽到村民都喊畢摩為「皇上」；而所謂的蘇尼，一般人叫「和尚」。通常他們不一定要有文化，做儀式時也不用念經，有人用「醫好的瘋子」來形容蘇尼，因為他們多半曾生過病，或被附過身，因此能夠擔任人鬼之間的溝通者，舉辦招魂儀式時，畢摩通常用神鈴而蘇尼用的是鼓，但不管搖鈴或打鼓，畢摩能夠驅鬼卻看不見鬼，但蘇尼不僅看得到，而且會趕會抓。

十月六日這一天，跟前幾天陰雨綿綿相比，意外是個好天，十點鐘不到，村長陪著幾名穿戴彝族服飾的法師大搖大擺進來了，趁著村民忙著準備工作時，我跟一位畢摩、兩位蘇尼簡單的寒暄一下。

那位名叫曲木熱布的畢摩，四十二歲，出身貴族的黑彝家族，家族中已有六、七代做過畢摩，像他這種世襲的畢摩，地位最高。他話不多，眼神閃著銳利，感覺對自己充滿自信，我好奇的想看他念些什麼經文，他說，包羅萬象都背在腦袋裡了。我也注意到他帶來的法器不是神鈴，而是一把古老的扇子

學校請來的巫師，舞動著法器，正在與鬼神溝通。

驅鬼迎神，殺雞宰羊，祭拜鬼神也祭拜人類的五臟廟。

和一頂斗笠，他稱之爲「神扇」「神帽」，他同時要求一隻綿羊作爲牲禮。

另外兩位蘇尼，老的那位，一句漢話也不會說，七十歲的他看起來滿臉滄桑，一身行頭像丐幫幫主，據說他抓鬼抓了三十四年，抓過多少鬼，自己都數不清了。村長指出他此行的目標除了把鬼趕出校園外，另外就是要來安我的魂，因爲他認爲我到處奔波，靈魂也到處亂跑，爲此他需要把「我的魂」叫回來緊跟著「我的人」，這樣我才會身心健康，活得久遠。老蘇尼需要的是一隻黑山羊和一隻母雞。

年輕的蘇尼，叫吉克拉石，三十三歲的他，好像宿醉未醒，兩眼充滿了血絲，聽說，他晚上不睡覺的，他趕鬼的方式很特別，念過一種特殊的經文後，他的舌頭就能舔燒燙的鐵板，據說，他用這種特異功能趕鬼已經十五年了。我請他伸出舌頭讓我先檢查一下，他大方地秀出舌頭，好像沒啥特別的。他的法事需要一隻公雞作爲祭品。

大大小小的道具準備妥當後，三位法師各就各位，超渡「祖靈」交給畢摩，驅撵「鬼魅」交給蘇尼。在生起火來把燃燒過的石頭丟出去後，整個儀式正式掀開了序幕，可憐的小山羊被抓起來繞行三圈後，遭割喉致死。另外畢摩那邊，也擺出用樹枝插出來的龍門陣，他還做了一個稻草人，將稻草人騎在綿羊上，用酒餵綿羊，用樹枝打牠的頭三下，再用酒澆淋綿羊過後，綿羊就準備受死了。只見村民一人搗住綿羊的嘴巴，一

人用力掐緊牠的脖子，據說，整個過程不能見血，也不能讓綿羊出聲。綿羊順利升天後，稻草人，也就是我的替身啦，就會跟著升天。

綿羊死後，畢摩也要唸些經文，所有步驟完成後，綿羊被拖到一旁當眾剝皮，原本我想像剝皮血淋淋的畫面，應該慘不忍睹，沒想到村民的刀法俐落，從關節處劃開，純熟的將綿羊皮剝下，一滴血都沒有。綿羊皮按慣例上貢給了「皇上」，剩下的殘骸，則被當眾開腸剖肚，待會兒準備烹煮，入祭村民的五臟廟。

此時，盤據在樓梯口的蘇尼一邊念經一邊打鼓，村長幫忙把母雞綁上念了咒語的樹枝，他並準備了一個木頭做的小罈罐，小罈罐裡頭放了些白米，擺進一塊縫上針線的白布，線的那端綁到那隻被割喉致死的黑山羊身上。然後蘇尼開始作法了，據說我的魂，或許正在外面流浪，會被蘇尼召喚，然後從山羊的那條線上回來，進入小罈罐。

蘇尼作法的時候，不像畢摩般正襟危坐，待阿薩（通常是死去的親人）附身後，他的全身會抖動，很像台灣的乩童起乩，隨著儀式的進行，他的動作越來越大，鼓聲越敲越激烈，嘴裡也跟著冒出一些聽不懂的彝話，四周觀看的學生和村民就會跟著「嗚啦」「伊姑拉」亂喊一通，其中最高潮的是，老蘇尼跳到一半，把帽子一脫，一頭長辮子一瀉而下，辮子懸空三百六十度旋轉，煞是好看，他這個辮子是前額的胎毛

蓄長的，聽說從出生一直到現在都沒有剪過，是彝族傳統的髮式──「天菩薩」。

老蘇尼的「天菩薩」教我嘆為觀止，因為他的灰白髮辮有如蜘蛛網般結成了球狀物，我不知道他老人家幾年沒有洗過頭了，坦白說，我內心閃過一絲衝動，很想拿把剪刀「喀嚓」一聲剪掉它。

跳辮子舞是老蘇尼抓鬼的前奏曲，接著他會跳到「有鬼」的地方繼續喊叫，學生們則呼嘯尾隨在後，很像在玩大風吹，東吹吹，西吹吹，他最後停在鬼出沒的地方手舞足蹈，村民也趕緊到那個地方施放鞭炮，劈哩啪啦把鬼嚇出校園。

老蘇尼完成抓鬼的任務後，輪到用舌頭舔鐵板趕鬼的戲碼上演了。我和學生們先蹲在地上圍成個圈，那位年輕的蘇尼開始念起咒語，他一手拿著鐵板，已經燒了兩個鐘頭的鐵板此刻發出了透明的紅光，他先喝了一口辣辣的白酒，接著伸出舌頭猛快地舔了鐵板，又趕緊吞了一口白酒，然後用力往我們身上噴灑，幾位學生在無預警的情況下慘遭燒酒燙傷，我因為躲得快，所以只被飛來的口水滴濺了幾下，小蘇尼圍著我繞行了三圈，重複舔舔吐吐後，把鐵板往前面的水灘一丟，「噗滋」一聲，陣陣白煙冒出，完成這個動作後，就表示鬼被撞走了。

我在驚魂未定中跑去找那位小蘇尼，我再度要求他把舌頭伸出來，讓我仔細查驗一番，除了顏色變白，舌頭的周邊出現幾個小紅點，似乎有點表皮燙傷外，一切算是正常。

從十一點到兩點，整整三個小時的時間，經也誦了，羊宰了，鬼也趕了，儀式的終了就是大家把祭祀的牲禮吃了，好好打個牙祭，不過這一頓，我可不想吃坨坨肉，我想給村民另一個驚奇，請大家吃火鍋。

　　在越西，我幾乎都在學校跟學生一起吃飯，偶爾才會到城關上館子。最近，我愛上了「秦媽口袋雞火鍋」，不管跟學校教職員聚餐，或是和住校生聚餐，我都會指名「口袋雞」。所以這次學校搞敬神祭鬼的活動，我就有請村民吃火鍋的衝動；請村民上館子吃飯，怕被餐館拒絕，我決定從餐廳訂購十鍋料理，帶回學校自己「辦桌」，並請村民代表出席，當天一共出席九十人，原則上一桌十人，每桌自行負責生火，自帶鍋碗瓢盆，學校負責提供火鍋、青菜和白飯。

　　由於多數村民都是第一次吃火鍋，因此都覺得新鮮好奇。當學生把火鍋菜一一端出時，我看到村民無不瞪大了眼睛，猛吞了口水，這些豐富的菜色完全超乎了他們的想像。看到大家圍聚在火堆旁，手忙腳亂的煮著各種食材，燒得正旺的柴火把大家的臉映得紅通通，口袋雞特有的湯頭飄香四溢，一位村民還說：「做夢都沒有想到會吃到這麼好吃的東西」。看到村民滿足的神情，聽到村民由衷的感謝，我固然開心，但心裡也倒流著心酸。村民吃完，五十幾個住校生也開了兩個超級大鍋，大家吃到汗流浹背，猶如大胃王競賽，所有飯菜一掃而空，竟然有學生告訴我：「張阿姨，這是學校開飯以來，我吃

最飽的一次。」

　　二○○六年十月六日那個晚上，帶著超飽的肚子，我回到房裡，桌子上多了一個靈魂罐，還有一束綁著山羊膽的稻草，在昏暗的燈光下，氣氛有點恐怖，我趕緊吞下一顆柔眠，管他有鬼沒鬼，今晚先讓我睡個好眠，一切明天再說啦。

【附加說明】

　　鬼靈崇拜在彝族民間是一種普遍的宗教現象，彝人凡遇家事不順、收穫欠豐、疾病纏身、出行不利、口舌不解、冤家械鬥等情況，都要請畢摩舉行驅鬼咒鬼儀式或請蘇尼跳神逐鬼，在涼山彝族畢摩經籍中所記載的鬼名和鬼類達二百餘種，而且每種鬼都有其特徵及愛好，麻風鬼統稱為「初」鬼。在彝人的觀念裡，凡遇有雷擊必有不祥之事發生，尤其是雷電通過樹木等會給人們帶來麻風等傳染病，一定要請畢摩作法，一般功力不高的畢摩，不敢舉辦驅逐或預防「初」鬼的儀式。

　　在鬼板中的麻風鬼家族，都明顯的少一個器官（例如鼻子、耳朵、手、腳等），「初」鬼往往在雲雨雷電中以蛙、蛇、魚、水獺、猴、蜂等動物形象出現。畢摩祭司作法除加強

註一：疫病和死亡是人類面臨最大的疾苦，在彝族的觀念中，人們遭遇不幸，皆為鬼怪所為，即所謂「百病源於鬼祟」，畢摩的宗教活動中，便產生了分門別類的咒鬼儀式，反映在經籍文獻中即形成了大量的咒鬼祈祝詩篇，反映在儀式道具上便是形形色色的巫術咒符。

祝咒時的形象性，提高祝咒語言的魔力外，最常輔以神圖作為利器，咒「初」鬼時，神圖上的護法神就是彝族家喻戶曉的射日英雄——支格阿魯，相傳他是龍鷹之子，有降魔伏妖的本事。除了咒「初」鬼外，彝家也常請畢摩將支格阿魯的神圖畫在紙卷或木牌上，每逢過年時掛上以防「初」鬼。因為過年時，家家殺豬宰羊，「初」鬼會聞香前來，故掛上「降初圖」，麻風鬼就不敢來了。

迄今為止，涼山彝族民間依然相傳著形形色色的巫祭活動。可以說，每當彝人面對著生存困惑，或當他們的願望與現實不一時，他們自然而然會選擇儀式的協助，讓儀式帶著他們趨吉避凶、實現夢想，並藉著儀式，與主宰命運的神鬼進行溝通，進而達到人－神－鬼之間的和睦平安及與大自然之間的協調與統一，如此便能度過一次又一次的生存危機。

寫信給溫家寶

　　很多人一聽到我寫信給溫家寶，都「噗滋」一聲笑了出來，他們猜不透我幹嘛要寫信給他，堂堂一個中共的大總理，日理萬機，那有時間理會我們這種芝麻小人物。不過，我真的認真地寫了一封信給溫家寶。

　　溫家寶跟我素昧平生，對他簡略的印象始於這個人出身農村，對偏遠地區的教育十分關心，是個頗受好評的中共領導人。

　　至於我的名字為啥會跟溫家寶扯在一起，那是無意中的巧合。

　　二○○五年我得到Keep Walking圓夢計劃金時，《時報周刊》曾訪問我，問起我在涼山從事痲瘋村希望工程的甘苦，想起地方官員的袖手旁觀，我內心萬般感慨，不禁脫口說出：「好想跟溫家寶告狀喔」，當下我真的把溫家寶想像成力抗貪官污吏唯一的尚方寶劍。不料《時報周刊》竟把「向溫家寶告狀」做成標題，一度引來側目。本想雜誌寫寫就算了，沒想到中學計畫橫生重挫，陷入求助無門時，「向溫家寶告狀」像鬼

使神差般再度成爲我黑暗中的唯一光芒。

寫信給溫家寶的背後，有太多的心酸與無奈。

隻身在涼山麻風村工作，那種孤軍奮鬥，只能用「如人飲水冷暖自知」來形容，加上那些地方官員，目光如豆，既現實又勢利，算準了我背後既無「財團」也無「有力人士」，因此對於我的要求總是充耳不聞，反正要水沒水，要電沒電，要路沒路，他們都在拭目以待「什麼都要不到」的我，何時撤離大涼山。

我心知肚明官員們的想法，但爲了大營盤的孩子們，我總是咬緊牙關堅持以對。

起初，我的小心願是在麻風村建設一所正規的鄉村小學就好；等到小學生陸續畢業，目睹他們上中學的艱苦奮戰，我竟然又萌生續建中學的念頭。

我認爲既然中國政府在偏遠地區雷厲風行推行普九政策，我當然也希望所有涼山麻風村的孩子能享有九年的義務教育，但在根深柢固的社會歧視下，如何創造孩子們一個不受歧視、又能安心就學的環境呢？與其讓孩子們在夾縫中生存，我想依循大營盤公辦民助的方式續辦一個中學應是可行的方法，面向全涼山麻風村小學畢業生招生的「希望之翼中學」的雛形於焉誕生。

關於「希望之翼中學」的地點，有人建議直接蓋在大營盤，將大營盤建設成完全中學就好了，但是我考慮再三，還是

爲了中學興建計畫，跑了四趟普格縣，到最後仍是一場空。

希望走出麻風村，因爲大營盤雖已再徵地二十畝，但交通不便，水電路不通，在當時實在不具備建設發展成完全中學的條件，因此，若能在社會上找地，加強宣導教育，或許更能加速推動麻風村孩子與正常社會接軌。

　　有了如是想法，我就積極在社會上找地，有一次，我在對外友好協會駱阿瑛會長的辦公室巧遇普格縣長吉伍木牛，之前曾聽聞他十分重視教育，我於是大膽向他提出「希望之翼中學」的想法，本想彝族對麻風病人的成見應該讓他有所遲疑，沒想到剛從美國考察回來，才喝過洋墨水的他，果然關懷弱勢，目光遠大，立刻爽快答應。我們隨即口頭相約，幾天後，

我坐上木牛縣長的座車前往普格麻風村考察。

我到了普格縣之後，木牛縣長盛情招待，衛生局官員、教育局官員奉命作陪，木牛縣長並於當晚允諾將已經廢棄兩年，轉作教育服務中心設備加工廠的普格縣縣立第一中學校地無償釋出，作爲「希望之翼中學」的預定地。

做夢都沒想到，校外徵地竟然如此順利，這可是我在涼山幾年來最美好的一件事，對於這個短小精幹、熱情又善良的縣長，我內心充滿了感激。

返台後，我趕緊擬定好中學企畫案，將說帖分送給國內幾個知名基金會請求援助，不過效果不彰，企業界對於麻風村議題似乎不感興趣，坐困愁城之際，一位美國矽谷科技公司的副總裁趙修平夫婦率先伸出了援手，他們成立的家庭基金會援助了第一筆建校經費，接著國內的宏達電慈善基金會、英仕基金會、朝邦生活教育基金會也慨然捐贈，在兩岸經營房地產的常董也加入建校行列，辛姐和施寄青老師更幫我找了幾位企業界名媛溫情挹注，奔走十個月後，終於在大家共襄盛舉下，湊足了第一階段的建設經費四百萬台幣，而在此期間，我前後趕往普格四次，與教育局商討溝通，緊鑼密鼓作業（註一），並請台灣友人張春增建築師將學校建設藍圖規劃好，我以爲二〇〇六年十月這一次再赴普格，就可以順利發包工程，迎接二〇〇七年九月「希望之翼中學」的開學典禮。

萬萬沒想到，十月我再到普格時，竟然已人事全非，因爲

正逢縣長改制，原本熱情相挺的木牛縣長被調派到西昌擔任環保局局長，而新來的縣長，據說原是越西縣副縣長，早就聽聞我在大營盤的頑固難纏，加上又跟無利可圖的麻風希望學園有關，立刻搬出了一個「老鄉反對」的偉大理由，駁回了中學的合作案。一個眼看就要成功的計畫，就這麼硬生生喊「卡」。

為力挽狂瀾，我在普格縣守候一天一夜，拼命打電話求援，請人安排與新官上任的縣長碰面，也被回拒「沒有必要」。第二天，我當著普格縣教育局長杜敏及涼山州教育局邊副局長的面，忍不住淚流滿面，我好想大聲吶喊，「你們這些教育專家，口口聲聲說這些麻風村的孩子不該遭受歧視，那為什麼不給這些孩子們選擇較好的機會呢？先說各級學校不得以任何理由拒收麻風村的孩子，卻又抬出老鄉反對來阻撓？老鄉反對，教育老鄉難道不是政府的責任嗎？」

註一：二〇〇六年三月二十一日普格縣教育局來函：普格縣服務中心設備加工廠原為普樂片區一所初級中學，學校位於普格縣東北部，在風景秀麗的螺髻山大槽河溫泉瀑布旅遊景區，距離涼山彝族自治州府西昌五十三公里，普格縣城十七公里，西巧公路從校區穿過，交通極為便利。二〇〇二年七月，根據普格縣教育發展的需要，本著「調整布局，擴大規模，集中力量辦學」的原則，學校遷到普格縣小建成普格縣民族中學。
學校建於一九八〇年七月，佔地面積九千平方米，校舍建築面積二〇六〇平方米，外運動場面積一千二百平方米，水電設施功能齊全。
如果能興建成中學，按目前普格縣康復村小規模，從二〇〇七年每年均有三十名左右小學畢業生入學，到二〇一〇年可達到一百人左右，加上鄉縣麻風村點校畢業生，應該可以達到兩百人左右的規模，按現有場地，興建一棟十二間教室的教學綜合樓，一棟二十間八百平方米學生宿舍，五十平方米的學生浴室，五十平方米的廁所，一百平方米的學生食堂，能滿足兩百人規模的標準化教學設施需求。

學生涉水讀書，辛苦也危險。

我不知道我的眼淚有沒有在那一剎那喚起了那些官員的良心，幾個大男人有點尷尬，沉默不語，知道多說無益，我隨即擦乾眼淚走出會議室，邊走邊告訴自己：「有骨氣就不要再踏進普格縣一步」。

痛心離開普格後，我驅車前往西昌，一路上我的心情在谷底盤旋，直覺造化弄人，一年前有地沒錢，如今有錢卻沒地，眼見涼山官員態度如此，「希望之翼中學」辦得下去嗎？麻風村孩子的未來又該何去何從？又政府祭出宣示，學校即使被迫開了一扇窄門，但麻風村的孩子有能力翻山越嶺到縣上走讀嗎？如果寄宿就讀，一般家長可願意麻風村的孩子們跟他們的孩子朝夕相處？又麻風村的父母有能力負擔孩子們外出就讀的生活費嗎？諸多問題，在腦中不斷盤旋。

在西昌找到對外友協，並見了普格縣的老縣長木牛先生，他們都訝異普格縣的改變，同時也感嘆「人去茶冷」的炎涼世態，他們只好說再想想法子吧！眼看這種棘手的土地問題一時半刻也解決不了，只好先趕回大營盤再商量。

在返回越西的三個鐘頭的車程裡，我一路眉頭深鎖，腦中混亂，苦苦糾纏的仍是涼山麻風村孩子小學畢業後的後續問題。

那晚抵達學校已是九點鐘了，幾個還在晚自習的初中生看到我欲言又止，不過不敢提問，十一點我步出房門時，看到沙馬爾地還在做功課，我下樓要他就寢去，沙馬這才吞吞吐吐的

問我：「張阿姨！普格要讓我們蓋中學嗎？」我搖頭。「爲什麼？他們是不是嫌我們是麻風村的孩子？」我嘆了一口氣，一向乖巧懂事的沙馬爾地竟然哭了，我陪著沙馬走回寢室。

初中生的寢室自從搬到舊教室後，這還是我第一次這麼晚了進到這些大男生的寢室，寢室裡學生們已經睡得不省人事，熟睡的臉龐看不出有什麼煩惱，像一般男生宿舍一樣，地板有些髒亂，衣物書本隨意亂塞，床下的鞋襪也是擺得零零落落，沙馬有點不好意思，趕緊拿起掃把掃了起來，我要沙馬別掃了，明天早起再說！即使如此簡陋的寢室，對大營盤孩子來說，學校不僅是一個家，還是一個充滿希望的天堂。

第二天，雖然出了太陽，但天氣冷颼颼的，下午我在校園裡閒逛，正好碰到兩個初中生放學回來，兩人說是跨河的，所以比其他同學提前回到學校，我一向反對學生跨河抄捷徑，因爲前幾天才聽說幾個小個子的中學生跨河上學落水，結果大病一場。

關於學生跨河上學一事，在我的想像中就是涉水而過，沒有特別想像過什麼特殊的情節，但是當天我突然想要了解，這麼冷的天，學生如何跨河？

怕近距離觀察讓男生不好意思，我站在一塊可以眺望新民中學的高處平台上，幾個初中生自告奮勇再跨河一次，他們下山到河床邊，把身上的外衣褲全部脫下，只剩一條內褲，然後視河水的高度調整書包，有人把書包綁在頸部，有人把書包頂

在頭上，由於水流湍急，幾名學生還必須手拉手一起過河，冷冽的河水凍得孩子們臉上的表情僵硬，上岸後，我看他們並沒有馬上穿上衣服，而是先走一會兒路，將身體晾乾些，再把衣褲穿戴回去。

第一次目睹孩子們渡河上學，我穿著羽絨衣，從遠處眺望他們僅著內褲，背著書包的畫面，再想起這兩天涼山官員冷漠的嘴臉，我眼眶又紅了，我的心情再度抖顫了起來，爲了孩子們的中學夢，我勢必不能放棄，心中暗暗發誓，如果涼山的官員幫不了我，我就去找四川省的官員，如果四川省的官員幫不了我，我再到北京找中央級的官員。

回台前，我又在西昌滯留了兩天，先後找台辦和友協幫忙，然而所有學校一聽到要收容麻風村的孩子就學，都搖頭拒絕，大家的理由都一樣「來一個，跑一百個」，臨走前，我甚至求見了涼山州的吳靖平書記，並寫了報告，直言希望之翼雖是個小組織，但片面變更雙方既定的決議，我還是希望州政府能要求普格縣給我一個正式的說法（註二），直到上飛機前，我都還在爲中學的土地疲於奔命。

回台灣後，我繼續努力，我把中學校地遇挫的事，告訴了

註二：十二月八日普格縣教育局公文回函，提出的正式說法是，上次考察選址時，該址原本是「普樂一中」舊址，發生泥石流災害而搬遷，當時認爲可以再開發利用，欠周密的考察論證，也未進一步考慮到其危險性，當初意見商定後，我們邀請了相關專家和人員對該校舊址進行了實地考察、勘測，再加上二〇〇六年雨季的實際考驗，專家們一致認爲，此地存在極大的安全風險，不適宜重建學校。

四處求人，我曾為麻風村小孩的中學路遍嘗人情冷暖。

幾位好友，在大家分頭幫忙下，先是政商人脈豐沛的前立委蔡鈴蘭女士，幫我寫了一封推薦信給四川省兩岸交流協會，後來又找上華通律師事務所劉致偉律師，請他幫我將寫給溫家寶總理的信及我個人的履歷帶到了北京，託要人轉交。

　　坦白說，我不知道溫家寶會不會看到這封信，十二月十七日，我在台中與四川省兩岸交流協會孫樹學處長見面，他坦言道，這是一件不可能的任務，要我不要冀望涼山政府能夠釋地，他並告訴我，每天有成千上萬的人寫信給溫家寶，他沒有時間看信，就算看了信，也沒有辦法把三十畝地批給我。更重要的是，孫處長說，為了此事他側面打聽一下我這個人，發現

涼山官員對我「雙面評價」，肯定我的努力，卻不解我的目的。他們認爲麻風村的孩子小學畢業就好了，唸那麼多書幹嘛？將來只會給政府製造麻煩。

或許如此吧，溫家寶永遠不會看到這封信，也不會回信給我，希望之翼中學終究成幻夢一場，但我深諳自己鬥雞的個性，不可能輕易妥協放棄，這件事讓我徹底醒悟，以後，我應該不會再奢望涼山政府關愛的眼神，但總有另一條路可以幫助這些麻風村的孩子，走出社會底層，成爲有用之人吧。

至此，我轉而尋求與企業的建教合作，在青島建立一個培養麻風村青年學子一技之長的職訓基地，這就是「希望之翼學苑」成立的心情，另一段故事的開始。

我把困難說給涼山州委書記吳靖平聽。。

落跑的機皮先生

　　在大營盤兩百個孩子當中，或許是歷經革命感情的關係，第一屆的孩子我放的感情最多，也牽掛最深，孩子們的成長點滴，我幾乎可以如數家珍，其中機皮藥布的故事該怎麼說呢？人家說，性格決定命運，不到二十歲的他，就因為自己的個性，提前歷練人生，走了一條坎坷路。

　　在第一屆的孩子中，機皮藥布有個既聰明又機伶的腦袋，再加上個性活潑愛現，在一個小團體中，他鋒芒外露，很難不被注意。

　　另外，機皮藥布受人青睞的是，他的普通話講得很好，尤其我剛到大營盤的時候，一句彝話都不懂，孩子們也說不來漢話，我跟孩子們幾乎處於雞同鴨講的窘境，當時會講普通話的藥布就成了最佳翻譯，也自然搖身一變，成了得力助手，跑腿辦事傳話少不了他，我曾好奇地問過藥布：「普通話在那裡學的？為何講得那麼好？」那一次我才了解，原來機皮藥布不住在大營盤，他的家住在城外的丁山自然村，爺爺曾是回歸社會的麻風病人，卻因為在社會找不到安身立命的地方，所以跟一

機皮藥布是一位聰明機靈的孩子，有野心卻不夠堅持。

小撮也是無家可歸的麻風病人群居在城外邊陲的一個小山邊，
知道來龍去脈的老越西人，自然將那個地方視爲禁地，沒事不
會輕易靠近那一群人。藥布從小在這個特殊的小環境中成長，
爲了迎戰周遭歧視的眼光和漢人小孩在言語上的挑釁，他只好
拼命學講普通話，好跟漢人小孩吵架。

　　憑著聰明的腦袋，機皮藥布的成績總維持在前五名左
右，他的數學極好，連老師都不得不誇讚他在數學的天賦，有
趣的是他的普通話講得雖好，但語文程度卻不怎麼樣，尤其是
作文，簡直是毫無邏輯不知所云，爲此，總成績往往被語文拖

累。儘管如此，我還是相當器重機皮藥布，內心暗自期許有朝一日，他能出人頭地。

相處越多，我對藥布的了解也越多，例如，他衝勁十足但不夠堅強，聰明有餘但智慧不足，個性自負又有點自私，因此在學校他沒有推心置腹的好友，有一次跟第一屆的學生聊天，才知道原來機皮藥布人緣不好，原因就出在他眼中只有自己，沒有別人。

為了挫挫藥布的銳氣，小學畢業典禮時，我故意把畢業生致答辭的重要角色，給了話一向不多的吉潘木牛，我看到藥布有掩不住的失望，還找他來溝通：「你已經夠出鋒頭了，把機會分享給別的同學吧」，並一再叮嚀藥布，凡事不要被虛榮朦蔽，做人做事一定要實事求是。

上了中學後，藥布成績總維持在前幾名，對他的學習我甚少擔心，相信他對學習抱有一定的企圖心。我記得大概初一下學期，有一天在家中突然接到學校電話，告訴我機皮藥布和陳永富要輟學外出打工賺錢。我氣到快發瘋，急電找來機皮藥布說清楚講明白，當時他極力辯解已無心讀書，只想出去賺錢，他強調只要一年的時間，他會賺一萬元來報答我們的養育之恩、栽培之情。我氣到極點抓著話筒猛叫：「我不要錢，我只要你唸書」，最後更撂下狠話：「如果執意要走，以後不要再叫我張阿姨。」掛了電話，痛心孩子的不懂事，禁不住傷心掉淚。

沒幾天，學校傳來消息，陳永富走了，讓我意外驚喜的是，機皮藥布留下來了。

　　我一直不知道原本去意甚堅的藥布為何沒走？他的回答是，爺爺不准他走，否則要打斷他的腿。樂布的答案讓我頗為失望，我以為他不走是因為他重情重義，捨不得我這個一手拉拔他大的「張阿姨」呢！

　　打工風波過後，機皮藥布不再鬧大事，期間，為了讓藥布安心讀中學，我又找來他的父母溝通，主動替他解決了最棘手的娃娃親問題。往後，除了零星的風波外，藥布算是安分的唸完中學並考上了高中。

　　升學還是就業？未來何去何從？我知道初三那年，十九歲的藥布有著天人交戰的迷惘。

　　對於第一屆的學生，我真的有一些想法，由於他們普遍就學晚，不少同學中學畢業都已是近二十歲的青少年，有些甚至已經二十二歲。年紀大、家貧再加上城鄉教育的落差，我內心其實不鼓勵他們直接唸高中，我覺得從小接受外界資助的他們，初中畢業後，若想繼續升學就必須靠自己的力量，就像我常對他們說的，苦孩子有苦孩子讀書的方式，半工半讀即是其中的一種。

　　基於這種心理，我急著在大營盤第一屆中學畢業生畢業時，趕在青島建立一個半工半讀的職訓基地，我好希望這些青少年能開始學會面對社會現實的能力，白天到工廠學習一技之

長，晚上則把握時間學習學科教育，為邁向未來獨立自主而努力。

為此，當藥布面對選擇高中或是到青島半工半讀時，我把自己的想法忠實地告訴了藥布，並盼望他認真思考過後再做決定。最後，藥布許自己一個挑戰，決定到青島接受半工半讀的考驗。

七月，我們大營盤第一屆九名畢業生，揹起重重的行囊抵達了青島希望之翼學苑，一棟嶄新三層樓的職訓基地，那是孩子們往後兩年的家。

從跨出涼山，趕車到西昌，從西昌登機再轉機成都最後抵達青島，一路上藥布眼神發亮，精神昂揚，我相信第一個睡在青島的晚上，他一定帶著為將來打拼，他日風風光光衣錦還鄉的美夢入睡。果真，接下來的一個月，藥布戰鬥力特強，不管下工廠或讀書都很來勁，加上他處處力求表現的個性，他很快成為二十六名職訓學生中的風雲人物，他並自信滿滿地告訴我：「我在青島一定要成功」。

八月底一晚，吃罷晚飯，有一學生神情緊張地跑來找我：「機皮藥布受傷了」。我趕去一看，藥布坐在學校大門口的階梯前，一身狼狽，臉上還掛彩，我注意到他臉上有血污，受傷部位在鼻樑骨附近，因為用衛生紙摀著，看不到傷口的究竟，「到底發生什麼事？」其他同學在旁邊七嘴八舌，「藥布和阿說兩人打球打著就吵起來並互毆，阿說被打到牙齒流血，

回打了藥布兩拳，由於是正面重擊，藥布直挺挺倒地。」怎麼會這樣？藥布傷口的血似乎止住了，但傷口深可見骨，挺嚇人的，先放下內心的疑團，我趕緊開車帶藥布去附近的診所就醫。傷口先縫了三針，第二天又到即墨人民醫院進行腦部斷層掃描，忙到第三天後，確定後續無大礙了，我才分別找了兩人來談話。原來兩人為了打籃球早已積怨許久，從大營盤到青島，阿說看不慣藥布的自以為是，藥布也看不慣阿說的老大心態，兩人才會為了打球，不顧從小一起長大的兄弟情誼，翻臉打人。

然而，無論誰對誰錯，打人都是違反校規，兩人被記過留校察看。阿說除了記過處分，並得負責賠償藥布的醫藥費。事件發生後，阿說和藥布嘴巴都說不再追究，但情誼已經大受影響，愛說話的阿說變沉默了，藥布也收起了笑臉。

不久，鼻樑裹著紗布的藥布來找我，一向辯才無礙的他，變得支支吾吾，講著講著瞬間情緒崩潰，鼻涕眼淚直流，他哭著說想回家，他想念家裡的每一個人，我當然盡可能安慰他疏導他，畢竟才受過傷的他，內心是脆弱的，脆弱到讓他總算想起這幾年在身邊一再被他忽略的家人。

藥布家中一共有六個兄弟姐妹，他是老大，加上彝族重男輕女的關係，他簡直是家裡的霸王，全家人都得忍讓他三分。由於家遠在丁山村，他們家小孩，從小吃住都在學校，弟妹年紀小，不會照顧自己，可是我幾乎沒有看過藥布對弟妹聞問

過，他樂於過自己的生活，放任弟妹的無助，爲此，我對他頗有微詞，常提醒他身爲大哥的責任。

「關心家人是好的，但不要動不動遇到挫折就選擇逃避」，我告訴藥布，自己要勇敢堅強，想念家人時就打電話，並要他把對家人的想念變成他力爭上游的動力。

表面上我似乎安撫成功了，他沒有再提回家的事，幾天後，藥布的縫線拆了，鼻樑骨留下細細的傷痕。

九月初我回到台灣，回台後十分掛念青島二十六個職訓學生，不知怎麼搞的，內心總覺得有風雨欲來的不安，十月初一個星期天，青島學校打電話說機皮藥布有點不對勁，因爲學生間盛傳他和俄你阿比兩人要逃跑的風聲，我要學校多留意些，到了晚上，學校通知我藥布沒有回來吃晚飯，據說他當天下午請假外出，說要打電話回家，後來便斷了音訊。

等到九點，我發現問題嚴重了，打到越西，從學校、家人的口中尋找藥布的下落。整晚台灣、青島、越西三方電話來回的

藥布是家中的長子，他們全家人住在痲風自然村，離大營盤有段距離。

打，那一晚，相信很多人都失眠了。第二天一早，青島學校搜查兩人的寢室，才發現兩人房間空無一物。這一對表兄弟原來早已計劃逃跑，行李不知用何種五鬼搬運的方式運出。我簡直無法置信，學校是監獄嗎？兩人何以用這種絕情的方式離開？幾天後我趕到青島處理善後，拿到藥布留給我的一封信，信的大意是他來到青島後發現，工廠半工半讀不是他的志向，他的人生不想就此被定格，他要唸書，他的人生無論多麼艱苦都要繼續讀書，而且他將來要當老師來培育英才。

藥布的信讓我沉思許久，內心無聲的吶喊：「藥布你好傻，你的人生怎麼會從此被定格呢？不管將來當工人也好，或是一路半工半讀到拿到大學文憑，張阿姨只是希望你能體會現實，學習靠自己的力量獨立自主」。

落跑了的藥布終於在一個月後返家，據他妹妹機皮甲甲的轉述，藥布和阿比從成都回來時，兩人不僅身無分文，連回家的車費都是父母向親友借貸來的錢。藥布回來後，據說又自費重返新民中學初三唸書。

過年時，青島傳來消息說：「二月七日藥布結婚了，新娘子是巴莫阿依」。天啊！太令人震驚了，我趕緊打電話求證，千眞萬確。藥布不是信誓旦旦要唸書嗎，幹嘛結婚去了？更何況結婚對象正是當年解除娃娃親的對象，我越來越不能理解藥布的行為，儘管內心再度充滿疑慮，但一時間也只能無語問蒼天了。

再聽到消息時，藥布已輟學，帶著新婚的妻子，和另外一對初三輟學，也剛新婚的馬林和阿爾達爾，四人結伴到成都打工去了。

　　三月初我到越西時，在學校操場意外瞥見了藥布的身影，好不容易平靜的心又被打亂，本來不想理他，沒想到他竟然直接來見我。看到他的時候，我真的嚇一跳，整個神采全變了樣，原本瘦弱的臉更瘦弱了，頭髮長又亂，白襯衫都變成灰色了。看到他落魄的模樣，幾個月來對他的不滿頓時消失不少，我決定暫時擱下內心的埋怨，「恭喜你結婚了」，我企圖打破兩人見面時的尷尬，「別提了，我想離婚」，到底怎麼一回事？我真的快要被打敗了，被我一再逼問，藥布只好娓娓道來這幾個月的遭遇。

　　從青島回來後，他向父母表達繼續升學的強烈心願，由於他是家中被溺愛的長子，父母只好再向親友舉債先讓他復學，可是少了過去同儕一起的勉勵與奮鬥，藥布復學之路很孤單，才讀了半學期又萌生放棄的念頭。有好事村民見狀，想賺點媒人錢，遂極力撮合藥布和阿依的婚事，禁不起村民的再三勸婚，也喝了點酒，藥布迷迷糊糊點頭了。媒人見狀，半夜一通電話打給雙方家人，這椿婚事就這樣被說定，兩人在二月七日結婚了，為了藥布結婚，家中再度舉債一萬五，其中一萬元是女方的聘金。

　　為了還清婚姻債，藥布婚後沒有再回到學校，偕同新婚妻

子外出打工，然而打工不易，兩人在成都沒有親友，阿依幹不了工地的重活，所有食衣住行得靠藥布養，現實生活的不易，讓小倆口天天拌嘴吵架，才結婚不到一個月，就萌生分手的念頭。

此後幾天，藥布像幽靈般隨時出現在我面前，而他的妻子阿依也來找我，十分懊悔兩人這段倉卒的姻緣，兩人不約而同要求我幫忙結束這段婚姻。我考慮許久，用理性的觀點來分析，我覺得這段婚姻兩人個性差異太大，本來就夜長夢多。基於兩人尚未真正圓房，迅速分手可能傷害最少，拖久了反而痛苦棘手。為此，我主動找來雙方的父母，說出兩人的掙扎與懇求。

「才結婚就要離婚」這個爆炸性的消息，炸得雙方家長雞飛狗跳，阿依的父親氣得不斷破口大罵，藥布的媽則氣得不斷飆淚，我表明不方便參與離婚的談判，要藥布和阿依自己去面對解決，兩人找來父母、村長和親友展開離婚談判。有趣的是兩人離婚最大的理由是「彼此不相愛」，而這個理由被前來參與離婚談判的村民「嗤之以鼻」，因為鄉村流行的包辦婚姻沒聽說過「愛情」這回事，談了一整天，由於藥布和阿依兩個當事人的堅持，雙方家長終於同意離婚，除了花掉的一萬五外，藥布家還必須再拿出千元賠禮道歉，一場鬧劇就此落幕。老村長對這段婚姻下了一個註解：「太荒唐了，沒有聽說過這麼短命的婚姻，從結婚到離婚不到一個月」。

五月中我到青島時，又聽說藥布就在附近，他似乎有「做不驚人死不休」的個性，讓人為他心力交瘁。據傳我離開大營盤後，他跟一批人到煙台打工，結果工作沒找著，又沒錢吃飯，只好打電話跟青島同學求援，後來還是他的表哥良古請假趕到煙台善後，將他接回青島，幾位同學驚訝他的困頓潦倒，偷偷伸出援手，幫藥布安頓生活，之後他在附近工廠找到工作，準備展開新生。

　　我還沒來得及調查怎麼一回事時，有一天，良古拎來一個大塑膠袋說「這是藥布送給你的」，我打開這份意外的禮物，除了一個大西瓜，還掉出一封信，藥布在信中表達懊悔自己的衝動行事，還說剛領到三百多元的薪水，一百元拿來還債，一百元買鍋子，另外買了些日用品，剩下二十幾元他特別買了一顆西瓜作為我的生日禮物。看完信，我百感交集，我知道藥布寫這封信的目的是盼望我能讓他有機會回到學校。收下藥布第一次賺錢送我的禮物，我把西瓜跟所有的同學分享，有同學私下央求我，「讓藥布回來吧，他知道錯了」。同學們的請求我聽進去了，我也頗有同感，只是礙於藥布的意氣用事，我想再觀察三個月看看，於是請良古轉告他，我暫時不會見他，但希望他堅強，用行動證明自己的決心。

　　七月一日，我人在大營盤準備甄選第二屆赴青島職訓的學生時，秘書玉婷來電，她告訴我一個消息，要我不要生氣，「藥布又走了」。放下電話，我沒有生氣，卻無力招架，整晚

心裡沉甸甸的，腦中演繹的盡是藥布的人生，尤其這幾個月，變化之快，張力之大，真的令我唏噓感嘆。

到青島時，良古又轉交了藥布的信，信中藥布向我道別，從他的字裡行間，看出他對人生的迷惘，也看得出他信心的崩解，他知道自己回不了當初了，沒有資格再跟同學一起學習奮鬥，更檢討自己幼稚魯莽的行為讓父母負債累累，為了早日還債，他決定去工地打工賺錢。

藥布來了，藥布走了，從一個大營盤小學的明日之星到半路落跑的迷惘青年，他只有急功近利的小聰明，缺乏腳踏實地的大智慧。我把藥布的三封信收好放進抽屜裡，三封信代表藥布三個階段不同的人生掙扎，我不知道下一封何時會收到，也不知道他現在在那裡打工，我只知道機皮藥布離我越來越遠了。

藥布的落跑決定，讓他短短一年，先輟學又離婚，淺嘗了人生的現實。

註：二〇〇九年十二月，歷經挫折的藥布又回來了，目前在青島希望之翼學苑接受職訓，再次挑戰自己的人生。

搶水大作戰

「沒有水，一滴水都沒有。」

又停了，每次一接到停水的電話，我就開始頭皮發麻，心裡忍不住吶喊：「老天爺，求求您給我們水吧」。

進入麻風村奮戰十年，什麼風風雨雨都走過了，十年南柯一夢，最無力也最無奈的就是水的問題。

停水對我這位都市小姐而言，過去從來不是個可怕的經驗，但自從踏入大營盤後，我才知道什麼叫停水的恐怖，因為水停了，不是說來就來，而是千呼萬喚都不來。

我記得十年前重建大營盤小學時，由於學校座落的地點並無水源，為了學生和村民飲水問題，我第一次跟政府反映水的問題，當時政府提出了一項引水計劃，是遠從六公里外的跑馬坪麻風村引水下山，總工程費六萬元，由協會和民政局承擔。

第一次搞水，我把一切交給政府，只是第一次的引水工程很快就令人大失所望，一來，水源地不乾淨水質差；二來，豆腐渣工程也迅速露了底，塑膠水管直接暴露在山路崎嶇的地表，三天兩頭不是被牛馬踩壞，就是有人渴了任意截斷水管，

大營盤孩子洗澡的方式就是脫光了跳到河裡痛快玩水。

甚至有老鄉半路把水管直接轉接到他家去。除了三天兩頭停水外，偶爾來水時，村民也經常跟學校爭水，因為農作需要用水，看到大家為水搶成一團，起初我還會充當和事老，漸漸地，學校和村民為水起衝突的次數越來越多，等到學校正式開辦營養午餐時，我覺得學校一定得另闢水源才行。

二度找水的事，村民聽說了，有一回到學校時，高橋村的書記和幾位重要幹部跑來找我，他們提出新的引水計畫，預計從原來六公里外再深入九公里處的山泉處作為水源，進行長達十五公里的水利工程，那一次我和一位法國神父親自上山勘察水源，儘管爬山爬到幾乎癱倒在地，但看到山壁沁出的泉水是那麼的清澈，喝起來又那麼的甘甜，我頓時覺得希望無窮，當下就決定進行第二次的引水工程。這次我們沒有透過政府，轉由高橋老鄉私人承包，訂定三年無償維修條款，由於過去經驗在在提醒人為破壞的嚴重性，我特別要求一定要將水管深埋地底至少四十公分左右，工程費一共耗費六萬九，由澳門利瑪竇社會服務贊助，浩浩蕩蕩曲曲折折穿過懸崖峭壁，總長十五公里的水路總算大功告成。

二次水工程使用的第一年，那是段幸福快樂的日子，水管壞了有人修，廚房洗米洗菜大致正常，雖然我住的「福增樓」依然得靠學生提水度日，但偶爾扭開水龍頭，還會滴出幾滴乾淨透明、沒有挾帶黃泥巴的水，令人感動到幾乎掉淚。

等到第二年，水的噩夢又來了，一開始是斷斷續續停

缺水是大營盤困擾已久的夢魘。

全村人畜的飲水，全靠這一口小小的水井。

水，高橋老鄉跑到快斷腿，期間並重金懸賞抓過幾個偷水賊，然而十五公里蜿蜒水路實在太長了，偷水賊還可以扭送公安局，那些在光天化日下公然破壞水管的牛馬及趁月黑風高偷接水管據爲己用的老鄉，我們簡直防不勝防，搞到最後停水越停越多，越停越長，水荒再度變成大營盤的噩夢。

每天處在停水噩夢中，有人一定好奇，爲什麼不求助於越西教育局呢？有呀，軟性請託、強硬告狀，教育局要不兩手一攤，要不充耳不聞，要不就乾脆推給其他政府單位，我，萬般無奈，只有再陷入無水的痛苦中不斷輪迴。

水荒一天拖過一天，突然在黑暗中乍現光明，有人告訴我越西縣政府正在進行一項龐大的扶貧水利計劃，這項飲水工程將嘉惠多個農村，終點管理站就設在大營盤村，聽到這消息我有點喜出望外，但至少讓人不再絕望。

二〇〇八年夏天，在大家引頸盼望中，耗資百萬人民幣的水利工程終於完工，所有的人都認爲我們即將從水荒的夢魘中得救，不料廚房有水的日子不到一個月（住宿樓一樣無水可用），先是變得一三五有水，二四六無水，後來又從一個星期兩天有水、一天有水，淪落到最後，水龍頭扭開，望眼欲穿，連一滴小水滴都沒有。

又又又沒有水了，百萬水利工程的誕生，從絕地逢生到幻想破滅，我覺得我的心好累，賭氣似的告訴自己，管他停不停水，就算天塌下來，我也不想管了。

在缺水的情況下，屋漏偏逢連夜雨，擔任學校管理工作的修女又終止長達三年的合作關係，在學生無人管理的窘境下，我臨時情商老友，一位資深的麻風專家張桂芳醫師，她臨危受命，接下學生生活管理的重任。

　　我認識桂芳長達十年，她的個性積極主動任勞任怨，二〇〇八年八月正式就任後，她的苦日子隨即展開。學校陷入空前斷水危機，水似乎癱了，完全不來，桂芳為了應付一天兩百多人次的吃飯問題，開始搶水大作戰，除了天才濛濛亮，就要組織住校生提著小水桶到村裡唯一的一口井裡提水應付食堂煮飯外，她也沿著校園內圍牆邊到處尋找伏流水，一個將近六十歲的老人家扛著十字鎬到處挖呀挖，連牛腳印有一點水，她也要想盡辦法用鋤頭排進排水溝再流淌至親手挖掘的蓄水坑裡，用來擦洗食堂地板。為了找水，她不僅身心俱疲，有一兩次還差點連滾帶爬，摔得四腳朝天。

　　我知道桂芳的辛苦，但我的強脾氣又不肯一再拉下臉來懇求當地政府，只好忍氣吞聲在內心，一天拖過一天，竟然也給我們拖過一年。

　　期間曾發生過一兩次「奇蹟」，就是當省或州級官員要到大營盤視察時，縣府人員會發動村民不眠不休進行維修，像變魔術般，最高領導蒞臨關切時，水龍頭一開，嘩啦啦水來了，更像變魔術般，官員前腳剛走，水龍頭再開，乾巴巴水停了。

　　二〇〇九年九月學校開學，由於學生人數爆增到二百五十

開水道、整坡地，重整學校水資源。

人以上，水荒問題遭遇空前的挑戰，我們不得不忍痛決定，將辦了八年的營養午餐首度停辦，把少得可憐的水資源集中給八十幾個住校生，連住在九公里外五組四年級以下的學生，我們也要他們每天跑校，回家吃飯。

一個星期不到，我接到桂芳的電話，她說：「五組的學生熬不住了，尤其是幾個低年級的學生，每天天沒亮就下山，早飯沒吃，中飯沒吃，一直到下午三點半，再走九公里回家，孩子們都餓得不想讀書了」。

接到桂芳電話的同時，台灣發生百年來的山洪水患，不僅奪走了幾百條人命，還重挫台灣的山區生態，那陣子災民流離失所的新聞讓曾經跑過九二一災區的我揪心痛苦，而在台灣聞水色變的同時，我又要思考大營盤無水可用的殘酷事實，糾纏在水太多、水太少的情結中，我連續幾個晚上無法入眠。

看到命運的捉弄，人生的無奈，我覺悟到任何生命都必須被尊重，在台灣我們慶幸有太多的人道關懷，反觀大營盤區卻是乏人噓寒問暖，既然老天要我在涼山麻風村深耕，我沒有理由也不應該再逃避了，更不能一味冀望於越西當局。痛定思痛後，決定重返麻風村找水去，不管是雨水、地表水或是伏流水甚至是政府的水，一滴我都不讓它流出校園。

託朋友幫忙，我認識一位水利專家陳賜賢，他聽了學校的故事，被我這個傻女人感動，答應伸出援手。

九月底我和陳賜賢一起前往大營盤探勘，這位專家一到

學校放下行李，第一件事就是到山上實地探勘，直到晚上才摸黑下山，第二天一早又上山，中午碰到他時，他信心滿滿告訴我，山上綠樹成蔭，這座山肯定「有」水，應該好好利用。由於正逢「十一」長假，他認為時機大好，決定利用假期趕工，除了下山採買水利工程材料外，也忙著找工人、找挖土機等等，行動效率驚人。

十月一日，一輛卡車載著履帶式的挖土機來了，這輛黃色的挖土機，油門一開一小時要價兩百八十元人民幣，雖說價錢昂貴得很，但戰鬥力驚人，一天下來，一條長約兩百米的淨水渠道雛形立現，陳賜賢更把挖出的廢土塑造為兩側步道，此舉不僅改善學校高低落差動線，也柔化了校園景觀，從山上看下來，更是壯觀；另外，淨水渠道兩端也設有截水溝，不讓任何流進學校的水資源流失，同時在餐廳、住宿樓及浴廁中心前開挖兩個地下儲水槽，以備乾旱及調整水資源用。

另外，從坡地蓄水池導流而下的淨化渠道的末端，陳賜賢也開挖兩個淨化兼綠化的生態池。

有趣的是，生態池開挖後，我們以時薪十元的代價，特別請來一位臨時工，她的使命是用力踩踏池底的淤泥，把土夯實。

在等待臨時工時，我趁機對留守學校義務幫忙的中學生們來個機會教育，要大家好好愛護生態池，不可隨意便溺在池子裡，違者打屁股示眾。才講著講著，臨時工來了，「牛媽媽」

有水後，餐廳恢復正常開飯，學生有水洗澡，連校園也可以綠化。

後面跟著「牛小妹」，兩人蹣跚走來，牛媽媽走下水池時，因為斜坡的關係，顯得有些驚慌，在抗拒中竟然尿出來。我先是一陣尷尬，尚未回神時，牛媽媽又使出驚人絕招，這回她拉屎了，更過分的是緊跟下來的牛小妹也如法炮製，先拉尿後拉屎，兩牛競賽似的，一前一後共三次。學生笑到差點斷了氣，我罵人的話還留在半空中，臉上三條線，外加○○××。一旁的陳賜賢笑說：「牛糞是健康食品，可以當成中藥材」，最後我只好自我嘲諷：「糗大了，十元買來六泡尿六泡屎外加不良示範」。

就這樣，牛屎牛尿為我們揭開生態池的序幕。

期間，我為了後續的金援，回台奔波，後續工程交由小瑀和桂芳，期間兩人來電告知，政府的水修好了，奇蹟似的維持了一段時間。那段時間由於工程尚未完成，水管尚未安裝就緒，天天來水的結果，生態池滿溢，學校到處淹水，滿目瘡痍，大家都笑說：「要不缺水，要不淹水，真的令人發狂」。

十一月十七日，我和陳賜賢二度進入大營盤進行後續的工作，隨著兩個地下蓄水池的檢測完成，計算兩個水池可以維持一個月的豐沛水量，我興起了幫學生架設太陽能的想法。

「讓孩子們洗個痛快的熱水澡」這份奢侈的盼望，早在心中醞釀已久，但從大營盤開放寄宿制以來，學校始終鬧著水荒，住宿的學生有的只是一盆水洗臉兼洗腳，學生一個月不能痛快洗澡是稀鬆平常的事。

不洗澡對大營盤的小孩來說不算什麼，只是住校生如果不講衛生，那就牽涉到公共衛生的問題。我們常常發現住校生身上長滿了疥瘡，頭上爬著頭蝨，衣服髒得可以，渾身發出惡臭，甚至還帶著跳蚤到處跑。以前我還會要求廚房一個星期用煤球燒一次熱水強迫學生洗個澡，但近一兩年來，學校用水面臨空前困難後，我被迫學會妥協，對於住宿生的髒與亂，只得睜一隻眼閉一隻眼。

洗熱水澡念頭一起，待水資源工程進入尾聲，在陳賜賢指揮安排下，我們找來太陽能廠商進行評估研究。幾天後太陽能設備從西昌運抵學校，大家忙裡忙外，水管接來接去，終於，

搞了三天，一切搞定。當太陽能工程人員告訴我「可以洗熱水澡了」，我第一個自動請纓去試水。

說好要洗個痛快的熱水澡，殷殷期盼的結果，一直等到中午太陽都沒有露臉。我們決定插電加熱，等到五十四度，我立刻衝進浴室，水龍頭一扭，嘩啦啦的一陣冷水過後，熱水終於來了。熱水的蒸氣氤氳了整間浴室，我邊洗邊想起這幾年來學生們一桶熱水一桶冷水的挑，一瓢熱水兌著一瓢冷水，甚至一盆水要洗全身上下的困窘歲月，我又熱淚盈眶了。

「二○○九年十一月二十六日」，住進學校六年來第一次享受「自來水」shower的樂趣，這是大營盤歷史的一天，我會牢牢記住的。

大營盤傳奇

　　直到現在，有人還是會問我：「涼山在那兒啊？是不是有一百零八條好漢的那個梁山泊呢？」

　　事實是，此「涼山」非彼「梁山」，前者在四川，後者在山東。

　　涼山，中文意喻「涼爽的山」，用神話的傳說，則是很古的時候，在天和地的中間，在大地的中央，有一個終年被一團團紅雲和一片片白雲掩映的地方，這個地方就是巴布涼山。

　　以地理形式來看，涼山位於金沙江以北，大渡河以南，是西藏高原東南側的延伸。在中國，彝族的人口超過七百萬人，其中最大的聚居分布在四川涼山州十七個縣市，也是彝族人最貧窮落後的地區。涼山彝族以其語言自稱為「諾蘇人」，涼山，在諾蘇語中，稱為「諾蘇木地」，中文就是「諾蘇人的家鄉」，也因此，踏進涼山，就等於進入諾蘇的文化、社會及歷史的世界。

　　西昌是涼山州府所在地。從成都搭火車到西昌要十個小時，搭飛機約一小時。

涼山諾蘇有自己的語言和文字，對一般漢族帶點神祕色彩。

我的每個朋友走一趟涼山，剛從一個漢人的世界來到一個彝族的自治區，開始的心情總是新鮮、興奮與刺激，但臉孔的不同，語言的陌生，生活節奏的不一，加上四周環境的驟變，很快會讓他們的心情變得有點忐忑與茫然，尤其從青山機場到大營盤小學，距離一百六十公里，坐在車上，必須穿過冕寧縣、喜德縣才能抵達越西縣。沿路險惡的崇山峻嶺，陡峭顛簸的公路，盤山繞過一條又一條的峽谷，歷經舟車勞頓，再也忍不住好奇問我：「你怎麼找到這種地方？」

　　「天曉得」。我也只能回答「天曉得」，因為我也是被莫名其妙的命運牽引。中國那麼大，居然闖進蒼涼厚土的大涼山，而涼山十七個縣市，竟然緣落位於自治州北部的越西縣。

　　猛然回首，十年光陰在彈指間過了，十年來，我進出中國無數次，用了兩本台胞證，每次都是在成都轉機西昌直奔大營盤，成都除了機場附近的旅館，都江堰、九寨溝，什麼名勝古蹟我都沒有去過，西昌也是連邛海都沒有好好逛過，越西城關更是只熟菜市場，我的十年青春歲月可以說是在麻風村度過的。

　　在越西，我的家是學校，也是麻風村，官員不想來，我也不愛出去。官員一批換過一批，現在新上任的書記、縣長，我一個都不認識，交手最多的除了教育局、宣傳部，大概就是新民派出所了，因為麻風村不安靜，那些公安一聽到大營盤小學又出事了，都覺得我們這些女人家太會大驚小怪，得三催四

請，才會姍姍來校。

涼山對我這位都會女子來說，是另一個化外之地，前幾年因為漢彝文化的落差與衝擊，讓我與官員相處常起衝突，推展工作處處碰壁。後來，我學會謙卑了，費了些心思做了文化觀察，並特別請教幾位當地學者，從他們對彝區麻風村的田野調查中，考察疾病之於村落生活的意義，才漸漸抓住了涼山的感覺。

涼山的文化現象的確有些特別，因為涼山彝族沒有進入封建社會，從奴隸社會一步跨越到社會主義社會，特殊的社會變革，導致社會發育不健全，因而人的文化素質跟不上社會文明進步，若干落後的陳規陋習帶來不少社會麻煩，比如人畜不分居、房屋不開窗、屋前一堆肥等衛生習慣，加上深怕鬼神迷信活動繁多、婚喪嫁娶的鋪張浪費現象，都在在與現今社會發生較量與衝突。

另外，在涼山跑來跑去，我覺得彝族對麻風病人是相當殘忍的，光在涼山，我就聽聞很多歧視迫害麻風病人的真實案例。像八〇年代，西昌有個女麻風病人治癒後，回家路上慘遭丈夫及其子女用斧頭活活砍死；八三年還有個病人，因受不了歧視，請人餵食安眠藥後，放在火堆上燒死，他自己簽下「是我本人願意，與他人無關」的字據，火燒起後，他痛得從火堆上滾下來，又服毒自殺。

涼山彝族對於麻風病人的葬禮更是駭人聽聞，一般採行

土葬的方式，約有三種情況：一、麻風病人活著時，被隔離居住，死後親屬出高價請人埋葬。將屍體揹到野山溝，挖一深坑，放入屍體後，用一口鐵鍋蓋在頭上，掩厚土填實。二、有的麻風病人久病不癒，對左鄰右舍有影響，大家不厭其煩，商量後，將病人裝入大木桶蓋嚴，調好蕎面糊嚴縫隙，進行深埋，認為這樣死得慘，麻風害怕，就不會傳染給後人，而死去的病人靈魂也不會回到祖先那裡。三、還有一種針對麻風病人的牛皮葬法，就是先殺一頭牛，剝下皮，裹著病人再深埋。凡是參加土葬麻風病的人，暫時不能回家，必須用水、酒清洗過後，再請畢摩念經驅邪，才能回家。

涼山彝族十分迷信鬼神，因為懼怕麻風病，所以麻風病人被稱為「初」鬼，除非功力高強的大法師，否則沒本事舉辦咒鬼儀式，來驅趕麻風病鬼。

解析涼山麻風病人的悲慘際遇，跟涼山彝族背後的文化背景有關。

在彝族人看來，麻風是不可治癒的，「麻風就像爛了的洋芋，治好也是爛的」，麻風也是會傳染的，所以「麻風子女是鬼的子女，是不潔的」，自然也被排除在社會婚姻關係之外，只能內部通婚。

在彝族社會，一個人得了麻風病，將被宣布為「社會死亡」，被迫脫離原有的社會體系與關係網。過去時代的封閉，人民的無知，對麻風病人的肉體消滅——活埋、處死是社會通

行的作法，就連健康的麻風病患子女也被排除在正常生活之外。在彝族社會中對於麻風病人的歧視，已經內化爲文化的自覺行爲，因而形成了社會結構性的歧視。

那也是我初期從事麻風村希望工程深感無力的主因，因爲我發現民間的社會歧視導致的與地方社會結構斷裂及國家隔離政策和經濟措施，共同構成了麻風村特殊的背景和歷程，麻風村成了一個刻意被遺忘的黑暗角落。不僅個個是行政幽靈村，麻風村民沒有身分證，麻風子女沒有學校願意收容，社會關係與社會生活的殘缺，麻風村自然就被正常社會孤立了。

爲此，我個人無力改變涼山的大環境，只能拼命在大營盤小革命，除了硬體建設，物質救援外，最重要的就是爭取麻風病人及其子女的人權救濟。或許是過去記者的經驗，我覺得快速引起政府注意的方法就是尋求媒體的支持，因此，除了兩岸平面媒體報紙、雜誌的專訪，我也積極邀請電子媒體到大營盤來採訪。透過媒體的大量放送，尤其是大陸中央台的聯播，涼山政府終於做出了善意的回應，開始到大營盤進行戶口普查，村民辦起身分證，隸屬於高橋村的康復村也正式獨立爲大營盤村，變成越西縣第兩百八十九個行政村。

大營盤小學也逐步從一個教學點，蛻變成一所公辦民助的鄉村小學，老師也從一個代課老師到十個公辦老師，學生突破三百人，曾經包括六個跨縣（金陽、喜德、布拖、甘洛、會東、冕寧）就讀的麻風村學童。二〇〇五年，大營盤終於培育

出十六位小學畢業生，去念中學前，我又跟越西教育局鬧了一場革命，因為他們對麻風村的孩子還是有點怕怕的。儘管學生得涉水上學，來回得步行幾公里，但最後還是順利將第一屆畢業生送進鄰近的新民中學。二〇〇八年，第一屆初中畢業生畢業了，心疼他們年紀老大，又無一技之長，我又趕緊在青島與企業合作，建立一個建教合作的職訓基地——希望之翼學苑。

最具時代意義的是，大營盤小學從二〇〇九年首度招收附近農村的學生，來就讀的學生超過五十人，打破了一般農村與麻風村之間的藩籬，這不禁讓我想起當年，我來到大營盤麻風村時，為了高年級孩子們就讀的問題，曾親自請託距大營盤小學十五分鐘路程的華陽小學，至今我忘不了那個被教育局長評價甚高的女校長，惶恐又強硬地拒絕：「不行，來一個跑一個」。

坦白說，那位女校長倨傲的態度，堅定了我將大營盤小學打造成全中國第一座蓋在麻風村正規小學的決心，我同時希望向全涼山州的麻風村學童招生，只要願意到大營盤小學就讀，「來一個，我就收一個，一個我都不能少。」

所有故事的開始，原來只是一個小小的機緣，任誰也沒想到，故事竟這樣發展了十年。十年，三千多個日子，我犧牲了自己的事業，與家人相聚的日子，我以為從大營盤小學作為起點，歷經新民中學到培養一技之長的希望之翼學苑，我算是寫下大營盤的一頁傳奇，可以卸下階段性的使命了。不料，二

○○八年，四川省扶貧辦撥款兩百六十萬，以大營盤小學固有的規模爲基礎，興建中學，有意將大營盤小學打造成全中國第一座麻風村完全中小學。

二〇一〇年，我再度踏進大營盤時，新的教學樓、教師宿舍及學生宿舍樓已經落成，眼見大營盤即將發展成中國第一個麻風村完全中小學，我一則以喜、一則以憂，喜的是，從小學、中學到職訓，我們涼山麻風村的孩子真的有一條通往希望的道路；憂的是我還要辛苦多久？畢竟中學才開展，得要幾年才能漸成規模。

眼看大營盤寫下中國麻風史的一頁傳奇，在別人心目中我是個女強人，但我真的是一個女強人嗎？

從最初的一個感動，到堅持走了十年，與其說是愛心奉獻，不如說那是我人生要學習的另一門功課，因爲任何一種行善，絕不是一廂情願，也不是一時興起，而是一種挑戰與行動，更是一種承諾與永續。沒有超強的意志力，很容易妥協於現實環境而放棄的。

就我個人而言，投身公益也是一種自我改造的過程。從前那個驕縱的大小姐不見了，被磨成了一個吃苦耐勞的母親，而一向咄咄逼人的伶牙利嘴多了體諒與圓融，還有不肯放下的硬身段，也被逼出了柔軟與謙虛，需再磨練的是火爆脾氣，一旦發作起來，一樣驚天動地，不僅折損自己，也嚇壞他人；另外就是感情太多，淚水太豐富，尤其，多年來在大營盤的扎根耕

耘，對於大營盤的心，已不知不覺內化成了生命的一部分，直到現在，大營盤的悲歡掌握了我的悲歡，只要看到大營盤的照片，第一屆畢業典禮的短片，索瑪花開的紀錄片，我都忍不住眼眶泛紅而掉淚。

記得二〇〇五年，當我鼓起勇氣參加第二屆Keep Walking圓夢計畫時，在八百多名參賽者中角逐，一路過關斬將，我都保持高昂的戰鬥意志，到最後二十人，每個人必須利用十分鐘說出所謂的夢想計畫，我用百來張照片做成power point檔說明，當全場燈光暗下來，我看到大營盤一張張照片在我眼前放映停格時，我竟然全身抖了起來，眼淚流個不停，一直到簡報結束，燈光轉亮，我還是無法抑制自己的激動，差點話都說不出來。或許真有人要罵我太愛哭了，但只有我自己清楚，那一張張照片的靈魂深處，我看到的是一次又一次的旅程，一次又一次的募款，一次又一次跟官員的拔河，和一次又一次跟學生的奮戰。

圓夢計畫讓我爭取到一百七十萬台幣的獎金，我用這筆獎金替大營盤的孩子建設一棟教學樓。這棟教學樓在二〇〇六年三月正式落成，命名為「紀忠樓」，肩負麻風村孩子的教學重任，承載著大營盤孩子與社會接軌的希望道路。

眼看著這棟教學樓在涼山荒僻的一個麻風村誕生，回首這幾年從放棄記者生涯轉入社會服務，一路披荊斬棘的心路歷程，總覺得要流的淚太多，要感謝的人也太多，他們不僅是我

最尊敬的友人，最堅強的後援，更是大營盤孩子生命中最最可貴的恩人，其中一位我永遠無法當面親自感謝，只能以「紀忠樓」作爲感念，他就是《中國時報》創辦人余紀忠先生。

過去，我在《中國時報》服務，儘管政經新聞掛帥，但喜歡歷史和偏愛弱勢議題的我，卻幸運深獲余先生的賞識，得以悠遊報社，實踐社會關懷的理念。

從事麻風村希望工程十年以來，不斷有人問我：「你一個台北弱女子，爲何敢勇闖窮山惡水的大涼山？爲何敢挑戰人權的議題，疾病的禁忌？」我必須承認，若不是長年征戰新聞戰場的鍛鍊，我不會有那股堅忍不拔的毅力，和吃得萬般痛苦的耐力，在海峽兩岸來回奔波，替大陸麻風村的孩子爭取回歸社會的權益。

遺憾的是，我還來不及親自向余先生致謝，二〇〇二那一年，我人在麻風村，從西昌返回台灣的途中，一身狼狽棲身在一家簡陋的旅館內，正好看到《涼山日報》刊載余先生辭世的新聞，當下我百感交集，淚流不止，回到台北第一件事就是親赴余先生靈堂鞠躬致哀，並在內心埋下永遠的遺憾。

如今「紀忠樓」已是大營盤小學最醒目的建築，白底灰頂，十二間教室，有全涼山小學最棒的圖書室，有電腦室，並已發展了遠程教學。

有一天孩子長大後會問我：「張阿姨，爲什麼我們的教學樓要取名『紀忠樓』呢？」

我一定會驕傲地告訴大營盤的孩子，當年沒有余紀忠先生的賞識與提拔，日後就不會有一個勇敢堅強的張阿姨，也不可能有大營盤的故事了。

　　十年後的今天，我又在忙些什麼呢？為了迎接大營盤小學邁入完全中小學的新里程，我爭取到蒙特梭利教育機構吳紹麟、胡蘭夫婦援助的經費，正在計劃興建一座聯合運動休閒園區，培養孩子們身心靈均衡的發展，其中除了包括可以打全場的籃球場，幾個乒乓球桌，還要有一個小學生可以遊戲的園地，包括溜滑梯、盪鞦韆、高低槓等等，還要有教職員可以休憩的園區，除了一彎調節水資源的河渠步道，一小片果園和種植季節蔬菜的菜地外，我將保留過去大營盤小學的舊址，改建成具彝族建築特色的大營盤故事館，館內將記錄大營盤一路成長的故事。

　　最後，我還有一個浪漫的夢想。那就是在學校坡地高處興建一座書香亭，亭子四周要種薔薇，花季時薔薇燦爛綻放，天氣好時，邀三五好友來到書香亭下，暢飲一杯熱騰騰濃馥的咖啡，盡享大營盤山林景色，聽著孩子們朗朗的讀書聲，看著他們在校園嬉戲的活潑身影，痛快細數大營盤的前塵往事。

二〇〇二年，重建的大營盤小學。

大營盤小學每個階段的銳變與成長，充滿各種酸甜苦辣的回憶。

在藍天下的校園一隅。

二〇〇七年大營盤小學的模樣。

二〇一〇年大營盤中學興建完成。

綠化後的大營盤像一個花園學校。

紀忠樓前，學生快樂的學習身影。

八年前台灣志工種下的柳樹，如今樹大成蔭，已成鎮校之寶。

今日大營盤在中國麻風史上已寫下自己傳奇的一頁。

洪蘭教授關心痲瘋村的孩子，在忙碌的教學工作中特別抽空親赴大營盤探視。

辛智秀女士是希
望之翼創會的理
事長，陪著大營
盤成長也有十年
了。

國彰用相機一路
紀錄大營盤的成
長。

原始的大營盤小學。

越西縣大營盤小學所在位置。

國家圖書館出版品預行編目資料

台灣娘子上涼山：愛的長征—擁抱被麻風烙印的小孩／
張平宜著；-- 初版.-- 臺北市：大塊文化，2011.01
　　面；　　公分（mark；88）

ISBN　978-986-213-221-0（平裝）

857.85　　　　　　　　　　　99024743

LOCUS

LOCUS

LOCUS

LOCUS